文
景

Horizon

社 科 新 知　文 艺 新 潮

述而批评
丛书

# 自我的
# 踪迹

黄　平——————著

上海人民出版社

# 在批评的世界里激荡风云
## ——“述而批评丛书”序言

文学创作的进步与繁荣，离不开文学批评的推动。卢那察尔斯基说：“历来的情况是：恰恰由于著名作家和卓有才华的批评家的通力合作，过去曾经产生过、今后将产生真正伟大的文学。”受现实生活直接影响的敏感的作家，需要批评家帮助他们形成抽象的科学思维，需要批评家来发现其优秀作品、总结其创作经验、揭示并推介其创新创造的价值。而一个时代文学创作的趋势和潮流，也需要批评家用他们的前瞻和敏锐，来进行指向与导引。

揆诸上海文学事业发展的历史轨迹，我们可以说，繁荣的文学批评是上海文学版图上一道特别的风景，活跃的批评家是上海集聚起来的高能级文学精英，一代代的坚守和传承是上海文学批评生生不息的泉源。

近年来，上海坚持发扬重文学批评的传统，在发挥批评大家作用的同时，十分重视青年批评家的培养，为他们搭建施展才华的舞台，逐步形成了一支阵容较为齐整的青年批评家队伍。

这些批评家有的工作在作协，有的执教、执笔于高校或研究机构，也有的活跃在报纸刊物上。他们互通声气、互相激荡，通过出版专著、在报刊和各种文学活动平台上通畅表达，指点文学江山、洞察文学思潮、剖析创作得失。他们是多面手和跨界者，不仅在批评的世界激扬文字，还常常游走于创作的天地，直接实践于小说、散文、诗歌等各种文学体裁。他们视野开阔，兼容并蓄，在坚持中国文学批评优秀传统的同时，善于运用世界文学发展的新潮流和新标准，与时俱进地开展科学的、有见地的批评。他们不仅在上海，也在中国，甚至出现在国际文学交流的舞台上，代表中国、上海，与世界文学展开近距离的对话。他们和前辈批评家一起，为上海文学创作的创新、创造和繁荣做出了积极的贡献，也预示着上海文学批评发展的前景和未来。

为集中展示青年批评家群体的成就和风采，展示上海文学批评的发展与收获，上海市作家协会策划推出这套丛书。丛书由11位批评家分别选编代表自身水准的文章集纳而成，这些文章虽然多曾在各种报刊、专著发表过，但作为一个整体的重新呈现，必能产生不同寻常的组合效应。丛书的问世对于专业人士的意义不多赘言，而对于普通读者来说，阅读这些著作，也将有助于总览中国文学、上海文学创作的流变，深入掘发作家作品的精华，深切体验作家创作的用心，深刻感受作家作品的价值。

这套丛书以“述而”命名，也寓意着青年批评家对前辈的承继、接续和阐发，述而后作，使批评的传统在文学发展的长河里不断地被赋予新的生命。我们相信，丛书的出版不会戛然而止。今后，当有更多的青年批评家和更多的成果涌现时，丛书将及时地进行扩容。

伴随着波澜壮阔的改革开放，上海文学事业走过了40年不平凡的历程，如今和国家各项事业发展一样，进入了崭新的历史阶段。新时代，文学承担着新使命，也呼唤着一大批青年批评家在文学批评领域承前启后、继往开来。今后，我们将一如既往地重视文学批评，重视培养一代代的青年批评家，让活跃、健康、高质量的文学批评，始终与文学创作、文学活动，还有文学出版、文学翻译等一起，支撑起上海文学繁荣、发展的良好局面。

是为序！

上海市作家协会党组书记、副主席王伟

# 自序

2017年最后一次外出开会是去重庆，住在重庆大学所在的嘉陵江边，清晨起来，窗外冬雾弥漫。打开随身带着的笔记本电脑，整理起这部书稿，推敲起一个什么书名合适。忽而想起大学毕业那一年，最后一次的旅行也是来的重庆，那是2003年的夏天，热到锋利的蝉鸣将往事切割得零碎。之后去北京去上海，恍惚间十四五年过去了。

我们这代人，可能特别放不下对于“我”的执迷。整理书稿时摸索自己近年来的所思所想，核心还是围绕一个历史化的“自我”在运转。在上一本书《反讽者说》里，我透过“反讽”这种美学形式，最终还是聚焦于“自我”的虚无感。而这本书，延续《反讽者说》，汇聚了最近一两年对于“自我”历史性的研究，试图通过对于当代文学的形式/精神分析，捕捉大河奔流的“改革”四十年来“自我”的踪迹。

由此书分四章，前两章集中于探讨“自我”如何诞生，如何管控；后两章讨论“自我”如何被征用，是否还有突破的可能。具体的每一节，我都是通过一部或几部作品分析来展开，这是文学研究者的看家功夫，但用在这样一个大的主题上，我也知道难免显得寒酸与局促，最终不过是一些散乱的思考。

感谢上海市作家协会各位老师的支持，本书得以入选“述而批评丛书”。本书章节都曾在学术期刊上发表，按照发表顺序，感谢《文艺争鸣》《南方文坛》《中国现代文学研究丛刊》《扬子江评论》《当代作家评论》《文艺研究》各位编辑老师。同时，感谢世纪文景，感谢沈敏编辑认真细致的工作。

校订完书稿，诚实地说，作为作者我并不满意。具体篇章的问题自不必论，最为感慨的是一代人逼近中年，在整体的精神气质上，还是虚浮难定。从“油腻中年”到“佛系青年”，从“致青春”到“十八岁”，流行的花样翻来覆去，无非是对今日的自己惶惑不安。同样，这历史的风暴也在“我”的内部，我也是被裹挟的一个，踪迹踉踉跄跄，划出了限度所在。如何以比如文学的方式，更好地理解与安妥“自我”，恐怕是一代人漫长的工作。

2017年12月31日

上海　二三书舍

**第一章　“自我”的诞生**

第一节　“自我”的诞生　3

第二节　参与性危机　31

第三节　虚无与反讽　58

**第二章　对于“自我”的管理**

第一节　格瓦拉来到了新时期　95

第二节　对于“自我”的管理　136

第三节　从“劳动”到“奋斗”　182

**第三章　幻城中的小时代**

第一节　没有差别的新美学　207

第二节　作为技术的文学　233

第三节　幻城中的小时代　279

**第四章　“新的美学原则在崛起”**

第一节　拯救文学的先锋性　321

第二节　“新的美学原则在崛起”　344

# 第一章
# “自我”的诞生

# 第一节 “自我”的诞生

## 一、“内在自我”的出现

1978年春，老作家骆宾基在北京突发脑溢血住院，探望的亲友络绎不绝。其中有一位骆宾基的忘年交：在第一机械工业部机械设备成套总局工作的张洁女士，她也是契诃夫小说与古典音乐的爱好者。骆宾基在住院前和张洁聊起年初中央音乐学院高考招生的一则新闻，并鼓励张洁试着以此写篇小说。张洁将这篇小说投给了《人民文学》，和绝大多数作家的第一次投稿一样，这篇小说被退稿。然而骆宾基比张洁更坚持，他出院后去小汤山疗养，再一次问起这篇作品，并把题目改定为《从森林里来的孩子》，让张洁转投《北京文艺》试一试。[1]果然，这篇小说最终发表于《北京文艺》1978年第7期并大获成功，获

[1] 参见张洁：《帮我写出第一篇小说的人——记骆宾基叔叔》，何火任主编《张洁研究专集》，贵州人民出版社，1991，第28—38页。

得了1978年全国优秀短篇小说奖，在获奖的二十五部作品中名列第十一位，居于卢新华的《伤痕》之后，张承志的《骑手为什么歌唱母亲》之前。

从此张洁登上了新时期的文坛。张洁本名董大雁，1937年4月27日生于北京。父亲董秋水出生于东北，参加过东北军。张学良组建东北大学后，东北大学代校长周鲸文请董秋水出任学校教官，董秋水由此和周鲸文相熟，聂绀弩曾说董秋水“依周为生多年”。[1]后来董秋水于1937年夏去了延安，又由延安去了香港，协助1938年去香港的周鲸文编辑《时代批评》。1941年6月，周鲸文、端木蕻良开始主编一份新杂志《时代文学》，具体主编工作由端木负责，萧红也参与编辑。该刊一共出版六期，因香港沦陷而停刊。这个时期在香港的文化人很多，周鲸文的刊物渐渐成为一个重要的据点。骆宾基于1941年9月到香港后也寄居于此，住在董秋水的宿舍，由此成为朋友。[2]也是在这一年，张洁随母亲来到香港寻找父亲，影影绰绰地留下对于这些作家的记忆。香港沦陷后董秋水带着妻子和孩子去了桂林，骆宾基也来到桂林，长期住在董的家里。张洁渐渐和这位叔叔熟悉起来了，那时的张洁只是在经过糖果店时纠缠着骆宾基买糖，还不会预想到这位叔叔将在多年后给她的命运带来的变化。

---

[1] 《自诬与自述——聂绀弩运动档案汇编》，武汉出版社，2005，第144页。

[2] 参见秋石：《呼兰河的女儿——献给萧红百年》，百花洲文艺出版社，2011，第401页。

和骆宾基对于张洁的温情相比，董秋水则是一个不合格的父亲。1941年周鲸文参与创建民盟，董秋水出任民盟中央组织委员会委员。在张洁的回忆中："他一直搞'民盟'，在'民盟'地位比较高。……他是希望走'民盟'这条路线的。"[1]热心于现世功名、在政界和文坛间徘徊的董秋水，渐渐将妻儿视为累赘。张洁回忆道："我母亲带我到香港找父亲，父亲对我们已经很坏，经常打我，用脚踢我。'珍港事变'，我们逃难到内地，经过广西、四川，最后到陕西，父亲就把我和母亲丢在那里，自己跑了。"[2]最终董秋水和张洁的母亲在1940年代离婚，一个人去了北京，任三联出版社的编辑。沈昌文在自传中对于这位同事有过回忆："这位董先生经常是衣服穿得笔挺，头发梳得光亮。用我们当年革命青年的说法，是旧官僚那样的。每逢党的代表大会开幕，他一定要写一首'五言'或是'七律'，贴在墙上表示祝贺的心情。"[3]1957年"反右"期间，董秋水被打成右派，下放到秦皇岛的青龙县，从此以后一直生活在秦皇岛，娶了第二任夫人，2009年去世。

由于父亲近乎遗弃了母女俩，张洁"小时候过着一种近乎流浪的生活"[4]，她和母亲一路颠沛流离，从北京到香港寻找父

[1] 潘粤明：《揭开张洁的谜——访问张洁》，《字游——大家访谈录》，人民日报出版社，2014，第68页。

[2] 同上，第69页。

[3] 沈昌文：《知道——沈昌文口述自传》，花城出版社，2008，第73页。

[4] 同上，第67页。

亲，又逃难一般从香港到内地，最后在1950年代来到辽宁抚顺。离乱之世，孤儿寡母，其间的贫苦与窘迫可以想见。在后来的长篇小说《无字》中，张洁塑造了一个叫顾秋水的人物，出身于东北军，一心想当“上等人”，以各种卑劣的手段驱赶妻儿以逃避责任。这明显是以董秋水为原型，父亲带给张洁的精神创伤可见一斑。

1954年张洁在抚顺读中学时，试着给骆宾基写信，开始两人常年的通信与交往。1956年张洁考入中国人民大学计划统计系，这一年也是“人大”第一次招收高中毕业生（以往只招调干生），读完大学后去了第一机械工业部工作。1969年张洁下放“五七干校”，1972年回城，在这期间张洁认识了第二任丈夫、后来担任一机部副部长的孙友余，两个人逐渐发展出恋情。[1]由于孙友余当时是有妇之夫，这段恋情闹得沸沸扬扬，孙友余最终离婚，与张洁在1983年结婚。

之所以勾勒张洁父亲董秋水与张洁本人的人生历程，原因在于张洁和新时期起源阶段的其他作家有所区别——她的写作带有高度的自叙传色彩，尤其是《爱，是不能忘记的》可以被视为精神创伤的表征。《爱，是不能忘记的》是新时期文学第一篇真正的“第一人称”作品。由于新时期文学依然承担着鲜明的政治性，第三人称全知叙述更为常见，《哥德巴赫猜想》《班

---

[1] 参见［法］阿兰·佩劳伯：《同张洁的会见》，殷世才译，何火任主编《张洁研究专集》，贵州人民出版社，1991，第108页。

主任》《乔厂长上任记》无一例外都是第三人称叙述，无所不知的上帝视角背后，是新时期政治对于叙述的把控。当然，在《爱，是不能忘记的》发表的1979年11月之前，在短篇小说领域也出现过不多的第一人称叙述，按发表时间为序，大致有以下作品：莫伸《窗口》、刘富道《眼镜》、孔捷生《因缘》、刘心武《爱情的位置》、陈国凯《我应该怎么办》、周嘉俊《独特的旋律》、叶蔚林《蓝蓝的木兰溪》、孔捷生《因为有了她》。这类小说大都是爱情婚姻题材，之所以运用第一人称叙述，在于这类题材叙述上的便利——第一人称可以方便地表示出人物在爱情婚姻中的内心波动，比较典型的是刘心武《爱情的位置》中以女主角孟小羽为叙述视角的叙述。在以上这些小说中，承担叙述视点的“我”只是小说中的一个角色，受到隐含作者的高度控制，“我”说的不一定是自己的话，而是在表达着隐含作者的意图。

只有回到新时期文学的历史语境中，与其他的作品相参照，才能真正理解《爱，是不能忘记的》的“第一人称”意味着什么。《爱，是不能忘记的》以下面这一句开篇：“我和我们这个共和国同年。三十岁，对于一个共和国来说，那是太年轻了。而对一个姑娘来说，却有嫁不出去的危险。”[1]表面上，这似乎和以往的新时期爱情婚姻小说相似，以第一人称讲一个大龄女青年

[1] 张洁:《爱，是不能忘记的》，载《北京文艺》1979年第11期。

的故事，这个女性的爱情婚姻故事将最终落座在新时期的政治与道德秩序之中，这是被确定了的“爱情的位置”。然而，《爱，是不能忘记的》叙述刚刚展开，作者就以一系列“内/外”的区分，悄然驱逐外在于“自我”的一切叙述。

首先是“身体/灵魂”的对立，作者安排了一位身体条件近乎完美的求婚者乔林：“眼下我倒有一个正儿八经的求婚者。看见过希腊伟大的雕塑家米伦所创造的‘掷铁饼者’那座雕塑么？乔林的身躯几乎就是那尊雕塑的翻版。即使在冬天，臃肿的棉衣也不能掩盖住他身上那些线条优美的轮廓。”[1]以往的研究几乎不关注乔林这个人物，大都泛泛地一带而过，然而这个人物非常重要，他作为“身体”的象征，开启了小说叙述的反向运动。“我”对于“爱”的追寻，开始于对雕塑般的身体的厌弃。“我”在乎的是乔林能否回答“你为什么爱我”，而乔林对此讷讷无语。在此小说特地写了一个细节，乔林“抬起那对儿童般的、清澈的眸子”。过于发达的“身体”，过于稚嫩的“灵魂”，对于寻求“爱”的“我”来说，“我的心被一种深刻的寂寞填满了”。[2]

这种“内/外”的辩证将“人”区别为“灵魂/身体”，为的是从“身体”所代表的外部回到“灵魂”代表的内部。查尔斯·泰勒在其巨著《自我的根源》第七章中，借助解读奥古斯

[1] 张洁:《爱，是不能忘记的》。
[2] 同上。

丁的思想，深刻地分析过“内在的人”是如何出现的：“外在的是身体，这是我们与野兽相同之处，也包括我们的感觉，乃至于我们对于外部世界各种形象的记忆。内在的则是灵魂。奥古斯丁并不是仅仅以此描述一种内外的区别。对我们的精神来说，这种区别具有最重要的一种意义：从低到高的路，通过我们的内在自我，这在方向上发生了关键的转向。”[1]

对于中国当代文学而言，这种通往“内在自我”的关键转向，正是开端于《爱，是不能忘记的》。这个文本是20世纪50至70年代的当代文学罕有的“向内叙述”：“第一人称”不仅仅是形式上的叙述视角与叙述手段，而是文化上的以“自我”为中心。查尔斯·泰勒认为“内在的人”必然伴随着“第一人称立场”，他所谓的第一人称立场意味着：“如我所知的世界是为我而存在的，我体验、思考它。它对我来说有意义。”[2]这种观念认为存在着一个特殊的“内在”对象的领域。[3]查尔斯·泰勒的分析准确地解释了《爱，是不能忘记的》的奥秘：在这个文本中，“我”的内在性也即现代意义上的“内面的人”，是文本分析与形塑的对象。

因此，这篇小说的核心情节发生在母亲那本题着“爱，是

---

[1] ［加］查尔斯·泰勒：《自我的根源——现代认同的形成》，韩震等译，译林出版社，2012，第182页。笔者参照英文原版，对于此处译文有所修订。

[2] 同上，第184页。

[3] 同上，第184—185页。

不能忘记的”的笔记本之中，小说叙述实际上是发生在“自我”内部的对话。这一方面表现为“我”与“母亲”的对话，更表现为“我”通过对于母亲的“回忆”来完成自我认识与自我教育。如同李建立的梳理:“讲述母亲的故事之前，‘我’是一个面对人生困惑的青年，总想辩驳而又不断退让；讲故事中，‘我’一直是一个不解世事的儿童，说话幼稚，仅仅对成人世界有着好奇，却无法解释；讲故事后，‘我’成了一个可以告知别人如何行事的人，开始大声辩驳，滔滔独白。”[1]“我”之所以经由“叙述”获得“成长”，对于外部世界有所指教，正在于通过“爱”确证了“自我”的合法性。在《爱，是不能忘记的》中，“爱”不仅仅是两性之爱，而是一处意义的空间，标识出“自我”的内在性。

需要注意的是，随着“内在性”的一面得以显露，“外在性”的一面显得虚弱而不真实。对于叙述人“我”而言，“内在性”的“爱”远比外在的“法律”与“道义”更为牢固与坚实。[2]“内在自我”成为一种更高的人性向度。经由“内/外”的辩证剥离——首先剥离出身体，其次剥离出社会关系——“自我”不断向深处下潜，最终“自我”的内在性成为独立的对象。

---

[1] ［加］查尔斯·泰勒:《自我的根源——现代认同的形成》，韩震等译，第184—185页。笔者参照英文原版，对于此处译文有所修订。

[2] 小说原文的表述是:“而如果我们仅仅是遵从着法律和道义来承担彼此的责任和义务，那又是多么悲哀啊！那么，有没有比法律和道义更牢固、更坚实的东西把我们联系在一起呢？”

诚如查尔斯·泰勒的分析："这种第一人称的自我转向，对于我们通向更高的境界至关重要——因为事实上这是我们通向上帝的一步——这对于我们理解道德的根源开创了新的理解，我们整个的西方文化正是建基于此。"[1]

既然通往天国的道路要通过内在的自我，"意义"的等级秩序由此得到重写。在小说中原来维持老干部与妻子的"道义，责任，阶级情谊和对死者的感念"不再被视为真正的"爱"，"爱"只是和"自我"的"内在性"相关。这样的"自我"跨越一切束缚，最终走向天国，母亲在笔记本的最后一页写道："在最后一页上，她对他说了最后的话：——我是一个信仰唯物主义的人。现在我却希冀着天国，倘若真有所谓天国，我知道，你一定在那里等待着我。"[2]

今天我们所熟悉的这种西方式的、现代式的"自我"，在新时期起源阶段终于历史性地出现。《爱，是不能忘记的》这篇小说重要的历史价值正在于此。后来一切以"自我"为中心的小说，比如当下泛滥开来的小资文学的源头，都可以追溯到张洁。当时的批评家在《爱，是不能忘记的》发表后就隐隐约约地感觉到这一点。李陀有一段分析今天看来很有见地："在《爱，是不能忘记的》这篇小说里，作家把对人物内心生活的表现上升

[1] ［加］查尔斯·泰勒：《自我的根源——现代认同的形成》，韩震等译，第195页。笔者参照英文原版，对于此处译文有所修订。

[2] 张洁：《爱，是不能忘记的》。

为首位的、主导的东西，小说的其他艺术要素，都降为从属的东西。因此，小说表现和描绘的一切，都带有叙述者兼主人公之一的‘我’的主观感情色彩；小说中出现的种种画面、回忆、议论都不再是传统小说写法中的客观描写和叙述，而是‘我’的内心生活的一部分。”[1]

对于张洁来说，她之所以在1979年写出这样一篇小说，除了以她所热爱的契诃夫小说为代表的19世纪文学的影响外，主要来自童年时期的精神创伤，她对于“父亲”式的男性的渴望，以及与比她大22岁的孙友余满城风雨的婚外恋。精神分析是反历史的，但又吊诡地被历史所征用。在不断变得“现代”的新时期的起源阶段，历史的逻辑决定了“内面的人”或迟或早必然在文学中出现，张洁的精神创伤症候性地呈现了“自我”的内在深度。

故而张洁的作品呈现出仿佛彼此矛盾的两面性，一方面是精神自传，一方面是社会史料。就张洁本人而言，她既把作品视为“灵魂的自传”[2]，同时又将《爱，是不能忘记的》看作是阅读“《家庭、私有制和国家的起源》一书的体会”，她这段话很有名：

即便是在我们这个社会里，人们在感情生活上也是有

[1] 李陀：《论“各式各样的小说”》，载《十月》1982年第6期。

[2] 张英：《真诚的言说——张洁访谈录》，载《北京文学》1999年第7期。

缺陷的。为什么不承认这个缺陷呢？恩格斯曾经说过："只有以爱情为基础的婚姻才是合乎道德的。"在我们的生活中，真正以爱情为基础的婚姻有多少呢？而权衡利害的婚姻却随处可见。在《家庭、私有制和国家的起源》这部书中，恩格斯断言：在消灭了资本主义生产和它所造成的财产关系，从而把婚姻中一切经济考虑消除后，建立在真正的爱情基础上的婚姻正是最牢靠的婚姻。我的这篇小说，就是想用文艺形式表达出我读恩格斯的著作——《家庭、私有制和国家的起源》一书的体会。[1]

这种表面上的"矛盾"在更高的层次上达到统一：这是努力挣脱社会关系的"自我"。张洁对于恩格斯的阅读是明显的误读，她引用的恩格斯这句话来自《家庭、私有制和国家的起源》第二章《家庭》。联系上下文乃至于全书的宗旨，恩格斯始终在生产制度与阶级关系中定位家庭关系，对于家庭关系展开高度历史化的分析，推导出国家作为阶级矛盾不可调和的产物的起源。《家庭、私有制和国家的起源》是历史唯物主义的典范文本，而张洁以相反的维度阅读，在她的解读中，"爱"被抽离出具体的社会关系，成为一种本质化的对象，由"爱"所铭刻的"内在自我"由此跨越一切障碍。

[1] 转引自孙五三:《一个普通人——记女作家张洁同志》，载《青春》1980年第7期。

当《爱，是不能忘记的》完成叙述的那一刻，它的开篇被颠倒了：共和国已不年轻，而“我”却是崭新的。这样一种新颖的“自我”在新时期的起源阶段大受欢迎，《爱，是不能忘记的》赢得了广泛的社会反响。黄秋耘在《关于张洁作品的断想》中激动地谈道：“为什么我们的道德、法律、舆论、社会风气……等等加于我们身上和心灵上的精神枷锁是那么多，把我们自己束缚得那么痛苦？而这当中又究竟有多少合理的成分？等到什么时候，人们才有可能按照自己的理想和意愿去安排自己的生活呢？”[1]王蒙则准确地指出张洁的“爱”是超出时间和空间的，小说的主题不是指导恋爱婚姻：“小说写的是人，人的心灵。难道人的精神不应该是自由驰骋的吗？”[2]

这种新的“自我”的出现，立刻引起了传统的左翼批评家的注意与焦虑。“自我”总是和“认同”联系在一起的，“自我”的变化意味着原有的“认同”的危机。故而李希凡等批评家在1980年展开对于《爱，是不能忘记的》的阻击。李希凡从保尔·柯察金的感情谈到《刑场上的婚礼》，试图将凭借“爱”脱缰而出的“自我”重新予以控制：“在这里，纯洁、真挚的爱情与为伟大理想壮烈牺牲的革命精神融合成一股浩然的正气，一直铭刻在人们的心目里。这样的爱，不才应当是永远的，不

[1] 黄秋耘：《关于张洁作品的断想》，载《文艺报》1980年第1期。

[2] 转引自曾镇南：《王蒙与〈爱，是不能忘记的〉引起的争鸣》，载《文艺争鸣》1987年第1期。

能忘记的吗？”[1]李希凡也注意到《爱，是不能忘记的》将通过“天国”的道路转向了内在自我，重构了意义的等级秩序。有意思的是，李希凡也构建了他心中的“天国”，将上帝的位置留给了马克思：“‘倘若真有所谓天国’，我们也得去见马克思，我们不能背弃革命的道德，革命的情谊！”[2]

李希凡等人对于《爱，是不能忘记的》的批判，在1980年掀起了一场议论，《文艺报》《光明日报》《北京文艺》《读书》《文汇增刊》《雨花》等刊物牵扯其中，晓立（李子云笔名）、戴晴等发表了支持张洁的文章。就当时的文化氛围而言，李希凡等人的观点是少数派，刘锡诚回忆过《文艺报》同仁刊发李希凡评论时的心态：“对李希凡否定她的小说的文章，实在是左右为难，从心眼里不想发。编辑部不少同仁认为，李文是教条主义文艺批评的一个代表。”[3]对于这场讨论的一个小结，是《文艺报》1980年第8期发表的《关于〈爱，是不能忘记的〉（来稿综述）》，文章以“群众来信”的方式罗列两方面意见，但倾向性隐含其中：“但总起来看，少量来稿赞同李希凡、肖林的意见，绝大多数来稿是与这两位作者商榷的。”[4]

这场论争的胜负，不依赖于论者的理论水准，而是由其所

---

[1] 李希凡：《“倘若真有所谓天国”——阅读琐记》，载《文艺报》1980年第5期。

[2] 同上。

[3] 刘锡诚：《在文坛边缘上——编辑手记》，河南大学出版社，2004，第379页。

[4] 《文艺报》编辑部：《关于〈爱，是不能忘记的〉（来稿综述）》，载《文艺报》1980年第8期。

处的社会转型所决定。在张洁写作的同时，《婚姻法》的修改已经在悄然酝酿之中。和1950年的《婚姻法》相似，在社会发生剧烈转型时，社会关系的转型往往首先落在婚姻关系上，一个直接的体现就是《婚姻法》的确立与修订。1978年全国妇联主席康克清（朱德夫人）向中央建议修改1950年版的《婚姻法》，经中央批准后成立以康克清为组长的领导小组，先后邀请上百位专家展开修订工作。1980年9月10日，第五届全国人民代表大会第三次会议正式通过了新的《婚姻法》，新法于1981年1月1日开始正式实行。

该法在当时引发争论的，在于第二十五条：男女一方要求离婚的，可由有关部门进行调解或直接向人民法院提出离婚诉讼。人民法院审理离婚案件，应当进行调解；如感情确已破裂，调解无效，应准予离婚。“感情破碎”即“予以离婚”，反对的一方认为这有违“道德”。似乎是要为《婚姻法》的修订提供一个佐证，1980年5月遇罗锦（遇罗克的妹妹）以“没有爱情”为理由，向北京市朝阳区法院提出离婚，一时间惹起轩然大波，成为轰动全国的热点事件。[1]最终，1980年的《婚姻法》以“法”的形式深刻保障了“感情”在“婚姻”中的最高属性，“自我”的“内在性”得到承认。

---

[1] 遇罗锦为此写了著名的《一个冬天的童话》（《当代》1980年第3期），直到1986年依然热度不减，苏晓康以这一事件为背景发表有著名的报告文学《阴阳大裂变》（《中国作家》1986年第5期）。

有意味的是，在当年的辩论中支持新婚姻法的一方，援引的正是张洁引述的恩格斯这句话："只有以爱情为基础的婚姻才是合乎道德的。"双方分享着同样的思想认知与历史逻辑。以爱情婚姻为抓手，在"自我"影影绰绰地出现在新时期的地平线时，张洁最早地预言并讲述了这一切。诚如曾镇南在当时的感喟："在婚姻法的这一页掀开之前，也就是1979年9月，已经有一个女性以她的一篇惊世骇俗的小说，从文学领域里刮起了一阵清风，更新了人们对爱情的观念，正是这阵清风，作为尔后发生的一切（至今仍在延续）的前导。"[1]

## 二、"日常生活"中的自我

在《爱，是不能忘记的》发表四个月前，江苏作家高晓声发表了短篇小说《李顺大造屋》，这是高晓声重返文坛的标志性作品。时光倒流到1957年，29岁的高晓声在当年6月与叶至诚、方之、陆文夫创办同仁刊物《探求者》，"提出'运用文学这一战斗武器，打破教条束缚，大胆干预生活，严肃探讨人生'的口号，提倡创作现实主义文学。随之，体现创作宗旨的短篇小说《不幸》在《雨花》第6期上发表，这篇小说'把笔触伸向了革命队伍的内部，描写了一个满口革命原则，而实际上灵

[1] 转引自曾镇南：《王蒙与〈爱，是不能忘记的〉引起的争鸣》。

魂卑污，给妻子制造痛苦和不幸的伪君子形象，从一个侧面提出了知识妇女同样存在的妇女解放问题'”。[1]“探求者”事件惹起了轩然大波，当年8月江苏省文联召开十多次批判会予以批判，当年12月高晓声被打成“右派”，“探求者”集团也被判定为有组织、有纲领的反党集团。刚刚崭露头角的高晓声，在1958年3月被发配到江苏武进县农村接受劳动改造，从此远离文坛。直到1979年3月“探求者”事件被平反后，51岁的高晓声才回到南京，随身带着1978年6月开始重新写作后的几篇短篇小说。

1979年这一年高晓声在《雨花》《钟山》《人民文学》等刊物上一共发表了十一篇短篇小说，引发重要反响的有《“漏斗户”主》(《钟山》1979年第2期，“陈奂生系列”第一篇)、《李顺大造屋》(《雨花》1979年第7期)。如果说在《爱，是不能忘记的》里，抽象的“爱”建构了“自我”的内在性，那么在《李顺大造屋》这里，具体的物质欲望填充了“自我”的内在空间。和《爱，是不能忘记的》那种空洞化的、带有梦幻色彩的抒情相比，《李顺大造屋》以日常生活的逻辑赋予了新的“自我”以历史内容。

查尔斯·泰勒讨论过现代自我的起源之一，在于对“日常生活”的肯定：“‘日常生活’是一个专门术语，我以此来描述人

[1] 张春红：《高晓声文学年谱》，载《常州工学院学报》2014年第2期。

类生活的生产和再生产，即劳动、生活必需品的生产、性生活（包括婚姻和家庭）。当亚里士多德提到政治团体的目的是‘生活和善的生活’时，他首先涵盖了以上这些范畴：这基本上是我们为了持续与更新生活所必需去做的。对于亚里士多德而言，对于生活的维持与对于生活意义的追寻是有区别的，维持生活固然必不可少，但只是起着基础性的作用。”[1]然而，现代自我的出现，正在于颠倒亚里士多德构建的这一等级，查尔斯·泰勒指出："我正在谈论的转变颠覆了这些等级制，这个转变把善的生活的位置从某种特定的高级活动的范围中移出，并把它置于‘生活’本身之内。现在对完满的人类生活进行定义，一方面根据劳动和生产，另一方面根据婚姻和家庭。同时，以前的‘较高级的’活动受到了强有力的批评。”[2]

这种将生活的意义回置到“日常生活”中的转变，每个现代国家的情况不同。对于新时期而言，高晓声的“陈奂生系列”与李顺大形象，第一次在文学上呈现了这一转变。高晓声认为农民的生活重要的是“吃”和“住”，而这是人类再生产最基本的组成部分："他回忆成功经验，认为自己抓住了农民最关心的问题。对于农民来说，重要的只有两件事：一是有地方住，一是能吃饱。所以他最初的两篇小说，《李顺大造屋》是盖房子，

[1] ［加］查尔斯·泰勒:《自我的根源——现代认同的形成》，韩震等译，第300页。笔者参照英文原版，对于此处译文有所修订。

[2] 同上，第302页。

《“漏斗户”主》是讲一个人永远也吃不饱。”[1]

“吃”和“住”的危机无疑暴露了20世纪50至70年代的历史实践所导致的社会主义危机，在对此进行讨论之前，一个必要的前提必须重申：这种“日常生活”的危机是真实而沉重的，“吃”和“住”作为基本人权有不容置疑的正当性。在这一前提下展开分析，是学术研究的基本伦理。而高晓声有效地征用了这一危机，以李顺大的形象，有效地改写了50至70年代社会主义文学所塑造的农民谱系，或者更准确地说，是复活了50至70年代农民形象中潜在的以梁三老汉为代表的小生产者这一脉络，且看李顺大对于社会主义的“觉悟”：

> 一个翻身的穷苦人，把造三间屋当做奋斗目标，也许眼光太短浅，志向太渺小了。但李顺大却认为，他是靠了共产党，靠了人民政府。才有这个雄心壮志，才有可能使雄心壮志变成现实。所以，他是真心诚意要跟着共产党走到底的。一直到现在，他的行动始终证明了这一点。在他看来，搞社会主义就是“楼上楼下，电灯电话”。主要也是造房子。[2]

在李顺大看来，“造屋”所代表的对于“日常生活”的改

---

[1] 叶兆言：《郴江幸自绕郴山》，载《作家》2003年第2期。

[2] 高晓声：《李顺大造屋》，载《雨花》1979年第7期。

善，本来是社会主义的承诺。在小说中有所交代，李顺大“造屋”的念头，正来自“土改”：“在解放前，他并没有做过买牛的梦。可是，土地改革以后，却立了志愿，要用‘吃三年薄粥，买一头黄牛’的精神，造三间屋。”[1]然而问题在于，社会主义包含但不限于“造屋”，在日常生活的满足上有更高的远景。叙述人对此其实很清楚，正是在和潜在的远景相比较，叙述人才会表示“造屋”的念头“也许眼光太短浅，志向太渺小了”。其辩护的方式，是将叙述视点——以及相伴随的政治/文化的潜在压力——转移到李顺大这里，从李顺大的视点出发引申出三点：其一，党和政府是“造屋”的依靠；其二，李顺大对于党的忠诚，“跟着共产党走到底”；其三，社会主义主要也是“造房子”。这三点其实是彼此矛盾的，因为倘若沿着社会主义的逻辑“走到底”，无论如何不会是“造房子”，这只是初级的承诺。但这三点为什么在李顺大这里显得自洽，正在于李顺大将“初级承诺”视为“终极承诺”，以“日常生活”为最高目标。这是一个典型的小生产者对于社会主义的理解：他对社会主义的忠诚，在于社会主义保障了他的个体劳动，而个体劳动构建了一个自足性的空间。

诚如研究者所分析的，“《李顺大造屋》实际上完成的是将

[1] 高晓声：《李顺大造屋》。

中国现代性想象的实质落实在小生产者身上”[1]，对于小生产者而言，基于自给自足的幻象，他所倾向的不再是“自我”之外的劳动互助，而是“自我”之内的个人奋斗。[2]从这样一种个体化的标准出发，通读李顺大的造屋史，凡是政策倾向于合作化时，他的造屋就不顺利；凡是倾向于个体单干时，他的造屋就有所推进。这一点在张书群的研究中提到过："在李顺大的造屋过程中，每当国家政策有所宽松，在指引农村走合作化道路的总体方针指导下，适当放宽农村政策，为私营经济的发展提供一个生存的空间，李顺大即能带领全家凭借其辛勤的劳作积聚起造屋的建筑材料。相反，每当合作化政策高度集中，人民公社神话达到高潮，党在农村社会主义建设的方针政策出现一定程度的偏差，尤其是'左倾'路线盛行，'文革'肆虐期间，人民公社的神话被人利用、歪曲时，李顺大造屋的梦想就会破灭。”[3]

《李顺大造屋》展现出小生产者与“合作化”之间的紧张关系。李顺大回到“合作化”之前的农民形象，他的梦想，和梁三老汉“三合头瓦房院”的梦想十分相似，而如何克服梁三老

[1] 戴哲：《饥饿、财产、尊严与小生产者的梦想——20世纪80年代早期的乡村故事》，载《文学评论》2014年第4期。

[2] 在这个意义上，从高晓声的《李顺大造屋》到后来的路遥的《人生》，主人公的“身体”也即肉身的自我都被赞美性地描写：“李顺大二十八岁，粗黑的短发，黑红的脸膛，中长身材，背阔胸宽，俨然一座铁塔。”这种健硕的身体是个人奋斗的物质起点。

[3] 张书群：《私有化与公有化之间的博弈——重读〈李顺大造屋〉兼及对新时期农村题材小说的反思》，载《石河子大学学报》2013年第1期。

汉的梦想，是《创业史》的核心议题，如同柳青在“题叙”中指出的：“梁三老汉草棚院里的矛盾和统一，与下堡乡第五村（即蛤蟆滩）的矛盾和统一，在社会主义革命的几年里纠缠在一起，就构成了这部‘生活故事’的内容。”[1]如果说《创业史》等作品是“合作化时代”的文学，那么《李顺大造屋》同样忠诚于自己所在的“包产到户”的时代，《李顺大造屋》在文化政治上鲜明地体现出“人民公社”向“家庭联产承包责任制”的转移。这并不是机械地反映时代，而是和历史同步，直接参与到时代的建构之中。在《李顺大造屋》发表一年之后，1980年9月中共中央《关于进一步加强和完善农业生产责任制的几个问题》的通知肯定了“包产到户”，之后“包产到户”在全国农村迅速地采用和推广。和新时期几乎所有的文学经典一致，《李顺大造屋》的能量正在于呼应新时期的历史逻辑，并将这种历史能量转化为文学的结晶。同样，是“合作化”的瓦解，而不是《李顺大造屋》这样作品的挑战，真正摧毁了《创业史》这样的作品所塑造的农民形象，梁生宝的时代结束了，算起来和梁生宝同龄的李顺大的时代开始了。

王彬彬认为高晓声是一个不断在“算账”的作家：“在高晓声的小说中，总有一把小算盘在响着。某种意义上，不妨说高晓声是一个用算盘写作的作家。细心的读者不难发现，高晓声

---

[1] 柳青：《创业史》，中国青年出版社，1960，第23页。

对数字是十分敏感的。在他的小说里，账目出现得十分频繁，而且数字总是很精确。”[1]“合作化”某种程度上也正是败于这种“算账”：作为一种总体性的社会改造方案，“合作化”在经济层面上一直匮乏有效的监督手段与激励方式[2]，又受制于城乡二元结构的“剪刀差”与“冷战”所导致的外部经济环境的恶化，故而长期——而不仅仅是在改革之后——受到更有“效率”的“单干”的挑战。最终随着人民公社的政治职能在1983年的结束，缺乏政治制度刚性维系的“合作化”土崩瓦解。

但问题在于，“算账”既不能在经济层面保有全部的合法性；更要面对“社会—政治”层面隐藏的危机。高晓声的“算账”是小生产者的“算账”，算的是一时一地一家一户。“单干”之后，在短期看来确实会带来“投入—产出”的增加，这已经被“包产到户”后的历史实践所证明。然而问题在于，“个体”不是孤立的个体，不是完全自给自足，而是生活在社会之中，总要和社会网络发生各种各样的交换。这种交换不是纯粹的“市场”问题，而是根本性的“政治”问题。《李顺大造屋》的结尾已经预示了未来的危机：1977年的李顺大终于可以“造屋”了，但是砖头、水泥、桁条、椽子都无法自行生产，在物质短

[1] 王彬彬：《用算盘写作的作家》，载《小说评论》2011年第3期。

[2] 经济学方面的相关论述可见：林毅夫：《制度、技术与农业发展》，上海三联书店，1994；陈剑波：《人民公社的产权制度——对排它性受到严格限制的产权体系进行的制度分析》，载《经济研究》1994年第7期；周其仁，《中国农村改革：国家与土地所有权关系的变化——一个经济制度变迁史的回顾》，载《中国社会科学季刊》1995年第6期。

缺的情况下，李顺大也找不到“市场”来获取这一切。最终，李顺大依靠“两条最好的香烟”才获得了这一切，小说不是结束于李顺大“造屋”的喜悦，而是结束于李顺大“造屋”的困惑之中：“做了这些腐蚀别人的事，李顺大内心惭愧，不敢告诉老书记。但是他的灵魂不得安宁，有时候半夜醒过来，想起这件事，总要骂自己说：‘唉，呢，我总该变得好些呀！’”[1]“单干”之后的李顺大会慢慢觉察到，他作为“个体”不是自由的，而是要和一个更大的系统发生关系。这一点在之后的“陈奂生系列”中，表现得尤为明显。

在《陈奂生转业》中，和《陈奂生上城》等引发轰动的作品相比，制约陈奂生的依附性结构变得显豁。大队办的工厂在陈奂生住完这五元一夜的招待所回村后，突然请陈奂生担任厂里的采购员，安排陈奂生去看望吴书记，要到紧俏原料的批条。走向“现实生活”的“自我”，怎么和控制“现实生活”的系统博弈？陈奂生面对吴书记感到束手无策，他在出门前的“犹豫”很有意思：

> 万一吴书记不点头，又怎么办呢？唉、唉，假使他不点头，也只好拉倒，总不能像造反派那样把他揿得低下头来。吴书记是大官，他陈奂生是社员，大官对社员不讲交

[1] 高晓声：《李顺大造屋》。

情，陈奂生也不算丢脸。[1]

细读这段心理活动，陈奂生首先否定了“文革”的方式，又在此基础上承认“官员/社员”这种等级结构的合法性。到了这一步，他在“政治—文化”的层面上已然没有任何影响到吴书记的办法。陈奂生唯一的办法就是“走后门”，这正是厂长看中他的地方。小说特地描写了另外两个工厂的采购员，表现他们人情练达的拉拢，以及毫不掩饰的对于官员的腐蚀。最终陈奂生托关系时的那种期期艾艾，那种无能为力的感觉反而被吴书记理解为“单纯的、真挚的、深沉的感情”，给他批了条子。在办公室刘主任熟门熟路的安排下，在别的工厂采购员的指点帮忙下，陈奂生终于通过批条拿到了原料。退缩到“日常生活”中的个体，丧失了对于生活的参与，最终只能把自己编织进关系网络中，成为结构上的依附性存在。

在《陈奂生转业》结尾处，处于新旧之间的陈奂生，感受到了认同的危机。他借了一辆板车亲自把五吨原料送到火车站，结果无人理解，嘲笑他为什么不雇人去拉。同时，厂里为了这笔原料奖励他六百元奖金，在钞票面前陈奂生惊讶、沉默，“他认定这一笔飞来横财不是他的劳动所得”，“为什么出力流汗拖板车却没有报酬？为什么不出力气却赚大钱？”[2]《陈奂生转业》

[1] 高晓声：《陈奂生转业》，载《雨花》1981年第3期。
[2] 同上。

这篇小说就以这个问题结束，陈奂生已经模模糊糊地感觉到“劳动”无法支撑“尊严”了，但是对于“劳动”残留的情感，使得他在进入新时期的那一刻，一瞬间有些恍惚。

对于陈奂生这种尊严感的丧失，文学史流行的读法，是将陈奂生与阿Q对照，以“精神胜利法”来理解“陈奂生性格”。就当年批评家的观点而言，雷达在《高晓声的艺术特色》一文中最早地谈到陈奂生带有阿Q的精神烙印。[1]李星在当时也谈到类似的观点：“但是也不能否认在陈奂生身上有阿Q的影子，‘我们先前阔多啦’与‘吴书记看得起’有相通之处，它们都是没有文化的，植根于封建等级观念、门阀观念的落后愚昧心理。”[2]针对这种论调，高晓声在1980年的一篇创作谈中特地解释：“有人说我的小说很像鲁迅小说，其实鲁迅小说我有二十年没有读了，我的情况就是这样。”[3]但是，高晓声的辩解不被当年的批评家采纳，阎纲和其他批评家相似，在著名的《论陈奂生——什么是陈奂生性格？》一文中坚持认为陈奂生的塑造借鉴了鲁迅的笔法。批评家们之所以频频把陈奂生和阿Q放在一起来讨论，正在于他们感觉到陈奂生这种自我形象所隐含的依附性危机。阎纲将其概括为“陈奂生性格”：“在‘陈奂生性格’里，本

---

[1] 雷达：《高晓声的艺术特色》，载《光明日报》1980年6月11日。

[2] 李星：《农民命运的艺术思考——谈高晓声的四篇小说》，载《延河》1981年第2期。

[3] 高晓声：《生活、目的和技巧》，载《星火》1980年第9期。

来就有一种奴性存在，它一定要寻求主宰它的东西……‘陈奂生性格’的严重的悲剧性在于：他们生在做主人的时代，却不是当主人的材料。”[1]限于当时的批评资源，阎纲等批评家只能借助“国民性”这套话语，讨论小生产者的尊严政治。

这样一个文化政治的问题在当时只能以“文化”的方式而不是以“政治”的方式讨论，也即只能以人物性格的视野而不是以社会结构的视野讨论，显示出新时期文学起源阶段形塑“自我”的内在困境：回到“现实生活”之内的“自我”，如何决定“现实生活”而不是被其决定？如果说高晓声的“陈奂生系列”展现了这一困境，那么对于这个问题予以正面解决的作品，无疑激起新时期文坛的强烈兴趣。已经有很多研究者注意到了，何士光的《乡场上》构成了对于“陈奂生系列”有意味的补充。

在《乡场上》这篇小说中，和曾经的“漏斗户”陈奂生相似的“顶没价值”的冯幺爸，被村支书要求为一场小儿打架的纠纷作证：一方家长姓任，是老实巴交的民办教师；另一方家长姓罗，掌管着食品收购站，而村支书素来站在后者一边。乡场上的民众们都明白：“你得罪了一尊神，也就是对所有的神明不敬，得罪了姓罗的一家，也就得罪了整个的上层。”[2]支书层层

[1] 阎纲：《论陈奂生——什么是陈奂生性格？》，载《北京师范学院学报》1982年第4期。

[2] 何士光：《乡场上》，载《人民文学》1980年第8期。

紧逼，家长不依不饶，似乎冯幺爸要和以往一样忍气吞声，没想到冯幺爸突然爆发，像“哗啦啦的雨水”和“喜庆的爆竹”一样怒斥支书等人。冯幺爸说得很清楚，他挺直腰杆的理据，在小说中有两点。其一，“这责任落到人，打田栽秧算来也容易！”[1]家庭联产承包责任制保障了他的“劳动”，同时这种“个体劳动”不再受曹支书所代表的官僚系统支配，“送我进管训班？支派我大年三十去修水利？不行罗！你那一套本钱吃不通罗！”[2]其二，“反正现在赶场天乡下人照样有猪杀，这回就不光包给你食品站一家，敞开的，就多这么一角几分钱，要肥要瘦随你选！”[3]恢复了的“自由市场”极大削弱了“计划经济”对于“商品”的管制。

《乡场上》的价值正在于具有历史典型性地表达了“日常生活”中的“自我”和宰制“日常生活”的利益集团的正面冲突，并且宣告着“自我”的胜利。何士光对此十分自觉，在创作谈中谈道：“我选定了四个人物，曹福贵代表政界，罗二娘代表财界，冯幺爸和任老大女人则代表受苦受难的农民。”[4]在何士光看来，“官僚主义＋计划经济”构成了一种混合性的压抑结构：

---

[1] 何士光：《乡场上》。

[2] 同上。

[3] 同上。

[4] 何士光：《感受·理解·表达——关于〈乡场上〉的写作》，载《山花》1981年第1期。

> 乡场上的干部凭着“专政”的名义加强了他们对农民的权威，为人民服务的豪言壮语荡然无存；我们原来的经济具有不可挑战的垄断性，这种垄断表现在乡场的日常生活之中，又不过是操纵在食品站的总管之类的人手里，在社会物质贫困的基础上，乡场上所有带“营业”二字的人都一登龙门而身价十倍了，其地位一下子提高得为农民不能望其项背，俨然是小街上的财界。[1]

和“官僚主义+计划经济”相对应，《乡场上》这篇小说将“个体劳动+自由市场”视为解决之道。这样一个市场经济教科书式的模型，针对着被视为僵化的官僚系统，这套官僚系统垄断着“日常生活”。个体劳动者被想象为可以“自由”地绕开这套系统，依赖自由劳动与自由市场获得物质财富，而物质财富构成了“尊严”的基础。

这场胜利是否过于天真？如果说冯幺爸在猪肉问题上可以绕开食品站的话，那么在更大的经济结构上，“市场”一直受到官僚系统的结构性制约。官僚系统对于生产物质的垄断经营乃至于倒买倒卖，贯穿于1980年代的内在紧张之中，并由此触发了深刻的社会危机。而这是回到“日常生活”的“自我”所必须面对又无法解决的。

---

[1] 何士光:《感受 · 理解 · 表达——关于〈乡场上〉的写作》。

# 第二节　参与性危机

## 一、1980年代的“诚与真”

电影《顽主》（改编自王朔发表于《收获》1987年第6期的中篇小说《顽主》，米家山导演、王朔编剧）第一组镜头是古代文物的定格特写，隐隐响起的画外音：“瞻仰毛主席遗容凭本人的工作证、身份证，或者介绍信入场。”随即主题曲响起，全景、特写镜头不断切换，1988年夏日的北京，汹涌的车流，拥挤的人群，摩天高楼的玻璃幕墙，以及人与人脸上的迷茫。这份夏日街头的迷茫与古典的沉思无关，而是更近似于本雅明对于波德莱尔的分析，大都会的人群面对叠加而来、紊乱芜杂的经验，由于“震惊”而导致“麻木”。[1]

[1] 参见［德］瓦尔特·本雅明：《论波德莱尔的几个母题》的相关论述，［德］汉娜·阿伦特选编《启迪——本雅明文选》，张旭东、王斑译，生活·读书·新知三联书店，2008，第167—214页。

据导演米家山回忆，这组镜头是一次即兴创作，来自他在西单、天安门广场、火车站等地的偷拍，暗示“现代都市生活的杂乱无章，人和城市间的对立冲突”。[1]在告别毛主席的“后社会主义”时期，在中国城市化进程的开场，王朔《顽主》恰逢其时地出现，记录了一段意味深长的精神历程。正如电影的主题曲所唱的：“我曾梦想现代化都市的生活，可现在的感觉我不知该怎样说。”

只有在精神史与社会史的对照读法中，而不是以往浮泛的道德主义读法，王朔与他的作品才能获得应有的深度。就此值得参照莱昂内尔·特里林在《诚与真》中的论述，特里林将“真诚”视为“历史发展的某个时刻”的新要素，并以此为视角重新理解“现代”的欧洲人：“但在近代史开始之初，一些欧洲国家的文化却对真诚十分关心，而这种关心又与一个重大的公共事件相连，即传统的集体组织方式被彻底颠覆，一种叫做社会的实体如今出现在人们的心中。”[2]何谓“真诚”，特里林认为：“我们这里所说的真诚（sincerity）主要是指公开表示的感情和实际的感情之间的一致性。”[3]作为过去四百年西方文化“显著特征、甚至是决定性的特征”，特里林所分析的“真诚”与社会

[1] 王云珍：《访米家山谈〈顽主〉》，载《电影艺术》1989年第5期。

[2] ［美］莱昂内尔·特里林：《诚与真》，刘佳林译，江苏教育出版社，2006，第29页。

[3] 同上，第4页。

身份的多元化、流动性密切相关，“真诚就是‘对你自己忠实’，就是让社会中的‘我’与内在的‘自我’相一致。因此，唯有出现了社会需要我们扮演的‘角色’之后，个体真诚与否才会成为一个值得追问的问题”。[1]

在一个社会高速转型、价值日趋多元的时代，“诚与真”的问题，意味着人如何与自我相处，正是在这个意义上，王朔的小说显示出重要的价值。就狭隘的文学性而言，王朔的小说很单薄，是一个声音在不同作品、作品中的不同人物、人物间的不同情节之中的冗长重复，尽管不断地繁殖、膨胀，但终究是贫乏的。然而，在精神史与社会史互相形构的意义上，王朔貌似单薄的文本背后，封存了丰富的历史信息与生活实感，这份“单薄”是历史的重锤反复敲击的结果。

从这个角度出发，可以理解包括《顽主》在内的王朔小说为什么如此厌恶“知识分子”，如此厌恶“伪善”，比如《顽主》中的作家宝康与“德育教授”赵尧舜。王朔在《我的文学动机》中谈道：“我写了一批被认为是确立了风格的小说，开开社会的玩笑。有评论认为我这批作品玩世不恭，我以为恰恰这批作品入世过深。以我之偏见，中国社会最可恶处在于伪善，而伪善风气的养成根子在知识分子。”[2]王朔所理解的“知识分子”是

[1] 刘佳林：《诚与真的历史文化脉动（代译序）》，［美］莱昂内尔·特里林著《诚与真》，刘佳林译，第2—3页。

[2] 王朔：《我的文学动机》，《无知者无畏》，春风文艺出版社，2000，第141页。

国家意识形态机器的重要组成部分："中国历代统治者大都是流氓、武夫和外国人。他们无不利用知识分子驭国治民，刚巧中国的和尚不理俗务，世道人心、精神关怀又皆赖知识分子议论裁绝。这就造成了知识分子权大无边身兼二职：既是神甫又是官员。绝对的权力导致绝对的腐败。信仰与利益，超凡成圣和过日子往上爬。再伟大的知识分子也难以自处二者兼得或割舍其一。于是伪善便成了普遍的选择。"[1]

王朔所厌恶的，在于"言"与"行"的分裂，"言"意味着社会角色，"行"则指向内在的自我。在他的小说中，往往是知识分子自身对于利益的追逐解构了冠冕堂皇的说辞，比如道貌岸然的赵尧舜面对摩登女郎的隐秘幻想，这类似于鲁迅在《肥皂》中对于"假道学"的讥讽。在王朔看来，知识分子的内在"自我"与所扮演的社会角色有严重的差异，这是"不真诚"，是"伪君子"。王朔也是在这个意义上解释自己的"痞子文学"："就概念而言，痞子这词只是和另一些词如'伪君子''书呆子'相对仗，褒贬与否全看和什么东西参照了。"[2]

由此，王朔选择以"反讽"作为作品的推动力，塑造他所认为的世界。在这一点上，以往的王朔研究，更多的是结合艾布拉姆斯《文学术语词典》、D. C.米克《论反讽》对于"反讽"

[1] 王朔：《我的文学动机》，《无知者无畏》，第141页。

[2] 王朔：《不是我一个跳蚤在跳——〈王朔自选集〉自序》，葛红兵、朱立冬编《王朔研究资料》，天津人民出版社，2005，第55页。

的梳理，在修辞的意义上将王朔的“反讽”理解为一种特别的“讽刺”:“与其说是为了把自己隐藏起来，毋宁说是为了使他人显出真相。”[1]在此值得补充的是，被庸俗化使用的“毛文体”乃至于官僚体制的空话套话，构成王朔讥讽的话语背景——这在《顽主》中的体现就是顽主们的“父亲”，那位腰板笔直的穿着摘去领章的军装、读《中国老年》、听着半导体收音机入睡的“老头子”。但是，不同于1980年代以来常见的批判型知识分子，王朔不是召唤新的神祇来打倒旧的偶像，比如流行一时的以陈寅恪来暗讽郭沫若，以独立、自由来抨击国家、体制；他的特殊之处在于，“反讽”在王朔的作品中不仅是修辞格，更是世界观，对“意义”表示出整体性的不信任，所谓“一点正经没有”，“千万别把我当人”。正如克尔凯郭尔在《论反讽概念》中谈到的:“根本意义上的反讽的矛头不是指向这个或那个单个的存在物，而是指向某个时代或某种状况下的整个现实。”[2]

借助特里林的论述框架，王朔不仅怀疑“诚”（真诚，sincerity），他更是怀疑“真”（真实，authenticity）。特里林认为:“真实意味着向下运动，穿过所有文化的上层建筑，到达一个地方，一切运动都从这里结束，也从这里开始。”[3]对王朔而

---

[1] ［丹麦］索伦·克尔凯郭尔:《论反讽概念》，汤晨溪译，中国社会科学出版社，2005，第215页。

[2] 同上，第218页。

[3] ［美］莱昂内尔·特里林:《诚与真》，刘佳林译，第13页。

言，他始终怀疑在文化的面具下，有一个可以抵达的“自我”，穿越“所有文化上层建筑”的深海潜水，最后抵达的恐怕是一片虚无。在《顽主》中，有一个戏剧性的段落，杨重代替肛门科医生王明水谈恋爱，没想到王明水的女友刘美萍对他大有好感。杨重偷偷打电话回“三T公司”搬救兵，于观、马青出的主意是侃弗洛伊德。然而，作为“爱探讨人生”的“现代派”，刘美萍对于弗洛伊德也大有研究：

> 你一定特想和你妈妈结婚吧？
>
> 不不，和我妈妈结婚的是我爸爸，我不可能在我爸爸和我妈结婚前先和我妈妈结婚，错不开。[1]

这个戏谑的段落，一方面调侃作为1980年代文化时尚的“弗洛伊德热”，嘲讽人们对于弗洛伊德的生吞活剥；一方面也质疑着“真实的无意识”。在特里林看来，弗洛伊德的理论接续着叔本华、马克思、易卜生、尼采以来的思想源泉，这种知识倾向是“撕下面具的倾向”。[2]在王朔这里，面具的背后，则是一片空无。无论是显露的意识层，还是潜伏的潜意识，现代人既不“真诚”，也不“真实”。用王朔另一部小说的隐喻来概括的话，他们是大都会的“橡皮人”。

---

[1] 王朔：《顽主》，天津人民出版社，2007，第12页。

[2] ［美］莱昂内尔·特里林：《诚与真》，刘佳林译，第139页。

这是典型的怀疑主义时代的美学。在“新时期”的开端，同样是“怀疑”，北岛依旧是传统的“呐喊”，“告诉你吧，世界/我—不—相—信!”尽管也将“我”与“世界”剥离出来了，但随即指向一个新的“理想国”，“新的转机和闪闪星斗”正在重新缀满天空，北岛对于未来依旧是乐观的（“未来人们凝视的眼睛”）。与之对比，王朔要灰暗得多，他的“反讽”远远比“呐喊”彻底，疏离出一个彻底游荡的、丧失感觉的“我”。这是王朔如此迷恋反讽的真正原因，反讽“不是为了欺骗，也不全然是为了嘲笑（尽管往往隐含这个意思），而是为了在说话者和谈话对象之间、说话者和所谈论的对象之间、说话者和他自己之间造成分离”[1]。

真理瓦解，中心坍塌，一切分崩离析，在这场历史性的疏离中，《顽主》结束于一场所有人都来参加的“舞会”：

> 所有的人都在舞，在咧嘴欢笑，人头汹涌，胳膊腿横飞，音乐已经到了震耳欲聋的程度。从人们脸上挥洒出来的汗水在灯光下形成一片蒙蒙的亮闪闪的雾，使人们的脸变得模糊不清、混沌一团，只间或有鼻子或眼睛等局部清晰、一闪即逝地显露，在这层雾的下面是成百上千疯狂扭动的身体和不停跺地的脚，交织在一起，无律杂沓地变换位置。[2]

[1] ［美］莱昂内尔·特里林:《诚与真》，刘佳林译，第118页。

[2] 王朔:《顽主》，第68页。

有研究者认为，这喻指着“范导者”的失效：“在这段颇似新感觉派的描写中，我们已然看不到任何中心，赵尧舜的故事似乎就此结束了。”[1]在电影《顽主》中，导演将结尾这场舞会提前，并将其中的寓意更为显豁地强化：在于观女友的帮助下，“三T文学奖”颁奖晚会放在了即将有一场时装表演的国际展览中心，由于时装模特嫌钱少，于观他们也找来了话剧团和歌舞团的演员，组织了一场光怪陆离的“时装表演”：“《顽主》中那个在发奖仪式上的时装表演中混杂了健美操、迪斯科和过去中国社会文化中人们熟悉的农民、地主、红卫兵、京剧人物一道展示的段落，一直被中国电影的研究者反复阐释，已经是中国电影的一个经典片断。”[2]

重温这场表演，导演设计了一个平行蒙太奇，运用五组镜头分别交代台前幕后，后台的戏一方面是推动剧情的需要，另一方面也构成间隔与过渡，凸显出前台不断递进的三重寓意。

第1组镜头：时装模特、京剧人物同时登场走台，当下中国与传统中国奇妙并置。随即，吴老太爷式的乡绅、大腹便便的绅士、妖艳风情的淑女、挥洒传单的五四青年、包着羊肚手巾的老农、纺织厂的女工、解放军战士、“红卫兵小将”、交通

[1] 李云：《“范导者”的失效——当文本遭遇历史：〈顽主〉与“蛇口风波”》，载《当代作家评论》2010年第1期。

[2] 张颐武：《王朔与电影——一个时代精神史的侧影》，载《电影艺术》2011年第3期。

警察、霹雳舞青年、身着比基尼的健美女郎，按照时间顺序依次走台（这个次序的安排，明显呼应着中国现代史）。

第2组镜头：于观对马青找来的“奖杯”（咸菜坛子）不满。

第3组镜头：老太爷对于摩登女郎指指点点、“红卫兵”呵斥帝王将相、绅士淑女手持文明棍叫农民滚开、国民党军官与解放军战士拔枪对峙。

第4组镜头：由于名作家一个都没来，于观找后台的工作人员和朋友们顶替。

第5组镜头：在迪斯科的电子音乐中，各个阶层的人物扭动着身体共舞。

在多元杂处的“新时期”末期，各个历史时段之间的断裂、对立与紧张消弭干净，内在的意义指向被抹平，一切沦为了“表演”。就《顽主》而言，可笑的不是人物，而是人物与情境的不协调（赵尧舜这类青年训导者形象在“新时期”之初的作品中比比皆是，比如《班主任》《醒来吧，弟弟》这些获奖作品），北京这座见证了20世纪所有历史剧本的古都，开始迈向“现代”的国际大都会。这正如赵毅衡的提醒：“当代文化应当成为一种反讽文化。这个文化的特点是，人之间的联系不再基于部落—民族的身份相似性（比喻），不再基于宗法社会部分与整体的相容（提喻），不再基于近代社会以生产关系形成的阶级认同保持接触（转喻）。当代文化的基础是商品消费，人与人之间没有生活方式的联系，从而形同陌路，而在这个基础上要建立社群意识，就只有在不同意见中互相阅读对方的意见，由此，当代文化必然走向反讽主义。”[1]

## 二、“脱历史”的参与性危机

对于1980年代以来的城市化进程而言，《顽主》的故事并没有在小说最后一页结束，而是刚刚开始。李云在《〈顽主〉与“蛇口风波”》一文中，眼光独到地钩沉了《顽主》与“蛇口风波”[2]的精神关联，指出《顽主》与1980年代末期青年人的精神世界，分享着一种共同的逻辑。琳达·哈琴在理论上说清楚了这一点，她在《反讽之锋芒：反讽的理论与政见》一书中，对于“反讽”与“共同体”的关系有精彩剖析：“并不是说反讽创造了共同体或内部集团；我想要论证说明的是，反讽之所以发生，是因为那可称之为‘话语的共同体’的群体已经存在，而

---

[1] 赵毅衡：《反讽时代：形式论语文化批评》，复旦大学出版社，2011，第14页。

[2] 如李云在前引论文中整理的：“1988年1月13日，北京师范学院德育教授李燕杰、某部调研员曲啸、前中央歌舞团舞蹈演员彭清一在蛇口招商大厦出席了‘青年教育专家与蛇口青年座谈会’。会上，青年们对教育专家空洞而不切实际的宣讲提出了质疑和反驳，争论由此而起。随同南下的教师郭海燕以李燕杰的名义起草了题为《“蛇口座谈会”始末》的材料，从深圳分送给中央和有关单位的领导，由于多家媒体的相继介入，这个本来很平常的事件逐渐从蛇口播散到全国，引发了持续的热议，最终酿成当年的一场‘风波’。”

且已经为布局使用和认定反讽提供了语境。”[1]琳达·哈琴将这个关系概括为“与其说反讽创造共同体，倒不如说首先是话语的共同体促使反讽成为可能”。[2]1988年米家山执导《顽主》、夏钢执导《一半是火焰，一半是海水》、黄建新执导《轮回》（改编自《浮出海面》）、叶大鹰执导《大喘气》（改编自《橡皮人》）同时上映，王朔四部作品同时被搬上银幕，1988年被文学界、电影界命名为“王朔年”，其中的奥秘，正在于王朔的作品，契合着青年一代的精神处境。[3]米家山曾坦率表示，选择《顽主》的原因，在于王朔的作品“在青年中，尤其是大学生、知识青年中很有市场”。[4]

问题的关键在于，多元状态未必意味着人生选择的增加，未必意味着青年一代可以更为自由地参与到自己的生活之中。颜海平对于“诚与真”与社会参与问题的分析，深刻切中了问题的症结：

> 特里林认为马克思对此是高度肯定的：现代生活即是

---

[1] ［加拿大］琳达·哈琴：《反讽之锋芒：反讽的理论与政见》，徐晓雯译，河南大学出版社，2010，第13页。

[2] 同上。

[3] 另一个原因也在于当时“娱乐片”口号的提出，据王朔回忆：“1988年我有四部小说改编成电影。那一年陈吴苏当主管电影的副部长，提出拍‘娱乐片’的口号，其实也是意在恢复电影这一大众文化产品的本来面目。”参见王朔：《我看大众文化港台文化及其他》，《鸟儿问答》，天津人民出版社，2007，第184页。

[4] 王云珍：《访米家山谈〈顽主〉》。

城市生活，城市生活即是现代社会生活，现代社会生活中的新人，即是参与性的公共人，而不是拒斥性的孤绝存在。如何参与社会，成为如何成就“新人”的关键；个人与社会的关系如何处理，成为“新人”的界定属性即“诚性”如何达成的问题。[1]

如何参与社会，王朔给出了一代新人的“自传”。王朔的小说大量采用第一人称叙述，如他自述的：“我一向以第一人称写东西。”[2]在各个作品中，主人公高度相似，正如王鸿生所分析的，王朔的主人公是“新青年”的集体原型：“仅凭说话人的口气、表情、节奏直到常见句式、惯用语码及其所负载的心理内涵，你都很难对他们做出个性化的区分。”[3]而且，这些“同质”的主人公，借助柄谷行人在《日本现代文学的起源》中提出的概念，是回避“内面”的人，他们几乎没有“自我”的“告白”。[4]在《顽主》乃至于其他作品中，王朔不写任何心理分析，他的作品中充斥着大量的场景和对话，像电影的脚本一样，有

[1] 颜海平：《海外汉学之外的参照系》，载《东吴学术》2012年第4期。

[2] 王朔：《我和我的小说》，载《文艺学习》1988年第2期。

[3] 王鸿生：《风景：在沉沦与期待的界面——读王朔近作》，葛红兵、朱立冬编《王朔研究资料》，第437页。

[4] 不多的例外如《一半是火焰，一半是海水》中“我”从狱中回家，无法安睡在吴迪自杀的房间中，最后甚至精神崩溃，这部小说由此被视为王朔小说中有“深度”的作品。

着强烈的镜头感。[1]更重要的是，在他的小说中，人物告别了高度组织化的“外景”，曾经普遍出现在广场、街道、工厂、农田、高山大川的主人公们，被吸收到了“内景”之中，活动在一个又一个房间里，或是颓废的卧室，或是胡侃的客厅，或是暧昧的宾馆，或是三T公司、海马创作中心这类聚居点，这应和着“反讽”所制造出的疏离态势，“只有当一个人成为一个个体的时候，他才越来越多地生活在私人空间里”[2]。在这些私人空间中，历史的能量变得松懈、疲惫，人物的运动是一种无目的的“耗散”：或者侃大山，或者打牌，本质上都是符号的游戏。

显然，对于参与社会而言，王朔给出了十分黯淡的描绘。他所开启的1980年代中后期以来的“反讽”潮流，对应着社会结构方面青年一代的参与性危机。就王朔自己而言，他的文学动机，肇始于社会上升渠道的断裂。王朔原本是“大院子弟”，父亲是军官教员，母亲是医生。这种干部子弟的身份带有先天的优越感，在《我是狼》中王朔借小说人物之口调侃道：“要是不退伍也就混个海军司令吧。”对于王朔这样的青年而言，社会上升渠道一度是十分清晰、通畅的，如《动物凶猛》中大院子

---

[1] 王朔曾表示“1988年后我的创作几乎无一不受到影视的影响”。参见王朔：《身后一片废墟》，《无知者无畏》，第103页。就《顽主》而言，在致《收获》编辑程永新的信中，王朔表示“该小说的构思框架是出于西安电影厂黄建新”（当时黄建新正在筹拍王朔《浮出海面》），《五花肉》（《顽主》原名）这部小说，“实际上是专为他（指黄建新）写的东西，在写小说时也照顾到了他的风格”。参见程永新：《一个人的文学史》，天津人民出版社，2007，第43页。

[2] ［美］莱昂内尔·特里林：《诚与真》，刘佳林译，第24页。

弟的自白："我一点不担心自己的前程，这前程已经决定：中学毕业后我将入伍，在军队当一名四个兜的排级军官，这就是我的全部梦想。"

然而，头等出路的参军入伍，在"新时期"的价值体系中地位不断下降。王朔在《空中小姐》中写出了复员军人的失落："当年，我们是作为最优秀的青年送入部队的，如今却成了生活的迟到者。"王朔曾回忆1979年参加人民大会堂国庆联欢晚会时的痛苦："我说不出我多压抑，我感到世道变了，我和我身上这身曾经风靡一时令我骄傲的军装眼下都成了过时货。正在跳舞的人们已经穿上了高跟鞋、喇叭裤、尼龙衫，烫了头发，手腕上戴着电子表，大概还有人在说英语。"[1]

王朔对于历史的激变十分敏感，回到部队后，"我跟我们头儿说我有办法买到日本产的彩色电视机，揣着部队养海带挣出来的三千块去广东倒走私电器去了"。[2]1980年王朔结束了北海舰队的四年服役，退伍后到北京医药公司批发商店工作，"1982年严打中他被人供出曾参与走私贩私，王朔只好认了1000多元的非法所得，并勒令从工资中退还。原本每月36元的工资，一月扣除30，还剩下60大毛。为六块钱上班实在没有必要，王朔

[1] 王朔：《鸟儿问答》，第7页。

[2] 同上。

干脆辞职”。[1]之后，以在《当代》1984年第2期发表《空中小姐》为转折点，王朔开始从事职业写作。诚如王朔的夫子自道：“我个人很早就离开了体制，当兵复原后什么都干过，结果干什么都砸，最后逼到了‘码字’上。”[2]

蔡翔就此有过分析：“传统的社会结构正在受到拆解，大多数的人已经或正在被抛到秩序之外，他们一时难于进入（或适应）新的社会结构，大多数人依然徜徉在边缘，失意、痛苦、不满、愤懑，已经构成一个普遍性的社会‘焦灼’情结。”[3]对于王朔代表的普通干部子弟而言，“王朔相当准确地把握住了这些城市流浪汉的心态，在某种意义上，他描写了在中国一些没落的‘贵族’的兴衰的心路历程”。[4]有意味的是，王朔这种“局外人”的体验，在“知青返城”“待业青年”“大裁军”“个体户”的历史大背景下，被青年一代普遍地分享；同时，在“改革”所确定的科层化的精英治理体制下，青年的社会参与问题长期悬置，专业化、等级化的“升学—分配”体制吸纳着大量的青年精英，作为“新科举制度”构成了社会参与的替代品。社会结构的这一变化，深切改变了一代人的“情感结构”。王

[1] 桂琳：《拧巴的一代——成长视野中的王朔》，中国电影出版社，2009，第43页。

[2] 参见王蒙：《知识的诚实与道德》，《美人赠我蒙汗药》，长江文艺出版社，2000，第103—114页。

[3] 蔡翔：《旧时王谢堂前燕——关于王朔与王朔现象》，载《小说评论》1994年第1期。

[4] 同上。

朔的反讽与社会主义现实主义文学的断裂，是社会结构断裂所催生的美学断裂的结果。王朔大受欢迎的原因，正在于脱序的“青年共同体”，寻找自己群体的历史代言人。

张颐武体验到了王朔小说的“多余者”意味，他在《王朔与电影——一个时代精神史的侧影》中谈道：“王的‘顽主’其实是过去时代最后的终结者，他们的潇洒和看透世事都显示出过去时代的‘多余者’的形象。这种‘多余者’其实也在召唤一个新的时代的来临。但他们其实并不属于这个新的市场经济的时代，于是在真正的新时代来到，过渡时期终结之后，他们最终悄然隐遁，消失在新时代的深处。”[1]不过，张颐武过于乐观地想象“新时代”，“新的市场经济时代”未必有效地解决了参与危机，与市场配置、自由流动的理想模型不同，近年来阶层固化的态势愈演愈烈。

汪晖则以“去政治化”概括“新时代”社会参与的危机：“所谓‘去政治化’就是指以下现象：对构成政治活动的前提和基础的主体之自由和能动性的否定，对特定历史条件下的政治主体的价值、组织构造和领导权的解构，对构成特定政治的博弈关系的全面取消或将这种博弈关系置于一种非政治的虚假关系之中。”[2]在这里汪晖所描述的主体能动性的丧失，构成一

---

[1] 张颐武：《王朔与电影——一个时代精神史的侧影》。

[2] 汪晖：《去政治化的政治：短20世纪的终结与90年代》，生活·读书·新知三联书店，2008，第39—40页。

个真实而尖锐的问题。在写于1988年的《我和我的小说》中，王朔已然开始慨叹面对“历史”的无力感：“叱咤风云的主儿见多了，你就是努力出血来，历史依然毫无所动地按照它本身的内在规律缓缓移动，既然浪遏飞舟不免徒劳，弗如开始就随波逐流。”[1]

对于面对“历史”的参与性危机，笔者以“脱历史”这一概念描绘这一现象。“脱历史”指的是在一个参与性危机的社会中人与历史的“脱钩”，个体因无法真实地参与自身生活所导致的历史感的丧失。某种程度上，“脱历史”构成了汪晖所讨论的“去政治化”的历史结果与新的主体构成。

## 三、喜剧时代

在“人文精神大讨论”中，王朔有一句话很有意思，他曾表示相比张承志、张炜这类作家，“我和他们最大的不同大概就在于他们把这个时代看作一个悲剧的时代，而我把这个时代看作一个喜剧的时代”。[2]喜剧时代的文学，最直接也是最深刻的表现，是“语言”的改变。斐迪南·滕尼斯在经典的《共同体

---

[1] 王朔：《我和我的小说》，载《文艺学习》1988年第2期。王朔这段话很容易让人联想到毛泽东写于1925年的《沁园春·长沙》，“曾记否，到中流击水，浪遏飞舟”。1988年的王朔与1925年的毛泽东年龄相似，但是毛泽东笔下“恰同学少年”的历史主体感，在王朔这里已经严重涣散了。

[2] 王朔、余韶文：《且听王朔分解》，载《北京青年报》1995年8月31日。

与社会》一书中，分析了“语言”与共同体的深刻联系：“相互之间的——共同的、有约束力的思想信念作为一个共同体自己的意志，就是这里应该被理解为默认一致（consensus）的概念。它就是把人作为一个整体的成员团结在一起的特殊的社会力量和同情。……默认一致的真正的机关是语言本身，默认一致就是在这个机关里发展和培育它的本质，人们说话时，用表情和声响表示，互相告知和感受到痛苦和快乐、惧怕与愿望和所有其他的感情和情绪的激动。”[1]

在《顽主》中，以“替人解难、替人解闷、替人受过”为宗旨的三T公司，出售的商品是“语言”，由此提供一种想象性的抚慰。从《顽主》开始，王朔1980年代末期的作品，“对话”汹涌而出，有研究者就此制作了一张统计表[2]：

| 作品名称 | 句子总数 | 对话句子数量 | 所占百分比 |
|---|---|---|---|
| 《顽主》 | 1520 | 1279 | 84% |
| 《一点正经没有》 | 2277 | 2095 | 92% |
| 《你不是一个俗人》 | 1613 | 1475 | 91% |

不仅仅是“语言”的随意扭曲、按需定制，顽主们更是将

[1] ［德］斐迪南·滕尼斯：《共同体与社会——纯粹社会性的基本概念》，林荣远译，北京大学出版社，2010，第58—59页。

[2] 桂琳：《拧巴的一代——成长视野中的王朔》，中国电影出版社，2009，第110页。

社会角色内在的“表演性”放大到极致。本杰明·L.李卜曼注意到这种表演性：“他们的服务是以代理人的身份解决他们的消费者的问题：扮演男朋友、丈夫、政府官员和文学学者。”[1]类似于《你不是一个俗人》（后被冯小刚改编为电影《甲方乙方》，开启了冯氏市民喜剧的潮流）中的“好梦一日游”，三T公司所从事的“服务业”，无非是“表演”对方提供的社会角色：体贴的恋人、疼老婆的丈夫，以及颁发特等奖的文学组委会。按常理来说，这种角色扮演追求最大限度的真实感，然而三T公司的顽主们不断戳破这种“真实”的幻觉，明白讲出这是一场演出，比如杨重对刘美萍：“您完全不必移情，我们的职业道德也不允许我往那方面诱您，我们对顾客是起了誓的”；马青对少妇：“下面该什么词了？”“真差劲，看来你们公司没经过良好的职业训练就把你派来了。下面是我爱……”“我爱你。”

三T公司标榜的“在社会服务方面补遗拾缺”，很容易被视为现代服务业的兴起。有研究者就此分析《顽主》：“我们注意到一个惊人的颠倒，是具体的‘服务’而不是空洞的‘说教’才是切实解决现代人日常生活焦虑的途径。”[2]诚然，三T公司的大

---

[1] ［美］本杰明·L.李卜曼：《权威与王朔小说的话语》，董之林编译，载《当代作家评论》1993年第3期。

[2] 李云：《“范导者”的失效——当文本遭遇历史：〈顽主〉与“蛇口风波”》。

背景，离不开个体经济及其携带的意识形态的兴起。[1]但是，将三T公司与资本、创业、第三产业等等相比较，总觉得似是而非。三T公司并不以“利润”“投入产出比”“资产增值”为最高目的，而是无意识地追求戏仿中的自由，尽管社会角色的游戏已然给定，但是在一个个具体化的“情境”生产中，他们既是“演员”，也是“导演”。归根结底，三T公司不是社会主义传统的街道工作，也不是现代服务业，而是对于街道工作与服务业的双重戏仿。

通过对于社会角色的戏仿，达成戏谑的反抗，在这种疏离社会的过程中，享受一种特别的自由，这是三T公司的灵魂所在。“反讽里最突出的是主观的自由，这种主观自由掌握着随时从头开始的可能性，不受过去事情的牵挂。从头开始总有某种诱惑力，因为主体还是自由的，反讽者所渴求的就是这种享受。在这些时刻中，现实对他失去了其有效性，他自由地居于其上。”[2]对于顽主们而言，作为历史的宏大编码，原有的语言世界崩溃了，随即崩溃的是一系列关乎社会角色的剧本。王朔专门写过一篇文章，就叫作《我讨厌的词》，罗列理想、信仰、终

---

[1] 截至《顽主》发表之时，在1987年底，全国登记注册的个体工商户共有1372.5万户，从业人员达2158.3万，注册资金为236亿，1987年实现营业额1034.4亿元。在同年召开的中国共产党第十三次代表大会上，当时的国家领导人在大会报告中表示：“私营经济一定程度的发展，有利于促进生产，活跃市场，扩大就业，更好地满足人民多方面的生活需求，是公有制经济必要的和有益的补充。”以上参见黄孟复编：《中国民营经济史·大事记》，社会科学文献出版社，2009，第184—185页。

[2] ［丹麦］索伦·克尔凯郭尔：《论反讽概念》，汤晨溪译，第215页。

极、父亲、神圣、纯粹、爱等他所厌恶的概念，而这些话语，都是价值评判体系的终极词汇。这正如理查德·罗蒂在《偶然、反讽与团结》中的分析："我称这一类人为'反讽主义者'，因为他们知道任何东西都可以透过再描述而显得是好或是坏，而且他们也不再企图把终极语汇间的选择标准罗列出来。这令他们处在萨特所谓的'超稳定的'（meta-stable）境界：由于始终都意识到他们自我描绘所使用的词语是可以改变的，也始终意识到他们的终极词汇以及他们的自我是偶然的、纤弱易逝的，所以他们永远无法把自己看得很认真。"[1]

拒绝了历史所编织的关于"自我"的剧本，也即意味着拒绝了现存的意义，这最终将导向"无聊"。对于当下的青年共同体而言，"无聊"是被大众文化所填充的，文化工业是真正资本化的"三T"式服务，源源不断地给出白日梦。常见的误会是，王朔是大众文化的代表。以往知识分子群体对于王朔的批评，千言万语，都可以用尼尔·波兹曼这句话来概括："有两种方法可以让文化精神枯萎，一种是奥威尔式的——文化成为一个监狱；另一种是赫胥黎式的——文化成为一场滑稽戏。"[2]

然而，王朔在笑，但并不滑稽。王朔同样是大众文化的厌恶者，他不屑于大众文化的"标准构置与法定梦境"，不屑于大

[1] ［美］理查德·罗蒂：《偶然、反讽与团结》，徐文瑞译，商务印书馆，2003，第106页。

[2] ［美］尼尔·波兹曼：《娱乐至死》，章艳译，广西师范大学出版社，2004，201页。

众文化所虚构的“艺术的真实”；相反，他带着“先锋文学”的气质向生活致敬：“生活中的人知道生活的残酷，在我看来，正是这份残酷构成了艺术的起源和艺术存在的全部合法性，生活的真实——即艺术，这是我的艺术观。”[1]尽管王朔一度引领作家商业化的风潮（王朔是当代作家中第一个要求版税的，也是青年作家中第一个出文集的），但是真正成熟的公司化运作，还需等待日后郭敬明的出现。据金丽红回忆：“王朔有一段时间成立了时事文化公司，陈晓明是他的总编，他当时就有郭敬明现在这样的看法，就说我弄个公司，培养年轻作家，不断地生产电视剧。”[2]然而，一系列努力频频失败，王朔终究无法适应大众文化的运作，他将大众文化视为高度秩序化的中产阶级文化：“所谓大众文化主流是中产阶级价值观的代名词……安于现状的，尊重既有社会等级和道德规范的都可在观念上列入中产阶级。”[3]与之对比，王朔自负的是：“我作品中真正有价值的就是那中间的痞子精神……谁会为痞子的形状粗话格外感到受冒犯？中产阶级——如果说‘资产阶级’在中国过分带有政治性的话——及其他们循规蹈矩的生活方式和文明观念。”[4]

桂琳就此看得很准确：“随着市场经济逐步走向稳定，以港

[1] 王朔：《我看大众文化港台文化及其他》，《鸟儿问答》，第187页。

[2] 桂琳：《资深图书策划人金丽红访谈整理》，《拧巴的一代——成长视野中的王朔》，第268页。

[3] 王朔：《我看大众文化港台文化及其他》，《鸟儿问答》，第185页。

[4] 同上。

台的大众文化为代表的市民型大众文化代替王朔的作品成为大众文化市场的主流。这种文化形态与王朔所创造的叛逆的、带有很强政治色彩的文化样式有很大的区别。王朔笔下的成长主人公是一群拒绝日常生活的人，这种庸常的生活使他们的梦想破灭。他们害怕秩序，秩序意味着梦幻的消失，所有的一切都要循规蹈矩。王朔的创作在本质上是拒绝大众文化的，和大众文化的精神背道而驰。”[1]王朔对于金庸的批评，对于新时期文学、摇滚、北京电影学院几代师生、中国电视剧制作中心十年创作的怀念，都可作如是观。[2]王朔的写作，献给他对应的共同体："比如说痞子其实是个小社会，与大众无关，大众文化的粗也是以一种精致乐观的方式出现的，但它的本质是粗俗的。”[3]

王朔的喜剧，在最深处是悲伤的。尽管每次出场都带着一副戏谑的面具，王朔在内心深处是一个痛苦的作家。王朔在骨子里执着于“真”，如他在《我看王朔》中对自己的评价，“他最爱听的奉承话大概就是别人说他‘真实’”[4]。这种“真”带有斯巴达式社会主义的气质，无论在成年之后怎样疯癫演出，王朔始终无法遗忘自己的青春往事，那些“阳光灿烂的日子”。

王朔对自己的理想期许，是一个恶魔式的英雄。在《他们

---

[1] 桂琳：《王朔与大众文化的“拧巴”历程——从〈你不是一个俗人〉到〈甲方乙方〉》，载《长城》2009年第5期。

[2] 参见王朔：《我看金庸》，《鸟儿问答》，第174页。

[3] 参见王朔：《自贱与贱人》，《美人赠我蒙汗药》，第45—62页。

[4] 王朔：《我看王朔》，载《北京青年报》2000年1月11日。

曾使我空虚——〈影响我的十部短篇小说〉序》中，王朔盛赞博尔赫斯一篇名气不大的短篇小说《关于犹大的三种说法》，表示“那可真是把我们的很多观念颠倒了一个儿”。[1]博尔赫斯这篇小说很奇妙，虚托发现了公元2世纪异端神学家吕内贝格的《基督与犹大》，在该书中吕内贝格疾声为世人不齿的犹大辩护：“当圣子成为肉身时，他由天庭来到人间，从永恒来到历史，从具有永无止境的幸福的神变成体验人间沧桑、生老病死痛苦的凡人。为使圣子做出这样的牺牲，必须有一个人代表全体去做出相应的牺牲。”[2]这样的犹大——为伟大的使命默默承担污名——拨动了王朔微妙的心弦，似乎意犹未尽，他就这个题材翻写了一个《犹大的故事》。这部作品研究者罕有讨论，但其对于理解王朔十分重要。故事讲的是上帝不满于人类，召来两个儿子耶稣与犹大商计对策：耶稣选择去启发世人醒悟，和上帝告别后意气风发而去；犹大则选择默默地承受堕落，为了使人类发现自身的罪恶。“就让我哥代表您，而我，代表人，他获得永世的尊荣，我获得永世的沉沦。”[3]小说结尾，王朔罕见地写出了一份奇诡的壮丽：

[1] 王朔：《他们曾使我空虚——〈影响我的十部短篇小说〉序》，载《读书》1999年第7期。

[2] 该小说参见［阿根廷］豪·路·博尔赫斯：《巴比伦的抽签游戏》，陈凯先、屠孟超译，花城出版社，1992，第101—109页。

[3] 王朔：《犹大的故事》，《鸟儿问答》，第130页。

犹大的眼睛像酒精一样清澈，夕阳从反面照过来，映着他那头弹簧般卷曲的金发上，好像他的头颅在燃烧。

上帝捂住眼睛，仿佛被火焰的明亮灼疼。“你会恨我吗？”他说。

犹大在父亲面前跪下，双手扶地，吻着父亲脚下的尘土：“是您给了我奉献的机会，我把这视为无上光荣。”

“永别了，父亲。”犹大在暮色四合中离去。[1]

这般悲情的犹大，象征着顽主的真意，王朔的自我期许，是一个反英雄的英雄。然而，撒旦式的革命浪漫主义，终究无法黏合灵魂与生活的分裂。就像无法面对童年的梦境，王朔最终无法承受共同体的碎裂与崩溃。进入1990年代之后，王朔搁笔了，他不再写顽主的故事了。2007年王朔曾短暂复出，一气出版《我的千岁寒》《致女儿书》《新狂人日记》。这些作品零散破碎，通篇疯言呓语，已然无法卒读。疏离世界、放逐语言之后，王朔无法重新整合意义，如他在《我的千岁寒》序言中的自述，“我曾经深陷妄想不能自拔，曾经趴在‘88’地上起不来，是一个不认识的女孩子走过来对我说：没事的，我们每个人都一样”[2]，“发生认知障碍挺可怕的，渐渐不相信现实了……妄想就像侦探，收集每一条线索，以支撑自己的担忧，强化自

[1] 王朔：《犹大的故事》，《鸟儿问答》，第130页。

[2] 王朔：《我的千岁寒》，《我是谁》，作家出版社，2007，第3页。

己的妄想，每一个碎片都拼上，圆满了，也就和现实彻底脱钩了”[1]。有意味的是，在我们生活的时代，写悲剧的作家成了“成功人士”，写喜剧的作家精神崩溃了。陷入妄想症的王朔，苦苦迷恋佛经与理论物理学，在这几部作品中大谈《六祖坛经》《能断金刚般若波罗蜜经》《西藏度亡经》《唯物论史纲》《量子流》《金刚经中学物理版》等。凡所有相，皆是虚妄，在写作的暮年，王朔既滑稽又悲壮地苦苦追求“永恒”，这一幕令人瞠目结舌，又无限感伤。他最终崩溃于自己的“反讽”，走向了症候性的精神分裂——作家被自己的艺术形式所摧毁，反讽的“轻”最终无法承受历史的“重”。[2]

一切都结束了，王朔这一代人的历史处境，如同马修·阿诺德的诗句，“徘徊在两个世界之间，一个死了/另一个尚无力诞生”[3]。置身于当下的中国，面对阎云翔所概括的“无公德个人”[4]，或者钱理群所谓的“精致的利己主义者”[5]，王朔的顽主们像一群老实人。无论《顽主》还是《一点正经没有》，多么悲

[1] 王朔：《新狂人日记》，长江文艺出版社，2007，第14页。

[2] 就此值得倾听王朔内心的声音："我现在有一种感觉，就是特别真挚的东西找不到一种恰如其分的表现形式。这种形式不能招人反感，不能招人恶心，特别难。"参见王朔：《创作谈（王朔答问）》，葛红兵、朱立冬编《王朔研究资料》，第23页。

[3] ［英］马修·阿诺德：《作于查尔特勒修道院的诗行》，《文学与无政府状态》，韩敏中译，生活·读书·新知三联书店，2008，第8页。

[4] 参见［美］阎云翔《私人生活的变革》（龚小夏译，上海书店出版社，2009）、《中国社会的个体化》（陆洋等译，上海译文出版社，2012）相关论述。

[5] 参见《北大教授钱理群：北大等大学正培养利己主义者》，载《中国青年报》2012年5月3日。

伤的调侃；无论《一半是火焰，一半是海水》还是《橡皮人》，多么温情的犯罪。甚至于带有孩子气的是，王朔对于“真诚”的迷恋，化身为顽主们所爱恋的纯洁的女孩子们，她们仿佛来自古典时代，单纯、天真，维系着完整的灵魂。将王朔和少年维特比较，似乎显得滑稽，但不妨听听特里林如何分析维特：“他是一个分裂的意识，却顽固地执着于单纯的、诚实的灵魂。”[1]

[1] ［美］莱昂内尔·特里林：《诚与真》，刘佳林译，第51页。

# 第三节　虚无与反讽

## 一、局外人视角

《革命时期的爱情》刊于《花城》1994年第3期，写作于1993年，系王小波生前在大陆文学期刊上发表的代表作品。[1]小说标题“革命”与“爱情”的并置，时常被望文生义地解读，以“爱情”解构“革命”的思路，陷落到习焉不察的“伤痕文学”的认知框架。相反的解读，则针锋相对地分析1990年代文

[1]《革命时期的爱情》可以被视为成熟期的王小波在大陆公开发表的第一篇作品。《花城》杂志与王小波渊源颇深，自1994年第3期《革命时期的爱情》开始，陆续刊发《未来世界》（1995年第3期）、《2015》（1996年第1期）、《白银时代》（1997年第2期）、《未来世界里的日记》（1997年第5期，系王小波遗稿）、《绿毛水怪》（1998年第1期，王小波写于70年代末期的作品）。据花城出版社钟洁玲编辑回忆，她在1996年11月上报了王小波《时代三部曲》的选题计划并获通过，1997年4月王小波去世后，《时代三部曲》于同年5月出版，成为标志性的王小波作品版本。同时值得注意的是，《花城》杂志版《革命时期的爱情》与花城出版社版的《革命时期的爱情》不同，结构与语言都经过了王小波不小的修改，修订版更为成熟。本文写作根据王小波的修订版。

化思潮对于王小波的塑造，在解构王小波文化形象的同时，绕开了对于王小波作品的分析，这种“祛魅”同样遮蔽了王小波作品丰富的叙述形式与历史内容。

在进入《革命时期的爱情》之前，让我们搁置所有的成见，从小说第一章第一节第一句话开始：“王二年轻时在北京一家豆腐厂里当过工人。”[1]暂且不谈小说的内容，就叙述视角而言，这是毫无疑问的第三人称叙述。不过，小说第一章第二节第一句话是：“小的时候我想当画家，但是没当成，因为我是色盲。”[2]小说的叙述视角，从第二节开始转为第一人称叙述。以此类推，小说第一章的奇数小节，以第三人称叙述王二的故事，故事时间是1970年代；偶数小节，以第一人称叙述“我”的故事，故事时间是1950年代。

《革命时期的爱情》由此交叉讲述这两个故事：王二的故事发生在1973年冬到1974年夏，作为豆腐厂的工人，他终日在工厂的高塔磨豆浆。其故事主要由相关的两部分组成：被工厂的革委会主任老鲁怀疑在厕所里画淫画，终日被老鲁追逐，王二发明各种异想天开的方式逃跑；被工厂的团支书X海鹰“帮教”，天天到其办公室里接受思想教育。最终X海鹰爱上了王二，原因在于王二符合革命教育中凶恶的日本鬼子形象，和王二发生性关系，有一种被拷打的快感。

[1] 王小波：《革命时期的爱情》，《黄金时代》，上海三联书店，2013，第188页。
[2] 同上，第190页。

与之对应，叙述人“我”的故事发生在1950年代到1990年代之间，“我”出生于1952年，经历了1958年大炼钢铁的荒诞，像艺术家一样凝视着紫红色的天空；经历了1967年武斗的荒诞，像科学家一样帮助武斗的一方造投石机；“文革”结束后上大学，去美国留学，回国后在高级智能研究所工作。

在表面上，这种手法近似传统章回小说“花开两朵各表一枝”，然而在小说第一章第五节，“王二”与“我”重合了：“这个被追逐的故事就发生在我身上。”[1]叙述人在第七节更是直接表示：“在这部小说开始的地方，我把自己称为王二，不动声色地开始叙述，讲到一个地方，不免就要改变口吻，用第一人称来讲述。”[2]不过，在承认“我”就是“王二”之后，叙述人依然古怪地继续讲王二的故事，仿佛跳出自己，在打量一个陌生人：在第七节，叙述人开始讲王二如何殴打毡巴，“王二打毡巴的事是这样的”。不过这里的叙述不再是“自然”的，而是不断受到另一重叙述视角的干扰，在第八节叙述人又以“我”的视角重讲怎么打的毡巴。而在第二章第一节，“我”和“王二”视角互相干扰得更厉害，在第一段“我”介绍完在研究所的工作后，第二段马上从“王二”的视角开始，介绍王二喜欢抓人手腕的特点。王小波的小说素来以文体的精致流畅见长，而这两段并置在一起，显得突兀别扭。这个《革命时期的爱情》的叙述者，是当代文学极

---

[1] 王小波：《革命时期的爱情》，《黄金时代》，第200页。

[2] 同上，第205页。

其罕见的叙述主体，他的叙述表面上平静而不乏戏谑，但在身体内部有一种强力的对峙与冲突，仿佛被分成两半。

某种程度上，叙述人无法整合“我”和“王二”这种双重视角的冲突——“我”明知自己就是“王二”，但不愿承认“王二”的故事就是“我”的故事。叙述人所渴求的，是以第三人称的视角，像讲述别人的故事一样，将自己的故事讲成“王二”的故事。这种叙述人“我”不断将自身陌生化的“局外人视角”，不仅触及王小波作品的叙述特征，更是触及王小波作品的历史之谜。王小波作品让人眼花缭乱的叙述背后，那对于青年一代神秘的吸引力，就隐藏在“局外人视角”之中。王小波为什么采用这种叙述视角，而又是什么原因，使得“我”不堪自己的故事的重量，努力让自己跳出发生过的一切，以局外人的眼光打量着自己的历史？

对于《革命时期的爱情》以往的研究而言，由于“爱情”自新时期以来被视为“人性”的核心，被视为对于极左政治的拨乱反正，这部作品于是就被很顺畅地纳入到自由主义的阐释框架。在这种框架中，“革命”与“爱情”都被本质化地理解，视为截然对立的两极，有论者如此分析这部小说：“性爱是形而下的，而革命则是形而上的；性爱是世俗的，而革命恰恰是反世俗的。”[1]艾晓明体认到小说中“革命”对于“爱情”的渗透，

---

[1] 祝勇：《禁欲时期的爱情》，载《书屋》2001年第9期。

但默认了“革命/爱情”代表“反常/正常”的二元结构，认为“‘我’与X海鹰是革命时期那种虚构的有害的性意识的牺牲品”[1]。戴锦华则借助福柯的权力理论，指出在《革命时期的爱情》中，“爱情”与“革命”不是同一层次的二元对立，“革命”构成了“爱情”的深层结构："在王小波笔下，性别场景，性爱关系，并非一个反叛的空间或个人的隐私空间；而刚好相反，它便是一个微缩的权力格局，一种有效的权力实践。”[2]戴锦华深刻而准确地指出："如果可以说王小波成就了某种‘历史’写作，那么它不仅关乎于文革的历史，或中国历史，而是关乎于历史自身。一个学院化的说法便是：王小波的作品所指涉的是‘元历史’。”[3]

这已经接近王小波作品的奥秘所在了：如果说“元历史”意味着永恒而不断变换形式的权力实践，王小波的“元历史”写作，同时也是“反历史”写作，这种反历史不是无历史（比如形形色色的大众文化），而是从历史中脱身而去，构建一处脱历史的飞地。王小波以其诡谲神奇的叙述，将读者从元历史的权力之轮中解脱出来，成为脱历史的局外人。

由此回到本文开篇所分析的，为什么在《革命时期的爱情》

---

[1] 艾晓明：《革命时期的心理分析》，韩袁红编《王小波研究资料》（下），天津人民出版社，2009，第427页。

[2] 戴锦华：《智者戏谑——阅读王小波》，王毅编《不再沉默——人文学者论王小波》，光明日报出版社，1998，第146页。

[3] 同上。

中，叙述人要以第三人称的方式讲述自己的故事？在以往的研究中，只有一篇论文提到这一点，研究者在修辞效果上理解这种叙述视角的转换，如全知视角增强距离感，限制视角增强真实感。[1]这种读法过于教条，类似于把反讽仅仅理解为修辞手段，没有真正理解其深意。王小波的意图，克尔凯郭尔在写于一百五十多年前的《论反讽概念》中给出了答案，他分析施莱格尔名作《卢琴德》中的莉色特：

> 总的来说，她最喜欢以第三人称来谈自己。不过，这不是因为她在世上的作为像恺撒的一生，具有世界历史性的意义，以致她的生命不属于她自己，而是属于整个世界，不，这是因为这个过去的生活过于沉重，以致她忍受不了它的重压。[2]

克尔凯郭尔的这一分析，深刻打开了王小波叙述形式的历史奥秘，王小波“局外人视角”的小说叙述，正是面对历史的重压无限的周旋，将沉重的历史从自我的人生中抛出。这是反讽者的人生哲学，“生活是场戏，他所感兴趣的是这场戏的错综复杂的情节。他自己以观众的眼光看着这场戏，即使他自己是

[1] 王全民：《革命时期的爱情——王小波的一次叙事实验》，载《小说评论》2011年第S1期。

[2] ［丹麦］索伦·克尔凯郭尔：《论反讽概念》，汤晨溪译，中国社会科学出版社，2005，第239页。

剧中人物”[1]。对于反讽者来说，“这是有限的主体，造了个反讽的杠杆，以求把整个生存撬出其固定的结构”[2]。

理解《革命时期的爱情》乃至于理解王小波其他作品的两个关键词——科学（理性）与艺术，这一反讽性的逻辑同样适用。王小波所执着的科学，至少在其小说中，不是“五四”意义上的“赛先生”，不是批判性的、解放性的力量。相反，科学在《革命时期的爱情》中很“消极”，在“我”的故事也即王二的童年往事中，“我”一直强调参加武斗是基于对发明创造（比如投石机）的热爱，将武斗场景刻意陌生化，以“科学”为自己划出一块纯粹的历史飞地。同样，“我”在小时候想当个画家，迷恋着紫色的天空，而读者能够识破“我”这种天真的叙述所指向的历史，那是荒诞的“大炼钢铁”，但“我”对此觉得神奇。在这部小说中，叙述人“我”可以是科学家，追求缜密理想的魅力；也可以是艺术家，追求想入非非的自由；唯独不是历史的见证者，这里的科学与艺术，不过是帮助着“我”维系着局外人的角色。就像小说中“我”如此回忆自己在武斗时的那些发明：“至于它对别人有多么大的灾难，我一个十几岁的孩子管得着吗？”[3]

故而，王小波叙述武斗场面的时候，笔调十分冷漠，“我”

[1] ［丹麦］索伦·克尔凯郭尔：《论反讽概念》，汤晨溪译，第229页。

[2] 同上，第245页。

[3] 王小波：《革命时期的爱情》，第248页。

旁观学生造反派“拿起笔做刀枪”中的一员被对手刺穿：

> 没被扎穿的人怪叫一声，逃到一箭之地以外去了。只剩下那个倒霉蛋扔下枪在地上旋转，还有我被困在树上。他就那么一圈圈地转着，嘴里“呃呃”的叫唤。大夏天的，我觉得冷起来了，心里爱莫能助地想着：瞧着罢，已经只会发元音，不会发辅音了。[1]

查童年王小波所在的中国人民大学的武斗史，在1968年5月14日“人大三红”冲击“新人大公社”工厂的过程中，“人大三红”方面用长矛刺死“新人大公社”一人。[2]这一惨剧显然给童年的王小波留下了深刻的印象。然而，王小波并没有将“文革”的历史承担为自己的历史，在他成年后的叙述中，武斗的历史内容被完全抽空了，只是停留在“元音”“辅音”这样无意义的能指层面。艾晓明认为这里的视角是“童年视角”，以此呈现武斗的荒诞，“历史被儿童当做玩偶，成年人被政治家当做玩偶”。[3]这种看法有一定道理，比如王二在多年后向X海鹰讲起这个故事时，认为这个红卫兵临死前“如梦方醒”，这个判断

[1] 王小波：《革命时期的爱情》，第241页。

[2] 参见卜伟华：《“砸烂旧世界”：文化大革命的动乱与浩劫》，香港中文大学出版社，2008，第691页。

[3] 艾晓明：《重说〈黄金时代〉》，韩袁红编《王小波研究资料》（下），第421页。

隐含着受愚弄的意味。不过，“儿童视角”并不必然导致间离效果，比如《城南旧事》里小女孩英子的视角，包含充沛忧伤的情感，依然是有情的视角。与其说这里是“儿童视角”，不如说是局外人视角，由于武斗的惨剧对局外人视角构成了高强度的道德压力，“儿童”的身份在这里强化了“局外人”的合法性，“我”可以由此说服自己，解脱自己，似乎儿童与成人的世界无关。

类似王小波所推崇的卡尔维诺的《树上的男爵》，坐在树上打量着武斗的“我”，自觉地摆脱这个世界。这种“局外人”的自由，指向王小波的诗学核心；贯穿王小波的艺术与科学的，是他所称谓的诗意。诚如那句流传很广的名言：“一个人只拥有此生此世是不够的，他还应该拥有诗意的世界。”戴锦华在《智者戏谑——阅读王小波》中分析过王小波“诗意的创造”，她引用“诗意的世界”这句名言，认为“诗意的创造”指的是“某种朝向未知的永远的探索”，其驱动力“是一种心灵的饥渴，一种绝难满足的智慧的欲望”。[1]这种对于王小波诗意的解读是比较代表性的。然而，王小波的“诗意”是否还有另一层的意味？

回到上下文来理解，“诗意的世界”这句名言来自王小波小说《万寿寺》最后一段：“虽然记忆已经恢复，我有了一个属

[1] 戴锦华：《智者戏谑——阅读王小波》，王毅编《不再沉默——人文学者论王小波》，第139页。

于自己的故事，但我还想回到长安城里——这已经成为一种积习。一个人只拥有此生此世是不够的，他还应该拥有诗意的世界。”[1]什么叫“我有了一个属于自己的故事”，为什么“我”不喜欢这个故事（“此生此世”），想拥有另一个故事（所谓“诗意的世界”，在小说中是长安城中薛嵩的故事，也即“我”创作的手稿）？《万寿寺》分享着与《革命时期的爱情》一致的逻辑：“我”由于“失忆”，摆脱了“过去的我”，通过改写自己失忆前的手稿，将庸俗的湘西的薛嵩，改写成浪漫的长安的薛嵩，诗意的长安城对抗着灰暗的北京城。然而，记忆渐渐恢复，两个故事要变成了一个故事：“你已经看到这个故事是怎么结束的：我和过去的我融汇贯通，变成了一个人。”[2]尽管王小波通过天马行空般的想象力，不断涂抹手稿，将《万寿寺》营造为神奇的叙述迷宫，激发出无限可能性的叙述能量，但是“诗意的世界”依然是不可能的，“我”永远无法彻底摆脱“我”的过去：“长安城里的一切已经结束，一切都在无可挽回地走向庸俗。”[3]这句话结束了《万寿寺》，也结束了叙述的探索与诗意的创造。

所谓诗意，心灵的饥渴与智慧的探索只是表象，其饥渴的是另一个“我”，其探索的是另一种叙述，以此摆脱沉重的过去，追寻逃离的自由。克尔凯郭尔精辟地指出了反讽与诗意的

---

[1] 王小波：《万寿寺》，《青铜时代》，上海三联书店，2013，第259页。

[2] 同上。

[3] 同上。

关系："反讽所追求的就是这种自由。它总是小心翼翼，唯恐有什么印象令它倾倒；只有当人如此逍遥自在之时，他才能诗意地生活，众所周知，反讽所提出的最高的要求就是人应该诗意地生活。"[1]克尔凯郭尔对这种反讽者的诗意并不认同，他一方面准确地指出这种诗意是一种和解，一方面又批评这种和解是逃避现实的和解："通过对不完美的现实的否定，诗打开了一种更高的现实，把不完美的东西扩展、净化为完美的东西，从而减轻那种必将使一切暗淡失色的深沉的痛苦。在这种意义上，诗是一种和解，然而它不是真正的和解；因为它并不使我与我生活于其中的现实的和解。"[2]克尔凯郭尔进而认为："诗意的东西固然是一种对现实的征服，但是无限化主要在于逃避现实，而不在于逗留在现实之中。"[3]

这种诗意背后，是无法捕捉的虚无，一种克尔凯郭尔认为的"无影无踪的空虚"，克尔凯郭尔在此引用了霍托对于德国浪漫主义反讽代表作家路德维希·蒂克的文体分析，我们读来活脱脱是王小波这种诗意文体的写照："想象力无拘无束，天马行空，为描绘形形色色的图画保留着无边无际的自由空间；活泼的场景随意攀绕在一起，奇形怪状的线条互相缠绕，构成调皮的笑声，缤纷错杂地穿过松散的织物，讽喻把一般说来极为局

[1] ［丹麦］索伦·克尔凯郭尔：《论反讽概念》，汤晨溪译，第226页。

[2] 同上，第240页。

[3] 同上。

限的形状朦朦胧胧地扩展开来，其间讽刺模仿式的玩笑肆无忌惮地把一切颠来倒去。”[1]克尔凯郭尔认为，这种文学是没有任何理想的文学（这里的理想译为有价值的目标或许更清楚，两者是同一个词，意味着将诗意统一在一起而非任其四散的确定性），其内部充满着无限推衍的否定。这种分析和赵毅衡对于王小波名篇《黄金时代》的分析契合，赵毅衡综合佛教中观派哲学大师龙树“四句破”逻辑方式与格雷马斯矩阵，指出王小波的叙述逻辑超越了二元对立，也超越了黑格尔式的“正—反—合”:“因为在《黄金时代》情节展开中，没有任何否定，能看到的只是一个不断在否定中展开的叙述逻辑。”[2]克尔凯郭尔与赵毅衡都认为，这种否定的叙述游戏最终将归于唯一的一种可能：赵毅衡借用佛家“离四句，绝百非”的说法，认为“跳出肯定之后，也要跳出否定”。[3]克尔凯郭尔认为最终的安宁落在“诗意的永恒”，这个“诗意的永恒”不能望文生义地理解，和我们习惯接受的“文学性”的永恒并不相关，其实是一种虚无之境。克尔凯郭尔的原话是:“他在这种永恒里看到了理想，但这种永恒是个怪物，因为它处于时间之外，所以理想转眼间变成了讽喻。”[4]

---

[1] ［丹麦］索伦·克尔凯郭尔:《论反讽概念》，汤晨溪译，第247页。

[2] 赵毅衡:《叙述在否定中展开——四句破，符号方阵，〈黄金时代〉》，载《中国比较文学》2008年第1期。

[3] 同上。

[4] ［丹麦］索伦·克尔凯郭尔:《论反讽概念》，汤晨溪译，第248页。

以诗意为道路，将理想转为讽喻，局外人就这样以反讽者的面目出现，超越历史、无限否定、安居于虚无之中。局外人同样批判现实，“就反讽与现实的关系而言，反讽的趋向在本质上是批判性的”[1]。不过这种批判与左翼、右翼的批判都不同，反讽者没有志趣去构建一个新的理想国，反讽的个人不同于“我不相信”的个人，正如反讽不同于怀疑（怀疑也总在假定某种东西），“在反讽之中，主体一步步地往后退，否认任何现象具有实在性，以便拯救它自己，也就是说，以便超脱万物，保持自己的独立”[2]。通过反讽，反讽者真正的目的是想感受到自由，“现实对他失去了其有效性，他自由地居于其上”[3]。正是基于此，王小波的小说读起来有一种自由的快感，王小波的自由不是自由主义式的自由，而是脱历史的自由。

无论右翼对于王小波的征用，还是左翼对于王小波的批判，都是一场历史的误会。王小波的文学是虚无的文学，与任何立场无关。在王小波这里，历史既不是左翼所理解的，也不是右翼所理解的，历史根本无法确定是否实际存在，他不在历史之中，而是在历史之外。读到这一层，我们方能真正理解《革命时期的爱情》的结尾：

[1] ［丹麦］索伦·克尔凯郭尔：《论反讽概念》，汤晨溪译，第223页。

[2] 同上，第207页。

[3] 同上，第203页。

我仿佛已经很老了，又好像很年轻。革命时期好像是过去了，又仿佛还没开始。爱情仿佛结束了，又好像还没有到来。我仿佛中过了头彩，又好像还没到开彩的日子。这一切好像是结束了，又仿佛是刚刚开始。[1]

## 二、作为创伤与疗愈的后现代

在虚无之境中，王小波笔下的“王二”，成为青年读者的自由镜像，他们像王二一样反讽性地穿越沉重的历史，仿佛对一切懵然无知，自然也清白无罪。王小波很擅长也很热衷使用“结构性反讽”（structural irony），对应的叙述策略是设置一位天真的叙述人或代言人。[2]《革命时期的爱情》中是借助“儿童”的身份，而更具代表性的是《似水流年》中的李先生，这位海归博士无法理解面对的荒诞，将其天真地归结于大学得罪过的印度同学施法报复。王小波的人物们，就这样居于脱历史的虚无中，反讽性地疏离着自己的时代。

王小波提供了一种真正的“伤痕文学”。“新时期”肇始的“伤痕文学”，其脱罪的策略，是宣布自身是历史的受害者。对于“伤痕文学”的叙述策略，杨小滨曾如此批评：“对精神创伤

[1] 王小波：《革命时期的爱情》，第338页。

[2] 参见艾布拉姆斯对于“结构性反讽”的分析，中译本一般译为“通篇性反讽”。［美］M. H.艾布拉姆斯：《文学术语词典》，吴松江译，北京大学出版社，2009，第271页。

的简单呈现由于缺乏间距，由于形态的同构型而成为暴力的同谋。‘伤痕文学’的无能就是证明。”[1]这里的间距不仅是时间意义上的，也是叙述间距意义上的，“伤痕文学”幻想以同样的形式来置换不同的历史内容，形式上的幼稚，暴露出自身的虚假性。而真正得以从历史中脱罪的叙述策略，在王小波这里才臻于成熟。治愈一代人的精神创伤，有赖于王小波的写作。

这正是王小波之所以如此流行的秘密。1990年代以来的小说市场有三位神话般的作家：路遥、张爱玲、王小波。和文学圈内的代表作家相比，他们不需要借助文学场的文化资本，而是直接击中各自读者群体的情感结构：路遥之于城乡迁徙大潮中的青年，张爱玲之于都市化以来小资—白领的青年，王小波之于渴望摆脱沉重历史的青年，这一青年群体对应于中产阶级群体，大致和《三联生活周刊》《南方周末》的读者群契合。

在这个意义上，王小波与村上春树相近。理解后“冷战”时代的东亚，这是两位标志性的作家，他们有着类似的历史情境与叙述策略，各自以复杂的叙述形式，缓解着青年一代面对历史重负的焦虑。这种历史重负，对于日本青年是“二战”，对于中国青年是“文革”。村上春树的中国译者林少华先生曾敏锐地感觉到村上与王小波的相似：“两人都力图通过被边缘化的小人物冷眼旁观主流社会的光怪陆离，进而直面人类生存的窘境，

[1] 杨小滨：《中国后现代——先锋小说中的精神创伤与反讽》，上海三联书店，2013，第58页。

展示人性的扭曲及使之扭曲的外在力量的强大与荒谬。”[1]林少华先生的这种感觉是对的，但说得不够透彻，透彻的分析见于小森阳一对于村上春树《海边的卡夫卡》的分析："诉诸大众共有的社会性集体记忆，在片刻间唤起读者记忆之后，随即将其作为无可奈何之举予以款许，甚至最终将记忆本身消解一空，这是小说《海边的卡夫卡》文本策略的一个基本结构。”[2]

正如村上春树面对“二战”写作，王小波面对“文革”写作，这并不必然表现为两者的小说写的是“二战”或“文革”，哪怕他们写的是未来或历史，“二战”或“文革”构成的精神创伤与脱罪的焦虑都构成了潜在的母题。杨小滨对此有犀利的洞见："如果说西方背景中可以与‘后现代’互换的概念是戴维·赫希提出的‘起源于历史的后奥斯维辛’，那么在当代中国，后现代也可以被理解为‘后文革’。”[3]笔者同意杨小滨的这一看法，王小波的“后现代性”可以置换为“后革命性”，在这一视域中，《革命时期的爱情》处理的问题，不是自由主义式的爱情对于革命的解构，而是后革命时期的现代性困境以及对于这一困境的超克。

无疑，这里隐含着对于中国后现代写作的不同理解，在

---

[1] 林少华：《2007读书印象：王小波和村上春树之间》，载《中华读书报》2007年12月19日第12版。

[2] ［日］小森阳一：《村上春树论——精读〈海边的卡夫卡〉》，秦刚译，新星出版社，2007，第8页。

[3] 杨小滨：《中国后现代——先锋小说中的精神创伤与反讽》，第247页。

1980年代末期的历史巨变之后，1990年代初期的学界一度掀起后现代主义热，张颐武等批评家征用后现代多元、解构等特征，为1990年代初期的社会转型辩护——这种转型的特征被概括为“社会市场化、审美泛俗化、文化价值多元化”[1]，这大概是最早为“市场社会”辩护的观点了。这种对后现代的理解，交织着国家—民族本位与市场—世俗本位，在国家的立场上以“后现代主义”的多元论强调“第三世界文化”的本土性自觉[2]；在市场的立场上以“后现代主义”的平面论支持大众文化的商业化，肯定《渴望》、《编辑部的故事》、《北京人在纽约》、《曼哈顿的中国女人》、权延赤的领袖轶事以及报纸的周末版与“社会大特写”，当时的倡导者也模糊触及到了后现代与精神分析的关系，但看法却是：“这些新奇的花样使人目迷五色、心旷神怡，它们调用我们的无意识和欲望，使我们把在现实中不可企及的一切在本文中得到宣泄。”[3]

这是国家主义—消费主义合谋的后现代，其实质是为彼时兴起的“中国特色的市场经济”提供文化意识形态的支持。后现代主义丧失了自身的理论与历史的深度，变成一堆支离破碎的教条，无非是提供一种辩护性的说辞，被用来对抗“现代

[1] 张法、张颐武、王一川：《从“现代性”到“中华性”——新知识型的探寻》，载《文艺争鸣》1994年第2期。

[2] 参见张颐武：《第三世界文化与中国文学》，载《文艺争鸣》1990年第1期。

[3] 张颐武：《后现代性与“后新时期”》，载《文艺研究》1993年第1期。

性”，终结“新时期”。合乎逻辑，这批学者的理论，从后现代出发，走向了“中华性”，这倒是充满荒诞色彩的后现代。

真正理解中国语境中的后现代，首先要将其与作为意识形态的后现代区别开来。杨小滨以反讽为基点理解中国的后现代写作（在杨小滨的分析中中国的后现代写作等同于先锋文学，他主要分析了余华、残雪、徐晓鹤、格非与莫言），他认为："中国先锋派叙事可以归纳为反讽。”[1]这种反讽是阿多诺意义上的“否定的辩证法”，是一种否定之否定之后推出新的否定的否定性叙述逻辑，其源自“文革”所代表的精神创伤，“文学现代性就是以形式主义的方式对现代性内在的精神创伤暴力的忏悔”[2]。笔者同意杨小滨的这一判断，也只有历史性地理解先锋文学反历史的形式主义，才可能获悉先锋文学的真正起源。而长期被视为“文坛外高手”的王小波，在文学史的谱系上，无疑属于先锋文学作家。

不过，王小波的后现代性比杨小滨所分析的先锋文学作家要彻底。双方的分歧在于，杨小滨认为先锋文学所提供的后现代性的主体依然是一种有超越性维度的主体，这种超越性不是现代性叙事中的“主人话语”那种确立历史必要性的崇高，比如杨小滨所细读的样板戏《海港》的叙事，而是否定性的超越："自我意识中的超越性只有在它对自身非超越性的认知中才能获

[1] 杨小滨：《中国后现代——先锋小说中的精神创伤与反讽》，第107页。

[2] 同上，第263页。

得。”[1]这种主体内在的否定性使得主体不断抵抗总体化的威胁，不断迫近每一瞬间的、具体的自由。[2]杨小滨的这种分析理路，暗含着自由主义大叙事下“政治世界/日常生活”的二元论，倾向于相信总体化无法触及的阴影下，大历史的链条断裂处，个体的自由是可能的。而王小波的主体不是抵抗性的主体，这种主体性克尔凯郭尔说得很清楚：“作为无限、绝对的否定性，反讽是主体性最飘忽不定、最虚弱无力的显示。”[3]概括地讲，如果说杨小滨所分析的中国先锋文学的内在脉络是“历史创伤—反讽—否定—自由”，那么王小波作品的内在理路是“历史创伤—反讽—虚无—自由”。两者的差异，在于反讽不仅仅是一种否定性的叙述逻辑，还是一种否定性的世界观。

和余华、格非、莫言他们相比，王小波的文学世界更虚无。在《革命时期的爱情》中，王小波拆解了必然性，将历史还原为一系列偶然性的连缀，“我们不知为什么就来到人世的这个地方，也不知道为什么会遇到眼前的事情，这一切纯属偶然”[4]。在王二眼中，历史是一场骰子或彩票游戏：“与我有关的一切事，都是像掷骰子一样一把把掷出来的”[5]，“革命时期对我来说，就

---

[1] 杨小滨：《中国后现代——先锋小说中的精神创伤与反讽》，第264页。
[2] 同上。
[3] ［丹麦］索伦·克尔凯郭尔：《论反讽概念》，汤晨溪译，第1页。
[4] 王小波：《黄金时代》，第314页。
[5] 同上。

是个负彩时代”[1]。

这种偶然的历史观，让人想起尼采笔下查拉图斯特拉的呐喊："偶然，这是世界上最古老的贵族。当我说没有任何永恒的意志愿意高踞其上的时候，我就把它还给了万事万物。"[2]宣告"上帝已死"，解构了永恒的意志之后，尼采踏过了虚无的深渊，将偶然视为一种创造性的力量，赋予他所向往的"超人"，尼采在《权力意志》中写道："我在偶然性中间识别出主动的力和创造性的东西——偶然，就是创造冲动的互相撞击。"[3]轰毁了普遍性法则的"超人"，对于世界也许是另一场灾难，不过理查德·罗蒂认为，在"偶然"与"反讽"之后，依然有可能实现人类的团结："我的自由主义乌托邦的公民们，都会对他们道德考量所用的语言，抱持着一种偶然意识，从而对他们的良知和他们的社会，也抱持相同的意识，他们都会是自由主义的反讽者（liberalironists），都能符合熊彼特的文明判准，能够将承诺（commitment）和他们对自己的承诺的偶然意识，结合成一体。"[4]

然而王小波比尼采与罗蒂更悲观也更虚无，王小波对于历史"偶然性"的把握，是将历史视为无法理解的、非逻辑的一

---

[1] 王小波：《黄金时代》，第246页。

[2] 转引自［法］加缪：《局外人》，郭宏安译，译林出版社，2011，第103页。

[3] ［德］弗雷德里希·尼采：《权力意志》，张念东、凌素心译，商务印书馆，1991，第694页。

[4] ［美］理查德·罗蒂：《偶然、反讽与团结》，徐文瑞译，商务印书馆，2003，第89—90页。

种永恒的惩罚，偶然性没有导向对于历史的否定，而是导向无法在偶然性的历史中把握个体命运的悲观，在《革命时期的爱情》中王小波写道："这个世界上只有负彩，没有正彩。我说我是个悲观论者，就是指这种想法而言。"[1]在王二成年之后，他回忆起1967年武斗的场景：

> 一九六七年我在树上见过一个人被长矛刺穿，当时他在地上慢慢的旋转，嘴巴无声地开合，好像要说点什么。至于他到底想说些什么，我怎么想也想不出来。等到我以为自己中了头彩才知道了。这句话就是"无路可逃"。当时我想，一个人在何时何地中头彩，是命里注定的事。在你没有中它的时候，总会觉得可以把它躲掉。等到它掉到你的头上，才知道它是躲不掉的。[2]

王小波式的虚无，往往要招致尖锐的诘问：王小波和他的读者，不就是犬儒主义者吗？"王小波热"的原因，不正是迎合了1990年代以来理想幻灭后犬儒主义在中国大陆的流行吗？比如刘剑梅就批评道："王小波小说中出现的犬儒哲学的态度和玩世不恭的口吻，反而无视社会伦理道德的破坏，无视所谓'人文精神'的丧失，这在某种程度上迎合了90年代与消费文化

[1] ［美］理查德·罗蒂：《偶然、反讽与团结》，徐文瑞译，第258页。
[2] 王小波：《黄金时代》，第311页。

相关的道德衰退现象。”[1]这种逻辑类似于齐泽克在《意识形态的崇高客体》中（见《极权主义笑声》这一章）对于艾柯《玫瑰之名》的批评，他指出艾柯对于意识形态（在小说中的人物是老豪尔赫）的理解是教条化的，艾柯没有意识到犬儒主义本身就是意识形态的一种形式：“我们的命题与艾柯这部小说的潜在前提几乎是完全相反的：在当代社会（无论是民主社会还是极权社会）中，可以说，愤世嫉俗的距离、笑声、讽刺是这个游戏的一部分。”[2]

反讽的虚无，向来往往被划定为犬儒主义的虚无，在批评者眼中，这是一种“后现代病”：“在20世纪90年代的氛围中，这种犬儒主义态度在‘后现代反讽’的标志之下粉墨登场。就像19世纪末期的‘颓废’一样，反讽几乎也已经成为体现时代精神的报纸杂志上大书特书的标语。”[3]有的学者对此批评得很严厉：“反讽是本时代必备的修辞，是任何人在离家后都不应该不随身携带的要紧物品。它也替代爱国主义成为恶棍们最后的避难地。”[4]

这种批评尽管有一定道理，但概括得过于粗暴，需要更

[1] 刘剑梅：《革命与情爱——二十世纪中国小说史中的女性身体与主题重述》，上海三联书店，2009，第259页。

[2] ［斯洛文尼亚］斯拉沃热·齐泽克：《意识形态的崇高客体》，季广茂译，中央编译出版社，2002，第38页。

[3] ［英］提摩太·贝维斯：《犬儒主义与后现代性》，胡继华译，上海人民出版社，2008，第56—57页。

[4] ［加拿大］B.奥斯丁-史密斯：《深入到反讽的内心》，转引自［加拿大］琳达·哈琴：《反讽之锋芒：反讽的理论与政见》，徐晓雯译，河南大学出版社，2010，第224页。

为细微的辨析。常见的反驳方式是区分反讽主义与犬儒主义，反讽意味着否定，而犬儒主义意味着虚无之后的合作，等同于钱理群所批评的“精致的利己主义者”。齐泽克也借助斯洛特迪基克在《犬儒理性批判》中对于“大犬儒主义”的分析，区分了“大犬儒主义”与“犬儒主义”，认为“大犬儒主义”意味着对于通俗化、鄙俗化的官方文化的拒绝。[1]支持反讽一方的中国学者，其辩护的方式往往落在反讽的否定性，如杨小滨承认犬儒主义是中国后现代反讽的一种潜在危险，“叙事的自我怀疑并不等于犬儒主义，然而叙事的自我怀疑和犬儒主义都反映了灾难性的精神创伤体验带来的共同的社会精神状态。我们必须小心犬儒主义的陷阱”[2]。对此杨小滨强调后现代反讽的否定性，而这是犬儒主义所没有的：“那么阅读中国先锋小说后现代反讽必须揭示其蕴含在自我圈套、自我指涉和对两难经验的自我批判中否定性的因而也是乌托邦的力量。”[3]杨小滨认为“关于叙述的叙述”的先锋文学，暴露了大叙事的虚假性。这点和王小波是相通的，王小波的反讽叙述“不是一般的‘暴露叙述痕迹’的元小说，而是关于叙述规律的讽喻”[4]。这种对于元叙事的暴露与解构，和先锋文学的其他

[1] ［加拿大］B.奥斯丁-史密斯：《深入到反讽的内心》，转引自［加拿大］琳达·哈琴：《反讽之锋芒：反讽的理论与政见》，徐晓雯译，第40页。

[2] 杨小滨：《中国后现代——先锋小说中的精神创伤与反讽》，第119页。

[3] 同上。

[4] 赵毅衡：《叙述在否定中展开——四句破，符号方阵，〈黄金时代〉》。

作家一样，未必是出于批判的立场，但起到了更深层的批判的作用。

赵毅衡对此的回答更为乐观："反讽时代，不是犬儒时代。恰恰相反，反讽最认真：承认彼此各有是非，却不借相对主义逃遁。欲在当代取得成熟的个人性与社会性存在，反讽是唯一方式。"[1]赵毅衡的答案接近于罗蒂"自由主义乌托邦"的答案，这在一个有元规则支撑的社会是可能的，反讽者在承认彼此各有是非之后，总需要取得"交叠共识"。在这个意义上，自由主义的反讽者的社会，其实和多元化的公民社会很相似。当然，中国的情况恐怕没有如此乐观，比如，这个"交叠共识"如何获得？反讽者难以参与自身生活并在此基础上形成有效对话。

在杨小滨、赵毅衡的回答之外，笔者想进一步追问的是，王小波作品中的反讽性否定的背后，是否有确定的价值？这需要超越反讽的逻辑。在王小波有的作品中，反讽的否定性逻辑维持着文本的所有细部，比如在叙述上臻于完美的《黄金时代》《万寿寺》，由于这种反讽的彻底性有一种绝望与寂灭之感；而在有的作品中，比如《革命时期的爱情》，在反讽性的周密叙述中，存在着断裂的环节，这反而透露出一点超越的希望：并不是所有的理想都要转为讽喻，确定性的价值或许是存在的。这

---

[1] 赵毅衡：《反讽时代：形式论与文化批评》，复旦大学出版社，2011，封底页之作者说明。

种确定性的追求，或可概括为“真的人”，这显示在小说中王二与“X海鹰/姓颜色的大学生”不同的爱情关系中。

这组爱情关系，是作为反讽者的王小波笔下罕见的二元对立项，毕竟确定性的追求无法在无限否定的反讽中显现，而是落实在“正/反”关系中。对于帮教自己的团委书记X海鹰而言，王二始终是憎恶的，这种憎恶不仅由于X海鹰的意识层面被泛滥的革命话语所填充，更是体现在X海鹰的无意识层面也是被历史所结构的。在二人发生性关系后，X海鹰向王二讲述自己十六岁时听过忆苦报告后，一直缠绕自己的一个梦：

> 她告诉我说，听了那个报告，晚上总梦见疾风劲草的黑夜里，一群白绵羊挤在一起。这些白色的绵羊实际上就是她和别的一些人，在黑夜里这样白，是因为没穿衣服。再过一会，狠心的鬼子就要来到了。她们在一起挤来挤去，肩膀贴着肩膀，胸部挨着胸部。后来就醒了。照她的说法，这是个令人兴奋不已的梦。[1]

X海鹰之所以与王二发生性关系，在于性爱的无意识冲动只有转化为意识层面的革命叙事，才能获得合法性，而落后分子王二可以对位于日本鬼子。故而X海鹰的性反应是十分奇异

---

[1] 王小波：《黄金时代》，第327页。

的:“有一阵子她好像是很疼，就在嗓子里哼了一声。但是马上又一扬头，做出很坚强的样子，四肢抵紧在棕绷上。总而言之，那样子怪得很。”[1]在这个层面方能理解什么是“革命时期的爱情”，不是自由主义式的“爱情”解构“革命”，而是“革命”填充了“爱情”，以及“爱情”所象征的主体的神话。“革命”不仅侵入了意识层面，也侵入了无意识层面。在这个意义上我们方能理解王小波的自序所暗示的:“这是一本关于性爱的书。性爱受到了自身力量的推动，但自发地做一件事在有的时候是不许可的……故而性爱也可以有最不可信的理由。”[2]而王二对此的反应是:

> 但是当时我根本没听出到底是什么在叫人兴奋。我还认为这件事假得很。现在我对这些事倒有点明白了。假如在革命时期我们都是玩偶，那么也是些会思想的玩偶。X海鹰被摆到队列里的时候，看到对面那些狠心的鬼子就怦然心动。但是她没有想到自己是被排布成阵，所看到的一切都是出于别人的摆布。所以她的怦然心动也是出于别人的摆布。她的一举一动，还有每一个念头都是出于别人的摆布。这就是说，她从骨头里不真。想到了这一点，我就开

[1] 王小波:《黄金时代》，第304页。
[2] 同上，第187页。

始阳痿了。[1]

X海鹰在意识层面和无意识层面都试图将王二历史化，以预设的历史角色来定位王二，而王二渴望从历史中逃逸。王二厌恶这种虚假，他意识到X海鹰的无意识层面都被革命化了，所谓“从骨头里不真”，由此丧失了对于X海鹰的“爱”。相反，王二试图找到纯粹的人，也即没有被革命所污染的“真的人”，他回忆起1967年武斗结束时和“姓颜色的大学生”的一段爱情：“假如在臭气熏天的时期，还有什么东西出污泥而不染的话，她就可以算一件了。”[2]在武斗结束后的1968年春天，王二与姓颜色的大学生在河边消磨时光，游泳，亲吻，尝试做爱。姓颜色的大学生识破了革命的荒诞，她告诉王二：“你也不是男人，我也不是女人。谁也不知道咱们算些什么。”[3]姓颜色的大学生经常呕吐，她抵抗的是革命的规训，维持着纯粹的状态，而这和X海鹰构成对比：

> 后来她告诉我说，她呕吐，是因为想起了一些感到恶心的事，在这种情况下，她宁愿马上吐出来，也不愿把恶心存在胸间。原来她是想吐就能吐出来的。除此之外，姓

[1] 王小波：《黄金时代》，第327页。

[2] 同上，第299页。

[3] 同上，第317页。

颜色的大学生眉毛很黑，皮肤很白。她身上只有这两种颜色，这样她就显得更纯粹。不像X海鹰是棕色的，身上还有一点若隐若现的绿色。这大概是绿军装染的吧。[1]

王小波所追求的“真的人”或“纯粹的人”，在他的作品中往往出现在自然或上古史（比如古罗马或古埃及）的环境中，大致是“青铜时代”（这本身就是上古史分期的概念）之前的时代。在王小波的作品中，自然环境中的性，回归到美好的自然状态，比如王二后来和他妻子的性：“然后我们就钻到林子里去，这里一片浓绿，还充满了白色的雾。我老婆大叫一声：好一片林子呀！咱们坏一坏吧！于是我们就坏了起来。享受一个带有雾气，青草气息和寂静无声的性。”[2]而在“青铜时代”（历史）、“黄金时代”（现实）、“白银时代”（未来）的社会史阶段，人性都已经被权力所操纵与玷污，王二一度以浪漫的想象对抗灰暗的现实，将“文革”的武斗古罗马化，幻想像古罗马勇士一样享受战斗与光荣的失败，“给我一场战斗，再给我一次失败”[3]，而他最终发现这场战斗和革命本身一样荒诞，成为“真的人”或“纯粹的人”在革命时期是不可能的：

[1] 王小波：《黄金时代》，第317页。

[2] 同上，第276页。

[3] 同上，第322页。

> 我们根本就不是战士，而是小孩子手里的泥人……没有人因为她长得漂亮就杀她祭神，也没人因为我机巧狠毒就把我钉死。这不是因为我们不配，而是因为没人拿我们当真——而自己拿自己当真又不可能。[1]

## 三、叙述能否治愈精神创伤?

然而，叙述能否真正治愈精神创伤？这个问题有三层维度：在文学批评的意义上，王小波的作品是精神分析的文学典范，还是最终包含着自我反讽，指向精神治愈之不可能？在文学史的意义上，作为当代文学四十年（1977年以来）的历史起点，“伤痕文学”在象征的意义上代表着国家对于文学的想象与吁求：以文学的方式整合个体与共同体的断裂，寻找自己的历史位置，成为现代化时期的新人。作为最具形式强度的“伤痕文学”，王小波的作品如果依然无法承担这一历史任务，也喻指着断裂的深度与文学的有限性。在思想史的意义上，王小波最终不是一个犬儒主义作家，“局外人”固然分享着与犬儒主义相似的历史位置，但是王小波最终解构了“局外人”的视角，指出了脱历史的不可能。

回到《革命时期的爱情》，这个故事的核心架构，是一个精神分析式的人物关系：X海鹰要求王二交代；在二人发生性关

[1] 王小波:《黄金时代》，第321—322页。

系后，X海鹰开始向王二讲述。这个精神分析的框架混杂着宗教式的忏悔与告白，指向精神治愈，然而我们发现，X海鹰哪怕让王二讲出他与姓颜色的大学生的爱情往事，也始终没有让王二成功地讲出自己内心的精神创伤。王二面对X海鹰的逼问，除了各种磨洋工的敷衍外，只是讲述了“文革”发生后的故事（小说中以“我告诉X海鹰”标识），然而对于“文革”之前的童年创伤，王二始终保持沉默：“有关湿被套和我后来的事，我都没有告诉X海鹰。”[1]

“湿被套”（“大炼钢铁”带来的划伤）与“炉筒子”（“大炼钢铁”的小高炉）是王二童年创伤的两种症候。所谓“湿被套”，发生在1958年，六岁的王二目睹“大炼钢铁”的怪诞后，不慎摔倒在钢堆边，手臂被划开了。当王二后来有性意识时，“湿被套”的意象压抑着性：“我小的时候，在锅片上划破了手腕，露出了白花花的筋膜，这给我一个自己是湿被套扎成的印象。后来我就把自己的性欲和这个印象联系起来了。”[2]而“大炼钢铁”对于王二的创伤并没有结束，钢划开了他的身体，粉碎了王二欣喜若狂的梦（在童年王二眼中，“大炼钢铁”是充满着紫色烟雾的达利式的梦境），而“炉筒子”粉碎了王二再一次寻找神奇的幻想。王二一度想把“大炼钢铁”的神奇——“紫红

[1] 王小波：《黄金时代》，第258页。

[2] 同上，第293页。

色的天空和种种奇怪的情境”[1]——找回来，八九岁的时候开始爬一座遗弃的小高炉，“这就是土高炉那个砖筒子——虽然它只围了几平方米的地方，但我觉得里面有一个神奇的世界”[2]。然而十三岁的王二终于爬进去后，小高炉里面的世界并不神奇，而是和现实生活一样逼仄与庸俗：

> 现在该说说我爬炉壁的事是怎么结束的。到十三岁那一年，我终于爬过了那个炉筒子，进到了土高炉里。那里面还是什么都没有。除了一个砖堆，砖堆边上有一领草席，草席边上还有个用过的避孕套，好像一节鱼鳔。里面盛了些胶冻似的东西。虽然当时不能准确指出那是什么，但也能猜到一些。那里面的东西叫我联想起六岁时在伤口里看到的自己的本质——一个湿被套。从那时开始，我的人生观就真正悲观起来了。[3]

有意味的是，小说特意标明了王二开始具有性意识的年龄，也是十三岁："我在十三岁时，感到自己正要变成一个湿被套，并且觉得自己已经臭不可闻。当时我每星期都要流出黏糊糊的

[1] 王小波：《黄金时代》，第216页。
[2] 同上，第217页。
[3] 同上，第257页。

东西。”[1]正是小高炉里面的真相，使得王二将同一年开始的性与创伤体验相联系。“湿被套”与“炉筒子”所指代的“大炼钢铁”，作为“革命时期”的象征，构成了王二的精神创伤。“大炼钢铁”中的钢构成一种“阉割”的焦虑，“小高炉”构成一种对于欲望的压抑，当王二在十六岁（1968年春天）第一次尝试做爱时，被精神创伤所干扰而没有成功：“等到我和姓颜色的大学生试着干这件事时，心里就浮现炉筒子里的事。那时候我抱着她的肩膀（她的肩膀很厚实），脸贴着她饱满的胸膛，猛然间感到她身后是炉筒子。一股凄惨就涌上心头，失掉了控制。这在技术上就叫早泄罢。”[2]

在弗洛伊德的思想里，压抑的欲望可以通过对于“父亲”的认同而转化，但是随着“文革”的展开，父与子的关系也断裂了，父亲将革命的暴力（红卫兵批斗）转嫁到“我”的身上，“六六年我就厌倦了我爸爸，但他仍然是我爸爸”[3]。“父亲”所象征的秩序空洞化，无法予以欲望的合法性支撑，这导致着主体的忧郁。反讽的叙述是对于主体的忧郁的一种克服，这是王二十四岁时候的决定：

> 这些事情我都忍受过来，活到了十四岁。一辈子都这

---

[1] 王小波：《黄金时代》，第267页。

[2] 同上，第298页。

[3] 同上，第287页。

样忍下去不是个办法，所以我决定自寻出路。这个出路就是想入非非。爱丽丝漫游奇境时说，一切都越来越神奇了。想入非非就是寻找神奇。[1]

然而，“叙述”治愈了王二的精神创伤吗？或者把这个问题的象征意味显豁地讲出来：“文学”能否解决“历史”问题？1990年代以来，米兰·昆德拉、村上春树以及王小波，以“文学”之轻盈解脱“历史”之沉重，这份沉重的历史债单上罗列着“二战”、“冷战”、共产主义实践等等20世纪的核心主题，也构成了后革命时期的精神创伤，他们的作品深刻契合着当代中国历史语境的转轨，不断掀起阅读的热潮，用米兰·昆德拉最新的一部作品来讲，就是“庆祝无意义”。但是王小波指向精神创伤的反讽叙述，最终包含着自我的瓦解；他那堪为“伤痕文学”最高成就的《时代三部曲》，也无法在叙述的迷宫中彻底遗忘历史的真相；“我”就是“王二”，“我”不是历史之外，而是在历史之中，王小波的“局外人”的视角——“我”重新成为“王二”——结束于这样一个时刻：

有一件事使我不得不如此。小时候我跑到学校的操场上，看到了一片紫色的天空，这件事我也可以用第三人称

[1] 王小波：《黄金时代》，第243页。

> 讲述，直到我划破了胳膊为止。这是因为第三人称含有虚拟的成分，而我手臂上至今留有一道伤疤。讲到了划破了胳膊，虚拟就结束了。[1]

反讽的解脱不同于禅宗的解脱，反讽是与历史的游戏，而不是取消历史，反讽的逻辑中始终有一个“我”。这个“我”解构一切真理后，最终要回落到最为个体化的身体层面上，这是无法虚无的剩余。胳膊的伤痕赫然在目，结束了局外人视角，伤痕最终如其本来面目，是身体化的铭刻。“文学”不是“医学”，不应再抱有“医”与“文”互相置换这种现代性的文学意识，怎样的“文学”也无法袪除伤痕。在《革命时期的爱情》中，在王小波所有戏谑狂欢的作品中，有一层隐隐的阴郁与绝望。王小波的小说归根结底是悲剧性的，他就像是愁容骑士，忧郁地行吟在后革命时期的大地。

[1] 王小波:《黄金时代》，第205页。

# 第二章
# 对于“自我”的管理

# 第一节　格瓦拉来到了新时期

## 一、剧本创作座谈会上的《在社会的档案里》

1981年4月22日，报告文学刊物《时代的报告》出版增刊（一份八个版的报纸），沿街叫卖，据说前后印了三十万份。在繁华的北京王府井大街南口，报贩高声叫道："哎！快来看反动作家白桦用眼泪向社会主义进攻！……"[1]同一天，《时代的报告》主编黄钢在《中国青年报》第十四次记者会上就"文艺问题"发表演讲，他带着增刊到现场发放："今天，《时代的报告》增刊出版了，我们有位女同志给会场带来了四十份，听说你们订了一百份。各方面需要量很大，今天第一批印了十五万份，还不够分配，这一期发表了《苦恋》剧本的全文，发了几篇分析《苦恋》的评论。一篇登在第一版，叫做'本刊电影观察

[1] 转引自徐庆全：《风雨送春归——新时期文坛思想解放运动纪事》，河南大学出版社，2005，第358页。

员'，题目是《〈苦恋〉的是与非，请与评说》。另外一篇是'本刊文艺评论员'，署的我个人的名字……《时代的报告》增刊就在那位女同志手上，一毛五分钱一份，如果要订阅的话，今年预备出十期，交一块五毛钱就够了。（笑声：做广告了！）"[1]

这大概是新时期以来最著名的增刊，这份增刊与两天前出版的《解放军报》"特约评论员"文章《四项基本原则不容违反——评电影文学剧本〈苦恋〉》一起，掀起了对于《苦恋》的大批判。和1979年的《向前看啊，文艺》《"歌德"与"缺德"》[2]等文章引发的论争相比，《苦恋》事件的影响要大得多，不仅暴露出文艺界内部的深刻分歧，同时卷进了高层的博弈，被视为观察中国文艺与政治发展的风向标。经过各种力量错综复杂的博弈，"《苦恋》事件"最终以剧本作者白桦在当年11月写检讨[3]、1982年10月中央书记处决定《时代的报告》停办收场[4]，《文艺报》的唐因、唐达成在中央指示下经周扬、张光年安排写出《论〈苦恋〉的错误倾向》一文，为"《苦恋》事件"定调。该文经历

---

[1] 转引自徐庆全：《风雨送春归——新时期文坛思想解放运动纪事》，河南大学出版社，2005，第345—346页。

[2] 黄安思：《向前看啊，文艺》，载《广州日报》1979年4月15日；李剑：《"歌德"与"缺德"》，载《河北文艺》1979年第6期。

[3] 白桦的检讨即《关于〈苦恋〉的通信——致〈解放军报〉、〈文艺报〉编辑部》，载《解放军报》1981年12月23日、载《文艺报》1982年1月号。

[4] 参见贾漫《风雨十年——记新时期的贺敬之》一文中"《时代的报告》"一节，载《文艺理论与批评》1999年第1期。据贾漫在该文中回忆："1982年10月，接替王任重任中宣部长的邓力群同志找贺敬之谈话，传达中央书记处的决定：让《时代的报告》停刊，交地方另办一个刊物，刊名为《报告文学》，由《人民日报》领导，田流任主编。此事交贺敬之负责落实。"

了八稿修订，创作历时两个月，最终发表于《文艺报》1981年第19期，《人民日报》1981年10月7日在第五版上全文转载。至此，"《苦恋》事件"收场。比较同类事件，作者检讨算是惯例，但发起批判的刊物被停刊（不仅由于"《苦恋》事件"，还包括"大写十六年"等事件[1]），在共和国成立以来的文坛运动中实属罕见，这显示出当时"思想解放"的背景下对于"左"的警惕。

在最宽泛的意义上理解新时期的左翼文化，这份以"左"的面目出现的、短命的《时代的报告》是一条线索，它所勾连的各方错综复杂的思想逻辑，呈现出新时期起源阶段的复杂性，也提醒着当下被左右论争所撕裂的知识界，如何从历史而不是从概念出发，在新时期以来契合于中国历史进程实际状况的思想谱系中定位自己的思想立场。2014年的秋天，笔者读完了创刊以来的《时代的报告》，在"《苦恋》事件"之外，发现《时代的报告》在前一年，即1980年，曾经掀起过对另一部电影剧本的大批判——对于《在社会的档案里》（电影文学剧本，作者王靖，刊于《电影创作》1979年第10期）的批判。这场批判随着《时代的报告》一起湮没在当代文学史与思想史的深处，但是和"《苦恋》事件"相比，这场尚无人研究的批判，比《苦恋》批判要复杂得多。

《在社会的档案里》这个电影剧本开场于1971年6月25日中国南方边境。在雨夜中，青年王海南带着《格瓦拉日记》试图越

[1] 参见刘锡诚：《1982：围绕"十六年"的一场大辩论》，载《南方文坛》2015年第3期。

境打游击，最终在国界被边防战士拦截，而这已经是王海南第三次越境。边防战士再一次将王海南送回他那个军队高级领导的家庭。时光倒流到1969年夏天，王海南和首长父亲与弟弟小京不合，他无法忍受家庭的庸俗，对父亲表示："我看不惯你们的做法，也弄不懂你们的革命。"在运动失败后，王海南终日翻阅《格瓦拉日记》作为寄托。唯一能谈得来的，是家里的军区护士李丽芳，两个人暗生情愫。然而李丽芳被首长父亲和弟弟小京先后玷污，被迫复员到机床厂工作，和王海南断绝了来往，嫁给了厂医赵清。新婚夜丈夫赵清因贞洁问题把李丽芳赶出家门，李丽芳的工人父亲觉得丢脸，也对她大打出手。李丽芳彻底堕落，离家出走，整日和当地的流氓厮混。王海南从边境遣送回家后，无意中遇到了李丽芳，他和李丽芳身边的流氓打了起来，被刺成重伤，后在医院中不治身亡。调查这起事件的老警察尚琪多方寻找，拼起了事件的完整线索，然而相关记录最终被迫销毁，尚琪也被军代表逮捕。但作者借尚琪之口表示："这些材料的命运只有被销毁。不过，任何罪行都写在社会的档案里，登记在受害者的心里，这是谁也销毁不了的！"这是《在社会的档案里》的大致情节。

《在社会的档案里》发表之后引发轰动，这一期的《电影创作》印了十万份，依然一刊难求。[1]一份电影文学类刊物，居然

[1] 参见内部资料《剧本创作座谈会 陈荒煤同志讲话》，1980年2月7日，第6页。转引自李镇：《乍暖还寒犹未定：1980年"剧本创作座谈会"之观察》，载《当代电影》2015年第1期。

引发黑市交易，价格一路攀升，“据《电影创作》的同志介绍，该期刊物的黑市价格比定价高达十倍，甚至二十倍”。[1]读者对这个剧本反应热烈，《电影创作》编辑部“收到几百封读者来信，其中有百分之九十对作品采取肯定的态度，并且不是一般的肯定，往往是最热烈的赞扬”。[2]剧本随即被制片厂看中，筹备开拍，“甚至在杂志上预告了剧组的名单”。[3]这种轰动效应在当时并非孤例，《电影创作》当年第11期发表的《女贼》，描写一个类似的女贼，同样引发争议。而几乎在《在社会的档案里》《女贼》创作同时，1979年8月，沙叶新与剧院演员李守成、姚明德联合完成（沙叶新执笔）话剧剧本《假如我是真的》（一开始叫《骗子》，被时任“上海人艺”院长的黄佐临改名为《假如我是真的》），该剧取材于真实的社会新闻，表现某渴望回城的知青假扮高干子弟，利用干部之间的关系行骗。上海人民艺术剧院在8月20日完成彩排，剧本刊于《戏剧艺术》和《上海戏剧》1979年8月联合增刊，“9月27日，《假》剧的剧本在静安区文化馆门口发售，十几分钟卖出去几百本。西安电影制片厂的导演吴天明、滕文骥联系沙叶新把剧本改拍成电影”。[4]当然，

---

[1] 罗艺军：《〈在社会的档案里〉四题》，中国戏剧家协会研究室编《剧本创作座谈会文集》，四川人民出版社，1981，第290页。

[2] 同上。

[3] 李镇：《乍暖还寒犹未定：1980年“剧本创作座谈会”之观察》。

[4] 石岩：《争议是如何引发的——〈假如我是真的〉台前幕后》，载《南方周末》2008年12月11日。

这几部争议剧本最后都没有被改编为电影，在1979年11月，“上海市委下令暂停《骗子》的演出。同时暂停的还有《在社会的档案里》和《女贼》的电影拍摄”。[1]

在乍暖还寒的1979年，为什么剧本创作表现得如此尖锐？有电影史研究者认为和当年电影体制改革有关。1978年电影开始复苏，全年电影观众达到280亿人次，中国电影发行总收入九亿多元，纯利润1.78亿元。但由于僵硬的电影体制，国产电影由中国电影发行公司统一收购发行，好片、差片执行统一的收购价格，彩色片70万元，黑白片60万元。以北京电影制片厂为例，全厂1978年的年利润仅四万九千元，竟然不如一家影院的收入。而且新电影寥寥，全年电影票房新作只占17.9%，解禁的国产电影占63.5%，国外及香港电影占据剩余部分。故而，1979年电影改革的呼声很大，很多人认为“创作思想不解放”“剧本水平低”是阻碍电影发展的重大原因。[2]当年的电影改革，除了将电影利润向电影生产部门倾向、电影剧本审查下放到电影厂之外，剧本改革成为关注的重点，当年对于电影的理解还是比较文学化的，更看重剧本的重要性。《人民日报》为此发表社论《多出好影片》，认为剧本对于好电影是第一位的，“首先要抓好电影剧本的创作”。[3]时任中宣部部长的胡耀邦在

[1] 李镇：《乍暖还寒犹未定：1980年“剧本创作座谈会”之观察》。

[2] 同上。

[3] 本报评论员：《多出好影片》，载《人民日报》1978年7月22日。

当年5月提出“写三千部作品，古代一千部，近代一千部，现代一千部”；文化部电影局在当年6月底专门召开全国故事片厂编辑工作会议，各大电影厂主管剧本的厂长及相关负责人到会，王阑西（文化部副部长，主管电影工作）、陈播（文化部电影局局长）、张骏祥（文化部电影局副局长）等领导在会议上讲话，提高剧本稿酬，鼓动编剧大胆创作。正是在这种背景下，以往在文学格局中处于边缘位置的电影文学，在1979年下半年迎来爆发，展现出罕见的锋芒。

在剧本创作的变局之外，就更大的政治与思想背景而言，1978年底十一届三中全会召开，当代中国迎来重大的历史转折点，“改革”时代的大幕徐徐拉开。重返新时期起源阶段的历史语境，在1979年这一年，对于“改革”的道路，各方大致在“现代化”的总任务下达成共识，但具体怎么走，边界在哪里，当时还充满着各种可能，各种思想争论十分激烈。而且，伴随着1979年对于“真理标准”的补课，以及对于“凡是派”的进一步揭露与批判，势必冲击原来的意识形态禁区。对于冤假错案的全面平反与对于历史旧案的清理，披露出很多骇人听闻的材料，动摇了以往不容置疑的定论，尽管立足点在于“拨乱反正”，但依然是一场不小的思想震动。同时，民间的思想运动风起云涌，各类自发组织和民办刊物开始出现，“上山下乡”也步入衰亡，大量知青用各种方式返城或上访，冲击着当地的社会秩序。在变革开启的时刻，一切处在充满生机与危机的动荡之中。

就思想领域而言，十一届三中全会之后随即召开著名的理论工作务虚会。文学界几乎复制了“十一届三中全会—理论工作务虚会”的结构，在1979年底召开类似于1978年底十一届三中全会的第四次文代会，在1980年1月召开类似于1979年1月理论工作务虚会的剧本创作座谈会。第四次文代会意味着新时期文坛正式进入“改革”时代，在批判“文艺黑线论”乃至于《部队文艺工作座谈会纪要》等基础上，也要直面就在文代会召开之前兴起的《在社会的档案里》《假如我是真的》这股文学潮流的挑战。1980年1月23日，剧本创作座谈会在京召开，历时22天，2月13日结束，参加会议的有全国各地剧作家、文学评论家一百余人。据刘锡诚回忆：“会议主办单位名义上是作协、剧协、影协三个群众性文艺团体，实际上则是由中央宣传部直接组织和主持的。不仅由当时任党中央秘书长、中央宣传部部长的胡耀邦作主题报告，而且全部会务与文件起草工作，都是由中宣部副部长贺敬之主持操办的。”[1]会议名义上是关于剧本创作，实则是通过对于《在社会的档案里》的讨论，统一文学界在“文学题材”“写真实”“干预生活”等问题上的思想认识，确定新时期文学的发展方向。诚如胡耀邦在座谈会讲话中谈到的：“我们希望座谈会的内容不限于剧本创作的问题，而是能够

[1] 刘锡诚：《在文坛边缘上——编辑手记》，第384页。

对文艺创作上大家共同关心的一些重大问题，交流一下看法，在一些重大原则问题上统一思想。这就是我们召开这个会的目的和希望。”[1]

在胡耀邦的大会讲话中，他首先坦率地面对文代会期间的“不同意见”：“党中央认为，第四次文代会具有重大意义，明确了一系列带根本性的问题。但文代会未开完时，中央就知道会上对有些问题议论纷纷。主要是两个方面的问题：一个是对文艺工作的历史、方针和文代会的某些问题，有不同意见；一个是对当前一些作品有不同意见。”[2]这里的“当前一些作品”，主要指的是《在社会的档案里》这些作品。夏衍在第四次文代会的闭幕词中曾直接提到：“歌颂与暴露的问题；以及在题材多样化中有关反对封建特权、官僚主义的问题等等，我认为都有大胆地正视现实而又认真地、实事求是地进行研究的必要。”[3]胡耀邦在文代会闭幕之前，找到周扬、朱穆之（时任中宣部副部长）商量过两条办法，一条是用中央名义下发文件，一条是召开这个剧本创作座谈会：“对于文艺创作中的一些问题和几个作品有不同的意见，我们觉得，用中央发通知做结论的办法不妥当，

---

[1] 胡耀邦：《在剧本创作座谈会上的讲话（一九八〇年二月十二、十三日）》，中国戏剧家协会研究室编《剧本创作座谈会文集》，第3页。

[2] 同上，第1页。

[3] 夏衍：《中国文学艺术工作者第四次代表大会闭幕词（一九七九年十一月十六日）》，中国文学艺术界联合会编《中国文学艺术者第四次代表大会文集》，四川人民出版社，1980，第112页。

延长文代会开会时间的办法也不好。因此我们商量，最好开一个座谈会，请一些同志来交换意见。”[1]

我们今天对于《在社会的档案里》的理解，来自剧本创作座谈会的阐释框架。由于剧作创作座谈会上将《假如我是真的》《在社会的档案里》《女贼》三部作品做整体性的讨论，几部作品共通的地方更受到关注，比如都以“青少年犯罪分子”作为主人公，都触及反特权、反官僚主义的问题。从这个角度出发，《在社会的档案里》的主人公从王海南转移到李丽芳，会议发言对于李丽芳这个人物形象讨论较多，对于王海南讨论较少，更不必说对于切·格瓦拉和《格瓦拉日记》的讨论。剧本创作座谈会对于《在社会的档案里》的批评，大多集中在以“青年犯罪分子”作为主人公这一点，强调作品要注意社会效果与社会影响。周扬在开幕式讲话中就提到：“但今天青少年犯罪是否都是因为官僚主义、特殊化造成的，因此犯罪就可以原谅呢？这个问题解决不好，让大家认为骗子、小偷都值得同情，那就不好了。……任何写作品的人都应考虑自己作品给人的影响，特别是对青少年的影响。”[2]夏衍在开幕式的讲话中也提到类似看法：“青年作者可能没有这个经验，但是今后写作时应该考虑到，把一些坏行动和下流话在银幕和舞台上展示，对青少年

[1] 胡耀邦：《在剧本创作座谈会上的讲话（一九八〇年二月十二、十三日）》，中国戏剧家协会研究室编《剧本创作座谈会文集》，第3页。

[2] 周扬：《周扬同志在开幕式时的讲话》，中国戏剧家协会研究室编《剧本创作座谈会文集》，第47—48页。

是有害的。《在社会的档案里》和《女贼》这两个戏都有这类问题。”[1]

作品对于全社会尤其是青少年的社会影响，在社会主义文学体制中，一直是比较得到关注的问题，而且《在社会的档案里》被判定为“在新中国的电影或电影文学剧本中，以一个流氓团伙中堕落的女青年作主人公，这恐怕还是第一个”[2]，在这方面得到的批评多一些，完全可以想见。不过，座谈会上讨论“青少年犯罪”题材的社会影响，其实是将对于作品的社会影响的讨论，从敏感的“反特权、反官僚主义”转移到小偷、流氓、骗子这些主人公形象上，将作品的政治议题转化为道德议题。贺敬之的会议发言很有代表性，这几部作品包含着两层主题，“主题具有相当尖锐的政治性”:“题材内容大体有两个方面：一是反映青少年犯罪现象；二是批评干部特别是领导干部的官僚主义、特殊化以及与之相联系的社会上的不正之风。”[3]这两层主题其实互相关联，比如李丽芳就是因为被“首长”玷污而走上堕落的道路，但将这两层主题分离，可以避免直接讨论比较棘手的第二层主题，围绕第一层主题来限定这几部作品。诚如周

[1] 夏衍:《夏衍同志在开幕式时的讲话》，中国戏剧家协会研究室编《剧本创作座谈会文集》，第54页。

[2] 荒煤:《提高创作水平，奋勇前进》，中国戏剧家协会研究室编《剧本创作座谈会文集》，第97页。

[3] 贺敬之:《新的时代和作家的责任》，中国戏剧家协会研究室编《剧本创作座谈会文集》，第76页。

扬的发言："官僚主义、特殊化等不正之风要反对，问题是不能由此而同情盗窃犯、杀人犯和骗子。这是一个是非界限。不能说写的这些事情不是真实，至少有部分的真实，但不能因此得出结论,真实的都要写。"[1]由"真实性"自然过渡到"典型性"，贺敬之发言强调："某些表面的、片面的真实，并不等于现实主义所要求的真实性。现实主义的真实是典型化的真实。只有典型化的真实性才可能具有客观真理性。"[2]何谓典型，何谓真实，受作家的立场决定，"如果是真正站在人民的立场来揭露，那是人民需要的。如果站在另外的立场，那对人民就不一定有利了"[3]，"不能说作家只要讲了真话，就算是尽了责任。还要看看这个真话，真实的程度如何，是否真正代表了人民的需要，真正对人民有利"[4]。

在这个意义上，剧本创作座谈会从几个剧本的"题材"出发，经由对于"青少年犯罪"题材的社会效果的讨论，推衍到题材内容的真实性与典型性，上升到作家的写作立场，最后归于"文学"与"时代"的关系，"说题材问题，我想主要是指我们应当怎样认识和表现我们所处的新时代，如何正确地反映新

---

[1] 周扬：《解放思想，真实地表现我们的时代——谈有关当前戏剧文学创作中的几个问题》，中国戏剧家协会研究室编《剧本创作座谈会文集》，第65页。

[2] 贺敬之：《新的时代和作家的责任》，中国戏剧家协会研究室编《剧本创作座谈会文集》，第85页。

[3] 周扬：《解放思想，真实地表现我们的时代——谈有关当前戏剧文学创作中的几个问题》，中国戏剧家协会研究室编《剧本创作座谈会文集》，第57页。

[4] 同上，第66页。

时期的社会矛盾”。[1]这是主流的消化《在社会的档案里》等作品的阐释框架，将文学的冲击力转化为四个现代化建设这个时代总任务的动力，“这次剧本创作座谈会开得好，还在于进行深入细致的思想政治工作，教育和引导广大文艺工作者顾大局，识大体，引导他们做安定团结的促进派，做四化的促进派”[2]。《人民戏剧》等戏剧界主流刊物随即发表文章，表态支持座谈会的精神：“为了履行我们的社会职责，要求我们必须最大限度地发挥我们的工作热情，努力做解放思想的促进派，安定团结的促进派，实现四个现代化的促进派。”[3]

在这个主流的阐释框架下，剧本创作座谈会也没有回避《在社会的档案里》等作品“反特权、反官僚主义”的一面。理论上的反驳，其一是在反对官僚主义的同时强调也要反对个人主义、平均主义、无政府主义等，“比如说，对官僚主义、特殊化当然应该反对，坚决斗争，但是有些人却是采取一种极端个人主义和绝对平均主义的观点去反对”[4]；其二，也是新时期起源阶段非常重要的一个认知装置，是将“特权”转化为“封建特

[1] 贺敬之：《新的时代和作家的责任》，中国戏剧家协会研究室编《剧本创作座谈会文集》，第75页。

[2] 《人民日报》评论员：《党领导文艺的良好方法》，载《人民日报》1980年2月15日。转引自中国戏剧家协会研究室编《剧本创作座谈会文集》，第417页。

[3] 《人民戏剧》评论员：《戏剧家的社会职责》，载《人民戏剧》1980年第3期。转引自中国戏剧家协会研究室编《剧本创作座谈会文集》，第423页。

[4] 贺敬之：《新的时代和作家的责任》，中国戏剧家协会研究室编《剧本创作座谈会文集》，第79页。

权”，比如陈荒煤的发言，“一个青年作者敢于选择、探索这样的题材，创作《档案》这样一个剧本，提出反对封建特权和封建思想的这样一个重大主题，有这样一个庞大的设想，并且有一些新的构思，应该肯定作者的勇气，应该给予积极的帮助和鼓励”[1]；罗艺军的发言也提到，“《档案》在反封建，特别是猛烈地冲击封建特权上，是反映了广大人民群众的愿望的。少数领导干部利用人民给予的权力，谋求个人的私利，作威作福；还有一群‘衙内’们利用父母的权势胡作非为”[2]；胡耀邦在讲话中也谈到，“我们的国家工作人员不是从天上掉下来的，难免要沾染封建的、资本主义的特权思想和官僚主义恶习”[3]。这种阐释框架，将结构性的、空间性的“特权”问题转化为时间性的“封建特权”，但同时也在马克思主义论述中为体制改革确立了合法性。这种阐释框架被学界与政界所普遍地分享，“1979年初，《历史研究》第1期发表了黎澍写的《消灭封建残余影响是中国现代化的重要条件》，率先公开打出反对封建主义的旗帜”[4]。也就在剧本创作座谈会召开的同时，中国共产党第十一届五中全

---

[1] 荒煤：《提高创作水平，奋勇前进》，中国戏剧家协会研究室编《剧本创作座谈会文集》，第113页。

[2] 罗艺军：《〈在社会的档案里〉四题》，中国戏剧家协会研究室编《剧本创作座谈会文集》，第297页。

[3] 胡耀邦：《在剧本创作座谈会上的讲话（一九八〇年二月十二、十三日）》，中国戏剧家协会研究室编《剧本创作座谈会文集》，第17页。

[4] 萧冬连：《历史的转轨：从拨乱反正到改革开放（1979—1981）》，香港中文大学出版社，2008，第174页。

会通过《党内政治生活的若干准则》，提出批判封建特权思想，不允许有不受党纪国法约束或凌驾于党组织之上的特殊党员。[1]这显示出在新时期起源阶段，我们的党和政府正视这一问题，希望将对于这一问题的批判控制在一定范围内，积极稳妥地推进改革。这基本上也是剧本创作座谈会对于《在社会的档案里》等作品的态度与底线。

## 二、格瓦拉来到了新时期

剧本创作座谈会召开的同时，《时代的报告》在北京创刊，当年2月19日开印，3月15日出版。据徐庆全介绍："《时代的报告》创刊于1980年，是部队和地方一些老同志合办的报告文学刊物。部队的参与者主要是黄钢、魏巍、姚远方等人，地方上穆青、康濯、杜宣、梁斌等人，虽然开始名列主编，但大致是挂名的，不参与实际工作。1980年和1981年的实际工作，事实上是由黄钢具体负责的。"[2]黄钢是报告文学作家，1917年生于武汉，系革命烈士黄负生（湖北省委第一任宣传部长）之子，1938年入鲁迅艺术学院文学系学习，创作有《开麦拉之前的汪精卫》《我看见了八路军》等著名报告文学作品。新中国成立后任中央电影局艺术处副处长，中国影协书记处书记，参与创作

[1] 萧冬连：《历史的转轨：从拨乱反正到改革开放（1979—1981）》，第355页。

[2] 徐庆全：《风雨送春归——新时期文坛思想解放运动纪事》，第435页。

《永不消逝的电波》等电影剧本。“文革”期间被隔离审查，“文革”结束后，黄钢恢复报告文学创作，创作有《亚洲大陆的新崛起》等作品，讴歌李四光为代表的科学家。1980年，黄钢担任公安部国际关系学院新闻系主任，筹建“(中国)国际报告文学研究会”，创办第一份报告文学刊物《时代的报告》。[1]1982年第1期开始，黄钢不再担任《时代的报告》执行主编（当年执行主编是魏巍、梁斌、姚远方等），1983年离开《时代的报告》编辑部。1991年，74岁的黄钢在苏联解体当天突发心脏病，健康每况愈下。1993年9月9日，在北京去世。[2]值得补充的是，对于今天的读者，黄钢先生之子或许知名度更高，他就是著名的市场派经济学家、麻省理工学院斯隆管理学院终身教授、清华大学中国经济研究中心研究员黄亚生，著有*Capitalism with Chinese Characteristics*。1981年黄钢将两个儿子先后送到哈佛大学与斯坦福大学留学，据黄亚生回忆，黄钢认为“只有让叛逆的儿子见识到资本主义的腐朽和堕落，他才能重新相信共产主义”。黄亚生之外，黄钢的小儿子黄晶生现为风投界著名人士，先后任国际著名私募基金软银亚洲（SAIF）中国区总经理、贝恩资本（Bain Capital）董事总经理。[3]

---

[1] 参见傅溪鹏：《中国报告文学学会“难产”简录与〈报告文学〉杂志简史》，载《新文学史料》2007年第2期。

[2] 参见朱子南：《烈士遗孤黄钢的传奇人生》，载《世纪》2005年第2期；楚奇：《大江之子——黄钢》，载《武汉文史资料》2001年第4期。

[3] 雷颐：《“用脚投票”才是真选择》，载《凤凰周刊》2009年第26期。

和新时期其他的文艺刊物相比，黄钢主持的《时代的报告》体现出很不一样的特点与风格。在创刊号的发刊词《我们连一秒钟都不会迟疑》中，《时代的报告》体现出一种战争中的峻急与紧迫，开篇就以前苏联入侵阿富汗为例，强调“本刊就是在这样的时刻创刊的”。发刊词随即大段引用列宁《党的组织与党的文学》的段落，特地用粗体字标示出两个地方：“文学事业应当成为无产阶级总的事业的**一部分**”，“**哪一个阶级**是这个或那个时代的中心，决定着时代的主要内容”。[1]强调“一部分”，是将文学重新从属于政治；强调“哪一个政治”，意味着阶级斗争依然是一个严峻的问题。这无疑与以“现代化”为核心的新时期政治、正式废除了“文学从属于政治”这个口号的第四次文代会精神相抵牾。发刊词在结尾特意强调，衷心拥护第四次文代会，但在表态后又加了一段：“我们完全同意人民解放军总政治部不久前召开的全军文化工作会议所提示的：‘光明要歌颂，黑暗要暴露，落后要批评，但应以歌颂为主。’”

《时代的报告》在刊发报告文学作品之外，最后一个栏目设定为“思想评论”，批判与论战的锋芒主要集中于此。在创刊号中，《时代的报告》很有眼光地选择向《在社会的档案里》开炮，共刊发两篇文章：本刊评论员《〈在社会的档案里〉向我们提出了什么问题？》，刘一民、杨帆《这是一份什么样的“社会

[1] 《时代的报告》发刊词：《我们连一秒钟都不会迟疑》，载《时代的报告》1980年第1期。

档案”》(群众来信)。和同时举行的剧本创作座谈会上对作品整体性的讨论不同,《时代的报告》就《在社会的档案里》的具体情节展开批判,聚焦于王海南带着《格瓦拉日记》越境打游击这个情节:

> 从王海南在剧中第一次出场开始,他就随手不离《格瓦拉日记》,甚至剧本中表现王海南要求把“热血洒给祖国的边疆”时,他在北部边疆前线宿营地战友的枕畔,还有意于攻读《格瓦拉日记》;王海南自称“我的痛苦而空虚的心灵,又被一个新的发现的理想所吸引(按:这里指《格瓦拉日记》),我要离开这里(按:这里指他的祖国)去追逐另一种生活……”这新的“生活”、“新发现的理想”,用王海南自己的话说,就是“我几次越境,准备参加一个外国共产党的游击队”。直到王海南临死前,据护士讲,“他还反复叫一个名字”,“叫格瓦拉,其它,就没有再说什么了”。《档案》的作者反复写明:走格瓦拉的道路,这就是《档案》剧本里以同情的笔调来描绘的正面人物的最高理想。[1]

“本刊评论员”认为,“这不是在宣传叛国无罪吗?”至于

[1] 本刊评论员:《〈在社会的档案里〉向我们提出了什么问题?》,载《时代的报告》1980年第1期。

《在社会的档案里》，“主题是对社会主义制度的怀疑”。这种分析的框架，在剧本创作座谈会的发言中也零星出现过，比如张庚的发言："《档案》之所以给人很大的压抑，是因为它没有给人以出路，似乎一切都是绝望的。如果要革命，也只有学格瓦拉的办法，到外国去革去，在国内是没有希望的。"[1]以及类似的观点："有的同志认为，剧本中写的王海南，揣着《格瓦拉日记》三次往国外跑，似乎中国没有救了。"[2]但是《时代的报告》真正点题："剧本给我的印象是：《格瓦拉日记》是王海南的思想行动指南。"[3]和剧本创作座谈会将李丽芳视为《在社会的的档案里》的主人公不同，《时代的报告》将思想型的王海南而不是“堕落”的李丽芳视为主人公，正视《在社会的档案里》中反复浮现的“格瓦拉思想”，展开正面的思想交锋。

《时代的报告》批判的关键在于以“国家”为中心，将王海南那种超越国境的格瓦拉式的游击战视为叛国的行为。由于在《时代的报告》的框架中“国家”意味着“制度”的实体，王海南出走的行为被视为对社会制度的怀疑。这种怀疑无疑是错误的，在“现象/本质”的辩证法里，王海南只是发现了个别

---

[1] 张庚：《谈现实和理想》，中国戏剧家协会研究室编《剧本创作座谈会文集》，第127页。

[2] 陈刚：《当前关于两个剧本的争论》，中国戏剧家协会研究室编《剧本创作座谈会文集》，第145页。

[3] 刘一民、杨帆：《这是一份什么样的“社会档案”》（群众来信），载《时代的报告》1980年第1期。

现象，但没有认清社会的本质，就像《时代的报告》所刊发的“群众来信”所言 :“他们[1]只是一个特殊的社会现象，而不是社会的本质。”[2]

对于《时代的报告》这种论调，《文艺报》毫不客气地展开回击，这种“同仁刊物”式的彼此之间的笔仗，在建国之后极为罕见，可以见出当时思想分化之剧烈。“在一些基本的文艺观点以及对文艺形势的估价上，《时代的报告》与《文艺报》成为中国当代文坛上代表两种文学观、并屡屡公开对阵的刊物。”[3]在1980年，《文艺报》先后发表周介人《它在哪里失足——关于“本质论”的商讨》(《文艺报》1980年第7期)，杜高、陈刚《我们需要怎样的文艺批评？——读〈时代的报告〉评论员文章有感》(《文艺报》1980年第8期)，王若望《不要虚张声势》(《文艺报》1980年第11期)，马德波《矛头、焦点和倾向——关于〈在社会的档案里〉及其讨论》(《文艺报》1980年第11期)四篇文章回应。同时，《人民日报》也站在《文艺报》一边参加论战，在1980年8月27日第5版发表丹晨[4]《“写本质”与“写光明”不能划等号》一文予以呼应。

[1] 指《在社会的档案中》所批判的满脑子特权思想的“首长”。

[2] 刘一民、杨帆:《这是一份什么样的“社会档案”》(群众来信)。

[3] 刘锡诚:《1982：围绕“十六年”的一场大辩论》。

[4] 该文作者丹晨可能是陈丹晨，时任《文艺报》编辑，新时期著名的文学评论家。

《文艺报》《人民日报》回击的思路比较接近：周介人《它在哪里失足——关于“本质论”的商讨》、马德波《矛头、焦点和倾向——关于〈在社会的档案里〉及其讨论》、丹晨《“写本质”与“写光明”不能划等号》三篇文章都集中批判《时代的报告》所秉持的“本质论”。马德波在文章中将《时代的报告》这类批判思路总结为：“近来的一部分评论文章中，把真实性、典型性、本质、主流搅在一起，对于文艺的创作过程，写什么和怎么写等理论问题搞得混乱不堪。一部分评论者的推论逻辑往往是这样的，一、某某作品所反映的生活现象是存在的，‘类似的丑行，我也听到过’，但它又是‘不真实的’；二、其所以不真实，因为不典型；三、其所以不典型，因为没有反映本质；四、说它不是本质，因为这些事物并非生活中的主流。”[1]周介人认为这种“本质论”，在世界观、常识、政治与文艺四个层面都是既可笑又可怕，最后只能导出一种公式：“在这个社会中只有光明的事物才叫‘本质现象’，黑暗的事物，不过是极其次要的‘非本质现象’。”[2]丹晨《“写本质”与“写光明”不能划等号》一语破题：“文艺真实性问题在我们这里经常引起争论的真正原因，并不在于作品是否真实地反映了社会生活及其本

[1] 马德波：《矛头、焦点和倾向——关于〈在社会的档案里〉及其讨论》，载《文艺报》1980年第11期。

[2] 周介人：《它在哪里失足——关于“本质论”的商讨》，载《文艺报》1980年第7期。

质特征，而是因为没有写光明。”[1]在对于《时代的报告》所秉持的“本质论”的批判的基础上，杜高、陈刚《我们需要怎样的文艺批评？——读〈时代的报告〉评论员文章有感》一文批判《时代的报告》依然错误地坚持“文学从属于政治”的口号，认为《时代的报告》这种主观武断的粗暴批评，违反了“双百”方针；王若望《不要虚张声势》一文则批评《时代的报告》文章像当年“大批判”的文章装腔作势，指出《时代的报告》骨子里依然认为文艺是阶级斗争的工具。

《文艺报》是具有代表性的党和政府的文艺刊物，《人民日报》的地位更不必多言，在当时他们的观点自然代表着“主流”。无怪乎刘锡诚回忆起当年的论战时谈道：“这场大论战，与其说是《时代的报告》与《文艺报》两刊的论争，毋宁说是新‘左派’与党中央领导下的主流文艺观之间的一场斗争。”[2]然而，《文艺报》的批判反而激起了《时代的报告》的斗志，该刊在1981年第1期开始反击，发表刘志洪《读王若望如此随笔——对〈文艺报〉“随笔”栏〈不要虚张声势〉一文的感想》、徐延春《社会主义的光明本质与格瓦拉道路——评〈文艺报〉所载〈它在哪里失足〉》两篇文章，并且在目录上用大号字体加黑印刷。刘志洪一文立足于“辩诬”，强调《时代的报告》只是认为“文艺不可能脱离政治”，而不是坚持文艺必然是阶级斗争的工

[1] 丹晨：《“写本质”与“写光明”不能划等号》，载《人民日报》1980年8月27日。
[2] 刘锡诚：《1982：围绕“十六年”的一场大辩论》。

具，也不是坚持文艺必须为政治服务。徐延春一文，是笔者以为这场《文艺报》与《时代的报告》论战中特别值得重视的一篇文章，他直接将论战的主战场放在“格瓦拉道路”上：“现在，对于《时代的报告》思想评论栏评《档案》的反批评文字虽然已有多篇，但是，可惜的是：还没有一篇反批评文字能够有勇气正视‘格瓦拉主义’——《档案》这一剧本的核心。”[1]徐延春抓住“格瓦拉道路”，而不是将重点放在争论“本质”是光明还是黑暗。他不无辛辣地指出：“棍棒虽猛，它却总不敢触及一个要害之处：《档案》如此深情讴歌的‘格瓦拉道路’，究竟是一种什么货色呢？”[2]在徐延春看来，“格瓦拉道路”的核心是“叛国”：“在社会主义祖国已经出现的年代还宣扬‘工人阶级无祖国’，这正是《档案》自己开宗明义就写明了的。”[3]从1981年第2期开始，《时代的报告》连续刊登两篇王杰关于格瓦拉的文章，从《在社会的档案里》的“思想根源”挖起。第2期发表《格瓦拉的一生》，第3期发表《格瓦拉思想剖析——一个拉丁美洲革命探索者的实践和失败的教训》，作者一方面承认格瓦拉的革命功绩，一方面批判格瓦拉的“游击中心论”，认为“游击中心论”的问题在于否定党的领导、否定人民群众是历史的创造者，

[1] 徐延春：《社会主义的光明本质与格瓦拉道路——评〈文艺报〉所载〈它在哪里失足〉》，载《时代的报告》1981年第1期。

[2] 同上。

[3] 同上。

反对建立革命根据地。作者王杰认为格瓦拉的教训在于："一个小资产阶级革命家只有不断改造世界观，争取无产阶级先锋队的领导，斗争的最终胜利才有保障。格瓦拉从拉丁美洲某些国家的共产党丧失革命作用的现象出发，武断地否认马克思主义政党的领导作用，这是十分错误，十分有害的。"[1]

三十多年后回头来看当年的论战，尽管《时代的报告》带有浓厚的"大批判"的文风与思路，但客观地讲，《时代的报告》对于《文艺报》的反批评有一定道理：《文艺报》确实绕开了《在社会的档案里》的核心思想"格瓦拉主义"。对于《文艺报》的阐释框架而言，《在社会的档案里》始终是和《假如我是真的》《飞天》等作品列在一起，是反特权、反官僚主义的作品，这样的作品指出了必须正视的社会制度的缺陷，而这种缺陷不能被"现象/本质"的辩证法所遮蔽。《文艺报》站在思想解放的立场上，捍卫新时期作家的创作自由，将《时代的报告》视为"文革文学"的回潮。这样的立场无疑有其进步性，但《文艺报》的相关言论主要集中在抽象的原则层面，比如新时期文学批评的方向与尺度，没有进入到《在社会的档案里》的具体文本中来讨论。在文学场亟待重建的时刻，对于文学场相关原则的讨论——比如文学与政治的关系——十分重要，在当时也有着现实针对性。不过，仅仅观念化的阐释，无法真实地理解《在社会的档案里》以

[1] 王杰：《格瓦拉思想剖析——一个拉丁美洲革命探索者的实践和失败的教训》，载《时代的报告》1981年第3期。

及这部作品背后所勾连的复杂的历史情境。就《在社会的档案里》这部作品而言，《文艺报》与作者王靖的思想差异，恐怕不会小于与《时代的报告》的差异。所谓“两军对垒”这种二元对立的思维框架，无助于我们深入理解新时期文学内部复杂的脉络。

在历史化而不是观念化的意义上，必须在当年《文艺报》保持沉默的地方，接过《时代的报告》抛来的问题：怎么理解《在社会的档案里》的“格瓦拉主义”？对于来到了新时期的格瓦拉，“左”的文化阵营首先发起批判。这也提醒当下的我们，恐怕没有一种含糊的、整体性的左翼思想，而是必须直面《时代的报告》与格瓦拉之间的思想张力。

## 三、思想的线，接在哪里？

流行于今日学界的“新左派”或“自由主义”的阐释框架，都在无形中将复杂的历史情境化约为一系列标准答案，而来到新时期的格瓦拉可能是引爆这种二元对立模式的一个异端。在《思想的线接在哪里》一文中，蔡翔曾经回忆起知青群体热烈地阅读切·格瓦拉：“思想解放并不是突兀而来的，同样，新时期文学也不是突然地从天而降，他们有着自己的精神和思想的渊源。”[1]同样，《中国知青梦》作者邓贤也曾向记者回忆起与《格

[1] 蔡翔：《思想的线接在哪里》，载《书屋》1996年第3期。

瓦拉日记》的遭遇："'红色的切'是当年知青们对切·格瓦拉的昵称。成都知青邓贤首次读到手抄本《格瓦拉日记》是下乡第二年：'这是一本了不起的书，全世界劳动人民的《圣经》，革命者的指南，当代青年的《共产党宣言》。我有些兴奋，迫不及待地点亮煤油灯，怀着巨大期待一口气读完这本不知道辗转过多少人手和来路不明的手抄本。'对于所有与新中国一起诞生的知识青年来说，出没于南美洲丛林中的游击战士切·格瓦拉是他们的光辉榜样。在漫长的边疆插队生涯中，邓贤常常与一些长途跋涉的男女知青不期相遇，他们都是从各省插队的农村甚至遥远的东北、新疆和内蒙古大草原赶来投奔金三角游击队的。"[1]

当年知青群体中曾经有过的"格瓦拉热"，在今天比较流行的理解框架中，基本上被视为一场革命的闹剧。邓贤专门去寻找过那些出国打游击的知青，这些知青的结局可以想见很凄惨："2001年邓贤带了4万元人民币去东南亚和金三角寻找那些境外知青，而此时这些视格瓦拉为精神偶像的战士们，一直到中国和缅甸共产党合作以后才回到祖国。回来时，他们有的眼睛被打瞎，有的被炸断一条腿。还有的在缅甸境内叛乱，被关在牢里最后被枪毙。"[2]当时就在云南插队的王小波，后来不无戏谑地回忆过身边同学的经历："至于到缅甸打仗的女同学，她最不愿

[1] 夏榆：《切·格瓦拉还是堂吉诃德——知青返城30年》，载《南方周末》2009年5月14日。

[2] 同上。

提起这件事，一说到缅甸，她就说：不说这个好吗？看来她在缅甸也没解放了谁。看来，不切实际的救世情结对别人毫无益处，但对自己还有点用——有消愁解闷之用。”[1]

“革命”的狂热当然值得反省，然而回到当年的历史现场，要注意到《格瓦拉日记》和“革命”的关系一直很复杂：《格瓦拉日记》在当年是一本“供批判用”的内部读物。《格瓦拉日记》正式书名是《切在玻利维亚的日记》，1971年6月由中共中央联络部刊印，标注“内部读物，供批判参考”。同年12月由生活·读书·新知三联书店出版《切·格瓦拉在玻利维亚的日记》，标注“供内部参考”。该书译自1968年6月古巴出版的西班牙文版，菲德尔·卡斯特罗作序。这本书在1971年是级别最高的“内部读物”，发行范围为省军级，这种发行范围的“内部读物”全国共十四种。[2]尽管格瓦拉于1960年11月、1965年2月两次访问中国，受到了很多重要领导人的接见，但是他后来还是被视为“革命”的“异端”，“20世纪60—70年代的中国，在处于社会主义阵营分化，中苏大论战的背景下，格瓦拉是作为‘游击中心主义者’受到批判的。在正式的定性式的称呼中，他甚至只是被称为一个资产阶级革命民主派’”[3]。

---

[1] 王小波：《救世情结与白日梦》，载《南方周末》1996年8月23日。

[2] 参见方厚枢：《内部发行图书出版的历史记忆》，载《党史博览》2010年第12期。

[3] 何吉贤：《在历史的“终结”处开启历史》，载《文艺理论与批评》2007年第5期。

然而“内部发行”无法控制这类书的阅读范围，“供批判用”也难以限定对其的理解，《格瓦拉日记》和其他的“灰皮书、黄皮书”[1]一起，转化为“文革”期间异端思想的思想来源之一，这些“异端”思想在地表下奔涌，最后以各种方式汇入“思想解放”的大潮中，成为“思想解放”的一道底色。很多学者都回忆过知青岁月时对于“黄皮书、灰皮书”的阅读，比如丁东的回忆：“我插队的时候，记得知青中最流行的书便是柯切托夫的《叶尔绍夫兄弟》《州委书记》，塞林格的《麦田守望者》，凯鲁亚克的《在路上》，还有吉拉斯的《新阶级》和托洛茨基的《被背叛了的革命》以及《格瓦拉日记》等文艺书和政治理论书。”[2]这批书构成了彼此呼应的思想背景。

《在社会的档案里》的王海南，正是以类似吉拉斯《新阶级》的框架来阅读与理解《格瓦拉日记》。在这个意义上，王海南与格瓦拉相遇，格瓦拉在“革命的第二天”放弃获得的一切，悄然投身到又一场革命之中，以自身的牺牲完成对于革命的净化。在个体的意义上，格瓦拉解决了“革命”与“官僚特权”的冲突，而这是诅咒一般深刻困扰20世纪革命的一道难题。格瓦拉的魅力之所以在全世界经久不息，就在于他以殉道者的死

[1] “黄皮书和灰皮书分别概指‘修正主义、资产阶级文艺书籍’和‘外国政治学术书籍’，‘皮书’这一称呼出现于1965年。”引自蒋华杰、刘阳：《冷战背景下新中国内部发行制度的演变与影响》，载《中央党史研究》2013年第5期。

[2] 丁东：《和友人对话》，长春出版社，1997，第242页。

亡弥合了这一分裂，诚如戴锦华饱含感情地概括："在我的感知中，切·格瓦拉结合了全部似乎永恒分裂着的生命经验：思考与行动，极端优秀的知识分子与伟大的行动者；殉道者的生命为他孩子般的灿烂笑容所照亮；一个不朽的革命者，始终未曾被革命的过程、为暴力和权力所异化；同时是一个伟大的个人主义者：一个20世纪的持枪的诗人。"[1]在被遗忘的《在社会的档案里》之后，话剧《切·格瓦拉》在世纪之交引发了对于格瓦拉的再一次讨论，让《切·格瓦拉》剧组以及围绕该剧的左翼知识分子激动不安的，依然是格瓦拉对于"革命"与"官僚特权"矛盾冲突的超越，他的死亡，使得"革命"像诞生时一样光芒万丈，祝东力在《切·格瓦拉》前言中就此点题："为什么选择切·格瓦拉呢？这个近乎完美的人，不但以普通战士的姿态倡导并投身于世界革命，而且对官僚主义保持着深刻的反省和批判。"[2]

作者王靖的身份背景，使得《在社会的档案里》《格瓦拉日记》与革命文化之间的关系尤为错综复杂。王靖是当代文学史的失踪者，《在社会的档案里》轰动一时，但他本人始终悄然无声。笔者在查找王靖的资料之前，一直以为王靖不过是新时

[1] 戴锦华：《在动荡与激变的时代——拉丁美洲革命英雄切·格瓦拉》，载《联合文学》第197期。转引自何吉贤：《在历史的"终结"处开启历史》，载《文艺理论与批评》2007年第5期。

[2] 祝东力：《序言》，刘智峰编《切·格瓦拉：反响与争鸣》，中国社会科学出版社，2001，第4页。

期文学常见的昙花一现的业余作者，没有想过王靖是一个化名，在这个笔名背后，隐藏着真实的作者在“文革”期间的红色往事。在剧本创作座谈会召开当年，王靖就显得有些过于低调与沉默。另外两部争议剧本的作者都参加了座谈会，《女贼》作者李克威还在座谈会上发言，不无激动地为自己的剧本辩护；《假如我是真的》作者沙叶新更是在会后发表著名的《扯“淡”》一文（《文艺报》1980年第10期），指责剧本创作座谈会变相禁戏，又惹起一场争议。然而，《在社会的档案里》的王靖始终沉默无声。无怪乎剧本创作座谈会开幕时周扬的讲话特别提到，“那天我听说直到现在《在社会的档案里》的作者还没找到”[1]。夏衍在开幕时的讲话中也提到了这位“失踪”了的神秘作者，贺敬之不无调侃地插话说，“作者没有失踪，他就是一直在地下”[2]。这位“找不到”“失踪”“在地下”的作者王靖，到底是谁呢？

三十多年来的当代文学界一直没有关注王靖的真实身份，这方面的研究一片空白。不过，从关于知青文学、关于“文革”的回忆等相关资料中，笔者借助多份材料，大体还原出王靖的真实人生。在杨健《中国知青文学史》第三章《红卫兵文学》第六节《红卫兵诗歌》中，提到了一位红卫兵代表诗人王

[1] 周扬：《周扬同志在开幕时的讲话》，中国戏剧家协会研究室编《剧本创作座谈会文集》，第42页。

[2] 夏衍：《夏衍同志在开幕时的讲话》，中国戏剧家协会研究室编《剧本创作座谈会文集》，第51页。

靖:“到了1967年老红卫兵政治没落后，在这个群体中出现了一些代表诗人和诗作，如郭路生、孙恒志和王靖。”[1]杨健在该章结尾，以注释的方式介绍了王靖的生平，这正是《在社会的档案里》的作者王靖:“王靖（彭忆东）：1949年2月18日生于辽宁省沈阳市，1965年考入北京47中高中部。1971年入伍，1976年复员，先后在建材公司、检察院工作。1968年前后，写有‘三寄’（寄往事、寄广阔天地、寄国际红卫兵）、‘三别’（少年别、父兄别、从军别）等旧体诗，及流传甚广的地下诗作《决裂·前进》。1978年写有电影剧本《在社会的档案里》、长诗《祭》。现为中华全国总工会文工团编剧。（采访自王靖）”[2]此外，在更早的杨健《红卫兵集团向知青集团的历史性过渡》一文中，和《中国知青文学史》相比，关于王靖的介绍多了一句话:“父母是革命干部。”[3]

杨健介绍了王靖作为“老红卫兵”的典型经历:“王靖的经历在老红卫兵中比较典型，他在1966年5月和樊小吾等四人贴出大字报:《反对旧的教育制度》，与工作组作斗争。1966年8月，参加南下兵团‘16纵’到上海串联，并在上海文化广场发表讲演。1967年秋，王靖组织‘红红红’理论班子写出《致

[1] 杨健:《中国知青诗歌史》，中国工人出版社，2002，第100页。

[2] 同上，第112—113页。

[3] 杨健:《红卫兵集团向知青集团的历史性过渡》，载《中国青年研究》1996年第4期。

中央文革的公开信》《二致中央文革》，执笔人李园园被抓入公安部后，王靖和清华附中反‘中央文革’的匡涛生一同到昆明避难。王靖后来作为‘69名少年狂热分子’被关押于北京半步桥监狱。”[1]杨健在书中注明，这段经历来自他对王靖本人的采访。

作家老鬼在回忆录中也提到了王靖，他当年是王靖47中学的校友，应该比王靖高两个年级。老鬼回忆起红卫兵运动兴起时关于“老子英雄儿好汉，老子反动儿混蛋”这副对联的争论：“拥护对联的还有个叫‘红红红’的红卫兵，大部分是初中的，革军子弟居多，头头是彭忆东。后来在西单民主墙时期，他写了一个《在社会的档案里》，从‘文革’初的极左变成了批判现实的先锋，因为这个，北京市检察分院不要他了，调到全总文工团搞创作。”[2]通过老鬼的回忆，我们知道王靖在创作《在社会的档案里》期间的工作情况，同时也了解到王靖在红卫兵运动期间十分活跃。上海史专家金大陆梳理过北京红卫兵在上海的串联经过，从他引述的一份历史材料《市委接待站翁某某同志接见北京毛泽东主义红卫兵十六纵队彭忆东等三人的谈话记录》（1966年10月16日）可见，王靖当时还是串联代表之一。

---

[1] 杨健：《中国知青诗歌史》，第100页。

[2] 参见米鹤都编：《回忆与反思——红卫兵时代风云人物口述历史之二》，香港中国书局，2011。参见其中老鬼的回忆。

可以整理出王靖的初步史料，真名彭忆东的他较早地参加红卫兵运动，在红卫兵运动处于萌芽状态期间就走上舞台。运动开始时一度持有“血统论”立场，体现出老红卫兵群体的阶级倾向。查“文革”史料可知，老红卫兵大约在1966年秋“批判资产阶级反对路线”开始后逐步失势，和中央文革小组的关系日趋紧张。“11月25日至12月2日，北航红卫兵八一纵队连续贴出《一问中央文革小组》《二问中央文革小组》《三问中央文革小组》的大字报。”[1]彭忆东在1967年重复《致中央文革的公开信》之类举动，自然难逃牢狱之灾。尽管彭忆东入狱到参军这段经历不详，但可以推断，他在这一期间和那些上山下乡的红卫兵一样，开始经历思想的动摇与幻灭。目前所知，在1970年他开始以王靖为笔名发表诗歌作品，如《满江红·寄国际红卫兵》，抒发着类似《献给第三次世界大战的勇士们》之类的国际革命的狂想。1970年代初期，王靖的长诗《决裂·前进》流行一时，在北京各部队大院、部委宿舍中传抄，这首诗以对话体的方式，表现一位坚守“革命”的红卫兵与“颓废”的红卫兵的对话，表达各自的价值立场。[2]

彭忆东在1970年代中后期的生活经历与思想转变缺乏资

[1] 卜伟华:《砸烂旧世界——文化大革命的动乱与浩劫（1966—1968）》，香港中文大学出版社，2008，第339页。

[2] 参见启麦:《文革琐记——政治边缘处的众生相》，共识网“历史解读—民间历史”栏目。

料，怎么从老红卫兵的立场转向对于特权的批判，他这一段的心路历程，估计堪为理解当代史的一个范本。就残缺的资料而言，目前所能知的是，彭忆东在“文革”结束后再次以王靖这个笔名开始写作。1979年4月2日，民刊《沃土》特刊刊出王靖长诗《祭》。[1]1979年5月16日，《北京之春》1979年第5期的《西单民主墙诗抄》，再次刊出王靖的长诗《祭》和郭路生（食指）的诗《相信生命》《这是一颗心》。[2]长诗《祭》有五百余行，献给已经被平反昭雪的“共产主义自修大学”[3]。这显示出王靖和“文革”期间“青年思想村落”的关系，王靖1970年代末的作品可以被视为“青年思想村落”浮出地表后的文学结晶。[4]有意味的是，在红卫兵诗歌运动中王靖多次与食指并列，但历史选择了更为个体化的、更抒情的食指予以经典化，王靖那种“社会”与“思想”互相激荡的“政治诗”，被后来的历史叙述所淹没与遗忘。

长诗《祭》之后，就是同一年发表的《在社会的档案里》。由于彭忆东比较敏感的红卫兵身份，他回避了在聚光灯下的剧本创作座谈会上曝光。作家的红卫兵经历在新时期文学创作时

---

[1] 参见刘福春：《中国新诗编年史（下卷）》，人民文学出版社，2013，第989页。

[2] 同上，第992页。

[3] 参见姬秉明：《宁夏为惨遭林彪“四人帮”迫害的青年昭雪》，载《人民日报》1978年9月29日。

[4] 关于“共产主义自修大学”与“青年思想村落”的关系，参见印红标：《“文革”时期的“青年思想村落”：见证思想解放之路》，载《中国青年研究》2010年第3期。

对很多作家都有困扰，一个参照性的例子是与彭忆东同龄的路遥，尽管路遥仅仅是较为偏僻的陕北小城的红卫兵领袖，影响远逊于彭忆东，但这段历史对他的纠缠一直持续到1980年代中后期。彭忆东当时可能是军队复员转业去的北京市检察院，不知道是老鬼所谓的由于《在社会的档案里》北京市检察院不要他了，或是因为其他原因，彭忆东1980年考入全总文工团任编剧。在《中国戏剧电影辞典》中，还可以找到彭忆东的词条：

> 词条“彭忆东”:（1949—）笔名王靖。辽宁省丹东人。戏剧编剧。1980年考入全总文工团任编剧。1978年开始文艺创作，先后创作电影文学剧本《在社会的档案里》、《今日黄花》，评剧[1]剧本《行星启事》、《路上雨蒙蒙》，电视剧本《北方素描》、《正午阳光》等。现为中国戏剧家协会会员，中国戏剧文学会会员。[2]

在彭忆东1980年代的创作中，比较重要的是他创作于1988年的《行星启事》（无场次话剧），该剧作者署名一东，刊于《剧本》杂志1988年5月号。彭忆东依然延续着《在社会的档案里》的反官僚主义立场。剧本套用双层的科幻、神话结构，

[1] 原文如此，应为话剧。

[2] 马弈编：《中国戏剧电影辞典》，北京广播学院出版社，1993，第469页。

讲述未来一万年之后的地球人告别家园，远赴太空定居，未来人老者对未来人少女回顾地球往事，在帝王将相历史名流的谱系中，出现了管道工所代表的“劳动者”的图像，未来飞船因此出现故障，管道工的生活在老者与少女前展开。管道工的生活大致发生在1980年代中期的北京（剧中对于时间、地点处理得比较模糊），剧本的核心矛盾，是“头儿”与下水道管道工之间的冲突，每年汛期到来时，“头儿”就哄骗着管道工潜到水下去疏通危险的南门涵道，管道工们的老师傅就献身于此。新一年汛期到来，南门涵道再次进水，城市危在旦夕，而在生活中饱受歧视、心灰意冷的管道工们打算袖手旁观。“天使”与“鬼妹”来临，双方挥剑厮杀，争夺这座城市的命运。在危急时刻，管道工的班长挺身而出，在下水之前班长有一段演讲：

> 朋友，已经很多年了，我们像一群合唱队员，使劲地唱着，却从来听不见自己的歌声。可是，共和国在你们的手里和在我们的背上，分量难道不一样吗？或者说，你们在共和国的手心里和我们在共和国的裤兜里，分量会有什么不同吗？可为什么一个人获得了成功，就使一百个人失去了机会；太阳一升起来，星星就得关灯呢？……世界该怎么办？从来没人问过我们，我们也不太上心。但请你们相信一点，那就是我们也会哭，哭出来的泪水和你们一样，

也是咸的，就像海水一样。[1]

最终，班长牺牲自己拯救了城市，未来的人类感动于班长的壮举，使用科技手段使其复活。班长向即将飞离地球的未来人提出一个请求：在那些以帝王、神仙和英雄的名字命名的星星之外，命名一个管道工星座，纪念这些普通人。未来人满足了他的要求，飞船驶向了茫茫宇宙，剧本到此结束。该剧在1988年3月15日至20日于广州召开的全国话剧改革题材新作研讨会上，曾经由中山大学中文系话剧团的同学搬上舞台，也是会议上重点讨论的九部话剧新作之一。[2]但是该剧很快沉寂下去，被视为“形式革新”的失败之作，当时的批评家认为该剧“没有对人物生命活动和情感世界的深入，没有将深入所得融铸在精美的戏剧形式当中以感染观众”[3]。在“向内转”的审美趣味下，《行星启事》之类的作品，恐怕也包括《在社会的档案里》在内，这种表现观念冲突的戏剧，显得过分粗糙与概念化，渐渐地不被视为“艺术”了。彭忆东后来写了一些电视剧本，但是电视剧在1990年代也是由“渴望”式的故事所主导，他的那些作品不知所踪，是否拍成电视剧也成疑。他的时代结束了。

---

[1] 一东：《行星启事》，载《剧本》1988年第5期。

[2] 大力：《全国话剧改革题材新作研讨会在广州召开》，载《剧本》1988年第4期。

[3] 吴戈（吴卫民）：《戏剧危机的三种尴尬》，载《戏剧文学》1990年第4期。

## 四、不是结局的结局

经历了多场恶仗,《时代的报告》最终的结局如下：1980年批判《在社会的档案里》,1981年批判《苦恋》,1982年保卫“十六年”(1966—1982),最终在1983年第1期迎来落幕。当期《时代的报告》刊发检讨性的《致读者》:“由于刊物编辑部指导思想上的错误，对涉及全党全国性的方针政策性的一些问题，例如文艺同政治的关系问题和所谓‘十六年’的提法发表一些错误的论点，受到了许多文艺工作者和读者的批评。编辑部不仅没有虚心作自我批评，反而坚持错误，影响是不好的。为了办好这个刊物，不久前调整和加强了编辑部，以便使它能够正确地贯彻和执行党和国家的文艺方针，成为真正是发表报告文学作品和探讨报告文学创作问题的刊物。”[1]1983年第1期出版后,《时代的报告》彻底终刊，结束了它短暂的历程，同时以其迥然不同的立场，成为一种思想观念的代表，在新时期文学起源阶段留下了深深的痕迹。

此外，领导剧本创作座谈会的文化界同仁，渐渐暴露出内部的分裂。在剧本创作座谈会乃至于第四次文代会之前，文化界的高层领导之间就因观念的不同多次发生争论。张光年曾将当年的日记结集出版，在1979年7、8月间，张光年就与林默涵

[1] 本刊编辑部:《致读者》，载《时代的报告》1983年第1期。

恳谈，明确表示不同意他的一些意见，同时陈荒煤也指名道姓地批评林默涵。剧本创作座谈会之后，1980年5月25日，林默涵向周扬提出，希望周扬邀请他和刘白羽、陈荒煤等一起谈谈。1980年10月23日，周扬在安儿胡同自己家里召开“老同志谈心会”，夏衍、林默涵、冯牧、陈荒煤、贺敬之、赵寻与病中的刘白羽都到了，周扬试图弥合双方的分裂，该会不定期召开多次。然而时逢赵丹临终遗言《管得太具体 文艺没希望》在《人民日报》上发表，这一事件再次加深双方的分裂，刘白羽在谈心会上批评陈荒煤为赵丹写的悼文。1981年《苦恋》事件爆发后，在对待《苦恋》、对待《时代的报告》向中纪委告状的事情上，双方再次爆发争执。谈心会几乎变成辩论会。[1]周扬一直以自己的威望勉力维持，但1983年“人道主义与异化论”的轩然大波，也将周扬卷到漩涡之中。

聊可补记的，还有《在社会的档案里》发表后，随即在1981年被中国台湾拍成电影《上海社会档案：少女初夜权》（王菊金导演，陆小芬、崔守平等主演）。在当时两岸的对峙格局下，中国台湾先后翻拍了《在社会的档案里》《假如我是真的》《苦恋》等电影，渲染祖国大陆的“悲惨”处境，携带着一望可知的政治性。同一年的电影《假如我是真的》（王童导演，谭咏麟等主演）还获得了第十八届金马奖。如同祖国大陆媒体的批

---

[1] 参见张光年：《文坛回春纪事》，海天出版社，1998，第132、135、197、223、224、225页等记录。

评，这批电影“成为台湾戒严时代政宣片最后的疯狂，它充满了急不可耐的焦虑，和对对岸政治的虚妄想象”[1]。有意味的是，在《在社会的档案里》电影版中，王海南偷渡越南被改成偷渡香港。对于该片的制作团队而言，似乎只有逃往更富裕、更发达的地方，才符合基本的“人性”。

不能不提的，还有世纪之交的话剧《切·格瓦拉》（黄纪苏编剧，张广天导演）。不了解新时期文学的读者，会以为这是格瓦拉第一次来到“改革”时代。其实不论《在社会的档案里》，仅仅就《切·格瓦拉》这部剧的艺术风格而言，和彭忆东的《行星启事》很相似，只是更为诗化，更为纯粹，同时更为斩钉截铁。相似的思想主题，大概总需要相似的艺术结构来呈现。经历了1990年代中后期的市场化改革，格瓦拉的出现，更像是对于“革命”的怀念与怀旧，格瓦拉与“革命”自身的复杂性，尽管主创人员有所反思，但在《切·格瓦拉》的舞台上几乎消失掉了。有的学者为格瓦拉的重临欢呼，有的学者如洪子诚在演出现场提前离席。[2]切·格瓦拉不应该是一种答案，任何个人化的解决方式从来无助于为“政治”提供答案。切·格瓦拉不是道路的

[1] 独孤岛主：《骗子和茅台：假如都是真的》，载《南方周末》2014年1月13日。

[2] 洪子诚后来回忆起对于《切·格瓦拉》的现场观感：“那种我所熟悉的二元对立的思维、语言方式，非此即彼的判断，‘暴力’性质的语言，勾引起那些原本以为忘却的记忆，并很容易就想起江青‘文革’中在北大‘大膳厅’舞台上那尖利、激昂的喊叫：‘革命的跟我们走，不革命的，走开！’我疑惑起来，这就是要重新召唤的‘革命’？用这样的方式来解决严峻的现实问题？”参见洪子诚：《有关〈切·格瓦拉〉的通信》，载《天涯》2009年第5期。

终点，而是道路的起点，提醒着任何化约地思考“革命”、思考“20世纪”的知识分子，有效的批判立场不是固守于“新左翼”或“自由主义”，而是从格瓦拉所面对的问题真实地开始。在这个意义上，《在社会的档案里》的格瓦拉比《切·格瓦拉》提前二十年来到新时期文学的起源阶段，别有一番历史的况味。

最后，和共和国同龄的王靖（彭忆东）并不算很老，这位老人估计平静地隐居在北京城，过着与世无争的退休生活。从后海到烟袋斜街，从荷花市场到南锣鼓巷，老人闲暇时外出遛弯中，恐怕会经常瞥见街边时尚小店里各类格瓦拉的T恤和招贴，以及一群群快乐的脸上消融了历史的青年男女。彭忆东老人是否会回忆起当年的往事，回忆起自己所写下的王海南跨越国境被逮捕后的那一幕：

> 一个军官打开《格瓦拉日记》，看了看扉页上的签名，然后注视了一下站在桌前的青年，又打开《边防通报》说：“你这已经是第三次企图偷越国境了。”青年镇静地点了点头。
>
> 军官：“你不知道这是叛国行为吗？”
>
> 青年：“工人阶级无祖国。”
>
> 军官：“你越境的目的是什么？”
>
> “你不会理解的。”青年矜持地回答道。[1]

---

[1] 王靖：《在社会的档案里》，载《电影创作》1979年第10期。

## 第二节 对于“自我”的管理

### 一、“乔厂长”上任之前

1975年10月，34岁的天津重型机器厂锻压车间党支部副书记蒋子龙接到通知，要去参加第一机械工业部在天津宾馆举行的会议，蒋子龙后来回忆道：“厂部指示车间要派一个人去列席一机部的学大庆会议，当上边问到车间的生产情况时这个人要能说得清楚，还能把大会的精神和要求带回来，车间和厂部合计的结果是让我去。”[1]当时的他浑然不觉，这次会议将成为他生命中的一次最重要的转折，尽管已经在1965年的《甘肃文艺》上发表了第一篇小说《新站长》，在1972年刚刚创刊的《天津文艺》上发表了《三个起重工》等知名作品，但蒋子龙当时的身份只是一名较为出色的工农兵业余作家，他的主业还是在自己

[1] 蒋子龙、李云、王彧：《现实主义正等待着一次突破》，载《上海文化》2009年第4期。

十七岁就开始工作的天津重型机器厂。这家工厂是苏联援建的156个项目之一，蒋子龙在车间里规划着自己的大工匠（八级技工）之路，间或以仰慕的眼光望着“在《新名人辞典》里有他的照片和一整页的说明”[1]的著名厂长。

然而正是基于1975年10月这次工业会议，蒋子龙写出了文学生涯中奠基性的作品《机电局长的一天》，由此真正走上了文学之路。蒋子龙在成名后不断回忆起这段往事："1975年邓小平复出后抓经济，召开全国钢铁工业座谈会。随后为落实这个座谈会的精神，各行业纷纷召开学大庆会议，我在天津宾馆参加了第一机械工业部的学大庆会。《人民文学》的老编辑许以，不知从哪里知道了有我这么个人，从北京来天津找到我的工厂，又从工厂找到会场，将我从会场上叫出来约稿。那是我生平第一次接触编辑，真的是受宠若惊，几天后便写出了《机电局长的一天》。”[2]

蒋子龙的回忆触及他第一篇轰动全国的作品《机电局长的一天》背后的政治背景与文学背景。其政治背景，在于邓小平的复出与1975年的整顿。当时钢铁行业情况严峻，作为重要的工业指标，1974年钢的产量为2112万吨，仅为计划的78.2%，比1973年减少16.3%。而在1975年1月到4月，全国钢铁产量的情况依然不乐观，比原计划减产195万吨。“5月8日起，中

[1] 蒋子龙:《路，弯弯曲曲》，载《青春》1981年第11期。

[2] 蒋子龙:《编辑何以为“大”》，载《中国编辑》2010年第3期。

央在北京召开了钢铁工业座谈会。12个省、市、自治区管工业的书记，十大钢铁公司和国务院有关部委负责人参加。国务院副总理李先念、谷牧主持会议并讲话。5月29日，邓小平在全国钢铁工业座谈上作了重要讲话，强调说，第一，必须建立一个强有力的领导班子，克服软、懒、散状况，不称职的立即撤换；第二，必须和派性、闹派性的人进行坚决斗争；第三，要认真落实政策，调动群众特别是老工人、老劳模的积极性；第四，必须建立必要的规章制度，严肃执行，宁可严一些。”[1]

诚如“文革”史家所分析的，邓小平这次讲话的重要性在于:“在5月29日的讲话中，邓小平首次提出与‘左’倾错误和‘四人帮’作斗争的著名口号‘三项指示为纲’。他说:‘毛主席最近三条重要指示，一条是关于理论问题的重要指示，要反修防修，再一条是关于安定团结的指示，还有一条把国民经济搞上去，这就是我们今后一个时期各项工作的纲。这三条重要指示，是互相联系的，不能分割的，一条都不能忘记。’历史地看，当时不提关于理论问题的指示是绝对不可能的。实际上，邓小平以把国民经济搞上去为纲。”[2]邓小平在钢铁工业座谈会上的讲话已经体现出1975年“整顿”的基本思想，讲话传达后，

[1] 史云、李丹慧:《难以继续的“继续革命”——从批林到批邓(1972—1976)》，香港中文大学出版社，2008，第532页。

[2] 王年一:《大动乱的年代》，人民出版社，2009，第386页。

引发巨大反响。

《机电局长的一天》的文学背景在于《人民文学》的复刊，而《人民文学》的复刊同样深嵌在当时的政治变局之中。《人民文学》曾在1977年第8期上以“本刊编辑部”的名义发表过一篇《〈人民文学〉复刊的一场斗争》，将1975年的复刊归于毛主席在同年7月25日对于电影《创业》的批示。在7月25日这次批示前，毛主席在7月初与7月14日已经有过两次关于文艺政策的讲话，对凋零的文艺状况表达了不满，整体的倾向以宽松为主，“毛泽东的这些指示对正找不到整顿文艺界突破点的邓小平，是一个大好消息。他立即布置国务院政治研究室调查毛泽东所说的文艺情况。胡乔木、邓力群等经过一番调查和组织、发动，很快就以文艺工作者向上反映情况的形式，向毛泽东转呈了一批材料，反映了‘四人帮’的一批罪状”[1]。而《人民文学》编辑部所提到的毛主席对于《创业》的批示，正是来自这批材料中《创业》编剧张天民的信。电影《创业》（1974）由长春电影制片厂摄制，以铁人王进喜为原型，反映大庆油田的艰苦创业。由于江青疑心剧中人物“华程”的原型是余秋里与康世恩等老干部（1975年春正是余秋里负责钢铁方面的整顿），该片在1975年2月11日上映半个月后被停映。在这种情况下，“贺龙女儿贺捷生等人在胡乔木授意下，写出了反映江青扼杀

[1] 史云、李丹慧：《难以继续的“继续革命”——从批林到批邓（1972—1976）》，第547页。

《创业》的材料，改由编剧张天民写信给毛泽东、邓小平”[1]。这封信引出毛主席7月25日的批示：“此片无大错，建议通过发行，不要求全责备。而且罪名有十条之多，太过分了，不利调整党的文艺政策。”[2]而这个批示意味着，“自‘文革’以来，这还是‘四人帮’的文艺政策第一次受到公开批评”[3]。有研究者认为，《人民文学》正是在这种态势下复刊的：“毛泽东的调整文艺政策的提出，使当时主管文艺和意识形态工作的文化部（部长于会泳）首当其冲地感到了直接的政治压力，有关落实调整指示的具体措施必须紧跟着出台。”[4] 8月25日，张春桥召集时任文化部副部长的袁水拍商议，由袁水拍出任主编，从上海调来《朝霞》的业务主编施燕平出任常务副主编。[5] 9月6日，文化部长于会泳签发筹办《人民文学》的请示报告，所有政治局委员圈阅同意，不过邓小平在圈阅后还写了一行字“看来现在这个文化部要领导好这么一个刊物也不容易”，直接地批评当时被“四人帮”所控制的文化部相关领导。[6]最终，复刊的《人民文学》归

[1] 史云、李丹慧：《难以继续的“继续革命”——从批林到批邓(1972—1976)》，第547—548页。

[2] 同上，第548页。

[3] ［美］傅高义：《邓小平时代》，冯克利译，生活·读书·新知三联书店，2013，第142页。

[4] 吴俊：《关于〈人民文学〉的复刊》，载《当代作家评论》2004年第2期。

[5] 本刊编辑部：《〈人民文学〉复刊的一场斗争》，载《人民文学》1977年第8期。

[6] 时任文化部长的于会泳在1977年8月28日服毒自杀，系粉碎“四人帮”后自杀的唯一部级干部。

属出版局和文化部双重领导，编辑部设在归属出版局的人民文学出版社，“杂志的出版和发行由出版局负责承担，文化部则主要负责刊物的方针政策”。[1]但就刊物的编辑路线而言，还是掌握在倾向于“四人帮”的文化部手中。[2]最终《人民文学》编辑委员会由以下十一人组成：主编袁水拍，副主编严文井、李希凡、施燕平，编辑委员（以姓氏笔画为序）马联玉、李季、贺敬之、浩然、张永枚、袁鹰、蒋子龙。[3]

这份编委名单中，当年最让人陌生的大概就是蒋子龙。蒋子龙之所以入选，在于他是比较突出的工人作者。在讨论创刊号的稿源时，尽管几位主编副主编也谈到老作家，但在“文革”的历史逻辑中，毫无疑问，“作者方面，工农兵是首位”[4]。而蒋子龙自从1972年发表《三个起重工》后，在三年间已经发表小说《弧光灿烂》(《天津文艺》1973年第1期)、《压力》(《天津文艺》1974年第1期)、《春雷》(《天津文艺》1974年第3期)、《时间的主人》(《人民日报》1975年4月29日第五版)、《势如破竹》(《天津文艺》1975年第3期)，同时发表散文与评论

[1] 吴俊:《关于〈人民文学〉的复刊》。

[2] 参见《〈人民文学〉复刊的一场斗争》一文中的相关描述:“文化部的亲信领会了张春桥的意图，一面向编委会和编辑部严密封锁邓小平同志的批示，一面极力争夺《人民文学》的领导权。经过‘协商’，他们竟干出这样的事:只让国家出版局出经费、管出版，而刊物的方针大计概由他们在文化部的亲信制定。这样一来，《人民文学》还是由‘四人帮’直接控制。”

[3] 名单引自施燕平的回忆，参见施燕平:《尘封岁月》，华东师范大学出版社，2004，第232页。

[4] 同上，第251页。

若干。[1]

蒋子龙本人是工人，在工业题材上取得一定的成就，同时还被内定为《人民文学》的编委（蒋子龙本人对此未必知情[2]），在这种情况下，《人民文学》复刊号向其约稿自然顺理成章。据施燕平回忆："筹办之初，最紧迫的工作是要抓一批高质量的稿子，于是一些编辑随即分头在北京地区并去外地找关系，联系作者，组稿约稿。编辑部的许以同志（蒋误认为她是编辑部主任，其实她是作品组组长）即分工去天津组稿，并首先找到了已内定为《人民文学》编委之一的蒋子龙，约来了《一天》这篇短篇小说。"[3]

对于《机电局长的一天》等作品，当下流行的阐释框架，侧重于强调这类作品与"文革文学"的相似之处，比如模式化的二元对立。笔者一方面认同这类判断，一方面也想指出，这种判断的背后，是以"文学性"的逻辑解构"新时期"的逻辑。这样的阐释框架，会干扰我们将《机电局长的一天》乃至于《乔厂长上任记》这样的作品还原到当时的历史语境中予以理

[1] 参见张红秋的博士论文《"新时期"作家（评论家）在"文革"时期的文艺活动》，北京大学，2005年7月。

[2] 据施燕平回忆："文化部向国务院提出《关于筹办刊物的请示》中，曾提出袁鹰、蒋子龙等为《人民文学》编委成员，但实际上从未对外宣布过，也从未召开过编委会议，故有些同志本人并不知道自己是编委。"施燕平：《关于〈机电局长的一天〉发表后的风波》，载《扬子江评论》2009年第6期。

[3] 施燕平：《关于〈机电局长的一天〉发表后的风波》，载《扬子江评论》2009年第6期。

解。笔者在此要换一种“读法”，在当时的历史逻辑中来读《机电局长的一天》。

这个小说的情节并不复杂，作为经历过南征北战的“老革命”，机电局长霍大道带病工作，顶住副局长徐进亭的敷衍，教育了矿山机械厂厂长于德禄的蛮干，在暴风雨中带领群众完成四千台潜孔钻机的生产任务。小说和“文革”期间的作品相似，无论人物、情节还是风景描写，都被高度政治化的全知叙述所笼罩，其所构建的文学世界没有残余，其中的任何一处，都是为政治服务。

然而，和1975年之前的作品不同，《机电局长的一天》必须整合邓小平的“整顿”与“四人帮”的“文革”在1975年的深层断裂。尽管依然是二元对立的人物设计（霍大道/徐进亭），但是《机电局长的一天》和“文革”期间的作品有一个明确的不同，就是二元对立的人物不是“阶级敌人”意义上的敌我关系，而是同一个阶级中“先进/落后”的程度不同。霍大道与徐进亭都是“老干部”，在“文革”期间都受到过冲击，徐进亭对工作渐渐变得消极敷衍，而霍大道则一直保有旺盛的革命意志。徐进亭不是霍大道要打倒的对象，而是要教育的对象。徐进亭也是难以被彻底打倒的，作为“科层制”的化身，徐进亭在《乔厂长上任记》中作为自私油滑的副局长依然出场，还是一副典型的官僚主义者形象。在《机电局长的一天》中，构成“文革文学”的“阶级斗争”其实是缺席的，这是一篇没有阶级敌人的“文革”小说，在当时的环境下颇为不同。在1976年春的批判中，批判者尽管带着浓烈的“文革腔”，但对这一点是观察得很清楚的 :“就在一个有三百多个企业的机电局里，在成千上万的矛盾之中，唯独没有无产阶级与资产阶级这一主要矛盾。而且整篇小说只字不提阶级斗争。作者通过机电局长霍大道这个人物的所作所为，力图说明我们这个时代已经‘和平’了，没有阶级斗争了，‘和平年代的战争’，主要是生产斗争。”[1]

《机电局长的一天》所要处理的核心问题是，在生产建设中怎么激活官僚体制的动力。无论是《机电局长的一天》中的徐进亭还是《乔厂长上任记》中的冀申，他们都是官僚体制的化身，而霍大道或乔光朴才是“异类”。现代化建设必然要征用官僚体制，如研究者对于社会主义工业与科层制之间关系的准确分析:“尽管消灭了生产资料私有制，社会主义工业生产依然离不开现代官僚体制。现代官僚体制作为现代大工业的产物，是在社会分工的基础之上，用科层化的技术秩序来组织和安排生产。”[2]对于当时的社会主义工业生产而言,高度指令性的计划经济，以及“国家”对于“社会”的全方位管控，对于官僚体制尤其依赖。如同马克斯·韦伯的判断 :“实际上，如果社会主义式的经济组织在技术和效率方面要达到类似资本主义下的水平，

[1] 罗进登:《〈机电局长的一天〉宣扬了什么》，载《中央民族大学学报(哲学社会科学版)》1976年第1期。

[2] 李静:《新中国工人阶级的形成和消解——从〈百炼成钢〉〈乘风破浪〉到〈乔厂长上任记〉》，载《文艺争鸣》2014年第12期。

专业官僚更是格外重要。”[1]

从《机电局长的一天》到《乔厂长上任记》，蒋子龙要处理的核心问题并不是打倒这套官僚体制，而是如何“改造”使其更有效地促进生产的发展。概括地说，小说要处理的核心问题是“管理”问题。在《机电局长的一天》中霍大道认为，生产的核心是“管理”:“只抓生产不抓管理的干部，就是社会主义的败家子。”[2]不过，无论霍大道意识到自己与徐进亭的差异有多大，他无法放弃徐进亭，更不会发动群众运动将其打倒。无论怎样，霍大道与徐进亭属于同一套体制，只是徐进亭的活动归于“形式理性”，而霍大道渴望超越体制的形式化而达到“实质理性”。和霍大道相比，徐进亭的冷漠并不难理解，他其实是更为合格的“官僚”，诚如韦伯所指出的，科层制所体现出的理性精神之一就是“形式主义”，“形式化的、不受私人因素影响的精神取得主导地位”[3]。小说中被霍大道所批判的徐进亭联合于德禄浪费设备拼产值的行为，在形式化的体制中其实是被鼓励的。理解霍大道的关键在于，和徐进亭等官僚不同，他代表着形式理性内部的实质理性的冲动，他要找到一种方式来克服科层制对于生产建设的束缚。

这是新中国成立以来的社会主义建设所面对的核心问题之

[1] ［德］马克斯·韦伯:《经济与历史 支配的类型》，康乐等译，广西师范大学出版社，2010，第312页。

[2] 蒋子龙:《机电局长的一天》，载《人民文学》1976年第1期。

[3] ［德］马克斯·韦伯:《经济与历史 支配的类型》，康乐等译，第314页。

一，甚至可以说是最核心的问题。毛泽东在1960年代尝试以“鞍钢宪法”的方式予以克服，而在生产建设上所对应的样板，就是“工业学大庆”。原石油工业部情报所副所长毛华鹤在《反思“工业学大庆”》一文中，回忆过时任石油工业部副部长兼大庆油田会战指挥部总指挥康世恩的一段话，康世恩认为大庆的经验就在于遵循“鞍钢宪法”，“我们的这一套无非是老老实实地按照‘鞍钢宪法’办事而已”[1]。毛华鹤比较了“鞍钢宪法”与“大庆经验”的关系，兹摘引如下：

> 何谓“鞍钢宪法”？它是1960年3月毛泽东对“鞍山钢铁公司”一份调查报告的批示。这份调查报告是中共元老、工运领袖李立三在鞍钢蹲点调查后写的。毛的批示指出办好企业有五条要求：政治挂帅，党的领导，群众运动，两参一改三结合（干部参加劳动，工人参加管理，改革不合理的规章制度，干部、工人、技术人员三结合），技术革新技术革命。这五条即“鞍钢宪法”成为当时和此后几十年办好中国工业企业的根本大法。
>
> 那么，大庆主要经验是什么呢？它全都写在1963年11月6日康世恩在“全国工业交通工作会议”作的报告里。我至今仍大致记得，这个报告共写了九条经验：(一）革命

[1] 毛华鹤：《反思“工业学大庆”》，载《炎黄春秋》2013年第5期。

精神，（二）科学态度，（三）群众运动，（四）“三基”工作（基础工作［质量、设备］、基本功、基层岗位责任制），（五）集中优势兵力打歼灭战，（六）严细作风，（七）思想政治工作，（八）机关革命化，（九）全面关心职工生活。这九条经验，有六条是讲政治讲革命化的。讲技术讲管理讲生活的只有三条，而这三条也多是从政治角度讲的。

拿“鞍钢宪法”（五条）与“大庆经验”（九条）比较，何其相似乃尔。不用细说，“大庆经验”简直就是“鞍钢宪法”的亲生嫡传与具体化。[1]

从“鞍钢宪法”到“大庆经验”，核心的问题是“管理”问题。“鞍钢宪法”这一构想，不是独立于政治领域的工业体制的调整，而是一种政治理想在工业体制中的投射。其所指涉的“管理”不是管理学意义上、技术化的“管理”，而是在工业建设中干部、工人与技术人员的关系，尤其是干部与工人的关系。归根结底，“管理”处理的是人与人之间的关系，是一种支配性的权力结构，诚如韦伯的洞见：“因为所谓的管理（Verwaltung），正是支配在日常生活中的运用和执行。”[2]在“鞍钢宪法”这套构想中，工人对于管理的“参与”被视为对科层制的克服，这将不仅如彼时的鞍钢经验所证明的提高生产效率，

[1] 毛华鹤：《反思“工业学大庆”》。
[2] ［德］马克斯·韦伯：《经济与历史 支配的类型》，康乐等译，第305页。

同时隐含着克服官僚化所导致的社会主义危机。蔡翔分析过："中国在社会主义'革命之后'的语境中，它要建设一个现代化的社会，必然要走高度专业化和分工化的道路，也就是说，在制度上，无可避免地要实行科层制的管理模式。这一管理模式，同时就会产生所谓的官僚主义。王蒙的《组织部新来的年轻人》比较早地在讨论这个问题。但是，在中国革命的理念里，一直在强调群众参与。群众参与是中国革命非常重要的一个特征。那么，在科层制的管理模式中，群众还有没有可能参与，怎样参与？"[1]在这个意义上，蔡翔认为"鞍钢宪法"在1960年代的提出正是回应"科层制和群众参与"这一社会主义危机："在制度层面上，它力图解决的，正是科层制和民主化，也就是经济领域中的政治民主化问题——在1960年代，通过著名的《鞍钢宪法》被相对地表现出来。"[2]

蔡翔的分析契合韦伯的预见，韦伯认为被支配者从民主观念出发将向作为支配者的官僚吁求两种权力——参与的权力与舆论的权力："在此我们必须清楚地提醒读者，源自被支配者之对'权利平等'之要求而来的、民主制的政治观念，尚包含有下述诸要求：(a)防止官僚发展为一个封闭性的'官僚身份团体'，以使官职可对所有人开放。(b)尽可能缩小官僚的支配权

[1] 蔡翔：《社会主义的危机以及克服危机的努力——两个"三十年"与"革命之后"时代的文学》，载《现代中文学刊》2009年第2期。

[2] 同上。

力，以便（在可行范围内）尽量扩大‘舆论’的影响力。”[1]这种从被支配者也即“群众”的角度出发的分析，落实在从“鞍钢宪法”到“大庆经验”所倚重的“群众运动”之中；与之相关联，从支配者也即“官僚”的角度出发，由于社会主义建设源自革命，本身即是革命从新民主主义到社会主义的第二个阶段，官员们被寄希望于从自身的精神谱系中寻找到克服科层制的资源，这往往落实于“革命精神”，“革命精神”所内在的“大公无私”的精神向度成为克服科层制的形式主义的一种可能，形式主义归根结底是“自私”的，也即韦伯所分析的，作为理性科层制的精神，“形式主义之所以盛行，是由于人对其自身处境的安全之考虑（故不论其内容为何）”[2]。

所谓“抓革命，促生产”，“革命精神”与“群众运动”，成为20世纪50至70年代历史语境中克服科层制的途径，也被视为从作为根源的政治上解决生产这样的经济问题最有效的手段。只有在这个意义上，我们才能真正读懂《机电局长的一天》的历史意蕴。尽管仅仅早于《乔厂长上任记》两年发表，但这篇作品依然是典型的20世纪50至70年代的文学，迥然不同于新时期文学。

小说的第一句话也即小说的题记：“工业学大庆，领导干部必须做铁人。这是和平年代的战争，是新的长征。——摘自机

[1] ［德］马克斯·韦伯：《支配社会学》，康乐、简惠美译，广西师范大学出版社，2010，第60页。

[2] ［德］马克斯·韦伯：《经济与历史 支配的类型》，康乐等译，第314页。

电局长霍大道的手记。”这在今天所流行的恪守“文学性”的读法中，恐怕很容易被视为程式化的政治口号。然而，这是霍大道之所以与徐进亭等官僚不同的动力所在，霍大道尝试找到的克服科层制对于生产建设束缚的方式，依然是典型的时代答案：“革命精神”与“群众运动”。由于霍大道自身就是作为支配者的官僚，以他为主人公的叙述更多地援引“革命精神”。小说在第一节就介绍霍大道的革命童年，他在十二岁时参加了过草地的红军队伍，成为长征的一员，“大道”这个名字就是被红军所命名的，意指革命的胜利大道。作为“革命者”的霍大道，持续地监督作为“官僚”的霍大道，小说不断提到霍大道正在写的革命回忆录，这份回忆录文体怪异，“说它是回忆录，其实又象是日记”[1]。过去的“革命回忆”与当下的“内心独白”纠缠在一起，正在于“革命精神”对于成为官僚的霍大道意味着自我教育的精神源泉。诚如霍大道拿着这份革命回忆录的表态：“有时候晚上睡不着觉，就写它几页，目的就是教育自己，不要忘记过去，激励自己继续革命。”[2]故而，霍大道顺畅地将“革命”与“生产建设”无缝对接：“霍大道总爱说文化大革命，总爱提战争年代，总是用文化大革命后的大好形势鼓舞人冲锋不止，总是把调度会开得跟战争年代下达战斗任务一样。”[3]

---

[1] 蒋子龙：《机电局长的一天》。

[2] 同上。

[3] 同上。

同样，这种试图矫正科层制的“革命精神”，在小说中也与“群众运动”互相促进，矿山机械厂的老师傅靳师傅等人借助“舆论”的力量贴了一张大字报，如此批评厂领导：“只抓生产不抓管理，对‘鞍钢宪法’吃得不透，学大庆没有学根本。”[1]在20世纪50至70年代文学中，作品中出现的老师傅往往指代着作为觉悟者的工人，受到革命精神的驱使来批判不合理的规章制度与生产/社会现象。韦伯同样预见过这种现象：“一旦在某些个别问题上，群众受到某种‘精神’——且别提其他的冲动——的驱使，针对具体的问题与具体的人提出实质‘公道’的要求，即不可避免地会与官僚行政之形式主义、束缚于规则及冷酷的‘就事论事’发生冲突。”[2]这种“群众运动”与“革命精神”彼此援引、互相激荡，诚如霍大道看过大字报的表态：“我们搞工业生产，就是要坚持毛主席在‘鞍钢宪法’中指出的办企业路线，就是要依靠群众，大搞群众运动。”[3]

“群众运动”与“革命精神”从不同的角度对“科层制”施加压力，双方的主要矛盾，在于“实质理性/形式理性”的紧张。韦伯的译者康乐先生分析：“韦伯认为发展的动力是建立在这个（两极观念的）紧张性之上；他处处表示，以社会主义国家方式所组成的现代群众民主政治之特色，即在于具有实质

[1] 蒋子龙：《机电局长的一天》。

[2] ［德］马克斯·韦伯：《支配社会学》，康乐、简惠美译，第53页。

[3] 蒋子龙：《机电局长的一天》。

理性化的趋势。”[1]而正是这种不无焦灼的紧张感，形塑了霍大道之类人物的人格气质。不仅在小说开篇霍大道援引“铁人精神”以自许，这“一天”之中霍大道也像“铁人”一样拖着心绞痛而忘我工作，这种情节在小说中比比皆是，但叙述人仍不满足，还是要跳出来进行“叙述干预”:“也许有些医学专家们，不相信一个患有心绞痛的病人，能在大雨泡天的洪水里战斗一个多小时，他们不理解这种‘病人’。但是机电局三十八万职工理解他们的老霍，就像理解焦裕禄和王进喜一样。”[2]这种对于“铁人精神”的不断强化，实则暴露出“铁人精神”在彼时的历史语境中所承担的巨大的政治期望，以及与现实之间的紧张感。

“铁人精神”实则就是“革命精神”的具体形式，在叙述中往往落实在为保障革命目标的实现，对于身体的有时甚至过分的摧残上。将生理层面的身体不断抹去，由“私”不断地转化为“公”，在革命精神中重铸被其武装的钢铁般的身体。而这种“铁人”只有在与形式主义的官僚作为参照时，才能真正被历史地理解。“铁人”的主体性跨越科层制的科层网络，不断地向他者让渡，这与科层制中封闭的、自我收缩的主体性形成鲜明的对比。

故而，不能以“男子汉性格”之类的描述来概括霍大道，

---

[1] ［德］马克斯·韦伯:《经济与历史 支配的类型》，康乐等译，第315页。

[2] 蒋子龙:《机电局长的一天》。

这种读法在以往的研究中比比皆是，实则将文本的政治性自然化了，将携带着重要的历史信息的政治性过于单薄地还原为生理性。霍大道的精神气质延续着“铁人”王进喜的谱系，他对于矿山机械厂的“管理”，也是在“大庆经验”乃至于“鞍钢宪法”所规约的“两参一改三结合”的范围中所展开的。只不过和20世纪50至70年代文学，尤其是“文革文学”的主人公有所不同的是，霍大道一定程度上搁置了阶级斗争，将“生产”视为与“革命”并行不悖的纲领。尽管小说中霍大道在1975年6月的整顿与邓小平同一时期的整顿似乎没有直接的关系，但是霍大道对于“以三项指示为纲”想必心有戚戚。在1976年春“批邓、反击右倾翻案风”愈刮愈烈的政治形势下，这篇小说遭到批判是可以想见的。不过，无论霍大道这个人物形象怎样被“文革政治”所批判，他依然属于那个时代，他的“管理”始终停留在“新时期”的边界之外。

## 二、在“鞍钢宪法”与“马钢宪法”之间

之所以“迂回”地进入《乔厂长上任记》这个作品，一方面是就文本的关系而言，《机电局长的一天》与《乔厂长上任记》构成姊妹篇；另一方面是只有以《机电局长的一天》为参照，我们才能更好地理解《乔厂长上任记》。在表面上，《乔厂长上任记》似乎是《机电局长的一天》的延续，小说开场就是

霍大道主持党委扩大会讨论电机厂的厂长人选，《乔厂长上任记》中的重型电机厂和《机电局长的一天》中的矿山机械厂相似，也是面临着难以完成产量的巨大压力，乔光朴的形象和霍大道也颇为神似，都是那类刚毅的硬汉："这是一张有着矿石般颜色和猎人般粗犷特征的脸。石岸般突出的眉弓，饿虎般深藏的双睛；颧骨略高的双颊，肌厚肉重的润脸；这一切简直就是力量的化身。"[1]

然而，无论两个人的形象怎样相似，一个关键性的不同是，乔光朴没有以霍大道的方式来整顿电机厂。在《机电局长的一天》中，霍大道的管理之道是"革命精神"与"群众运动"，在《乔厂长上任记》中这两个维度完全消失掉了。和将"革命"转化为管理资源的霍大道不同，乔厂长上任伊始，是将"十七年"转化为管理资源。在蒋子龙的手稿中，《乔厂长上任记》本来叫作《老厂长的新事》，时任《人民文学》编辑的涂光群改题为《乔厂长上任记》。[2]《老厂长的新事》这个题目更能见出作者的深意，小说开场介绍，乔光朴本就是电机厂的老厂长，而且作者特地交代，乔光朴还是1958年留苏归来后当上的厂长。

和霍大道一个重要的不同正在于——乔厂长来自"十七年"。如果说在《机电局长的一天》中，霍大道认同于矿山机

[1] 蒋子龙：《乔厂长上任记》，载《人民文学》1979年第7期。

[2] 徐庆全：《〈乔厂长上任记〉风波——从两封未刊信说起》，载《南方周末》2007年5月17日。

械厂老师傅们的大字报，站在“鞍钢宪法”这一边，那么对于《乔厂长上任记》中的乔光朴而言，“鞍钢宪法”以及相关的历史实践被搁置不论。乔光朴从“文革”返回“十七年”，从霍大道表态认同的“鞍钢宪法”，返回到“鞍钢宪法”所欲克服的“苏联经验”，也即作为“鞍钢宪法”批判对象的“马钢宪法”。

当下回溯“马钢宪法”，首要的一个历史背景，就是苏联与新中国工业化建设之间的纠葛。作为工业基础薄弱的新兴社会主义国家，新中国在1950年代的工业化建设以苏联为师，不仅从苏联引进大量的专家、资金与技术设备，同时复制了苏联的工业管理模式。苏联方面也深度介入了新中国的工业化建设，先后援助中国包括鞍钢在内的156个大型工业项目，构成了新中国第一个五年计划的主体，奠定了新中国的工业基础。[1]所谓“马钢”，指的是苏联马格尼托哥尔斯克钢铁公司，该厂创办于1929年，是苏联工业领域的代表性企业，其管理模式被称为“马钢宪法”——这个说法来自毛泽东在1960年提出“鞍钢宪法”时不无讽刺的对位归纳。在1950年代，至少在1958年“大

[1] 关于这个著名的156个项目的来源，据介绍：“1953年5月15日和6月4日，李富春和米高扬代表中苏两国政府在《关于苏维埃社会主义共和国联盟政府援助中华人民共和国政府发展中国国民经济的协定》和两个‘协定议定书’上签字。这些文件表明，苏联政府对中国政府的援助，已用条文形式固定了下来。根据《协定》，苏联将援助中国建设与改建91个工业企业项目，加上1950年签约援助中国的50个，总共141个项目。1954年10月，苏联政府再次应中国政府的要求，又追加15个项目，使苏联援助中国的建设项目达到156个。”参见林蕴晖：《向社会主义过渡——中国经济与社会的转型（1953—1955）》，香港中文大学出版社，2009，第376—377页。

跃进”之前，苏联以“马钢宪法”为代表的工业管理模式享有高度的权威性，比如作为苏联援助的重点企业，鞍钢的建设与生产就深深地打上了苏联的印记。[1]苏联专家在鞍钢也发挥着巨大的作用。“仅鞍山钢铁公司，苏联专家五年来提出三万多条重大建议，其中一项对初轧机的根本改造，就将使产量提高10%。”[2]

然而，随着中苏关系日趋紧张，尤其是1958年苏联提出联合舰队与长波电台的要求之后，苏联工业管理模式及“马钢宪法”开始遭到冷落乃至批判。1958年也是“大跃进”掀起高潮的年份，后来成为“鞍钢宪法”核心的“两参一改三结合”的提法开始出现。高华援引济南成记面粉厂、陕西庆华工具厂、重庆长江电工厂的例子指出：“早在1958年‘大跃进’初起阶段，鞍钢以外的其他城市的若干企业就已经初步‘创造’出这个经验，并于1958年12月形成‘两参一改三结合’的正式表述。”[3]干部参加劳动，工人参加管理，改革不合理的规章制度，干部、工人、技术人员三结合，这些改革从精简脱产干部的初

---

[1] “1953年12月，鞍山钢铁公司大型轧钢厂、无缝钢管厂、七号炼铁炉开工生产。这三大工程，从勘察设计、自动化机械化设备的供应。到建设、安装、开工生产的技术指导和人才的培养等方面，从头到尾都得到了苏联的巨大援助”。参见林蕴晖：《向社会主义过渡——中国经济与社会的转型（1953—1955）》，香港中文大学出版社，2009，第432页。

[2] 同上，第433页。

[3] 高华：《鞍钢宪法的历史真实与“政治正确性”》，载《二十一世纪》2000年第4期。

衷，一步步发展到反思苏联模式，比如在1958年“大跃进”期间废除了苏联式的“一长制”:“1958年，毛泽东号召政治挂帅、破除迷信，两条腿走路。同年，在他的推动下，全国各大中企业全部废弃一长制，改行‘党委领导下的厂长负责制’，在工厂管理方面，则是大破苏联专家确定的生产工艺流程，用群众运动的方式组织生产。一个‘两参一改三结合’，一个‘党委领导下的厂长负责制’就成了毛泽东对苏联模式的突破。”[1]

与之相比，“苏式工业管理模式的核心就是实行一长制，鞍钢所属各个厂矿全面落实了一长制的经验，并相应建立起总工程师、总工艺师、总化验师、总检验师、总会计师的制度”[2]。这种模式之所以在1958年之后的鞍钢遭到批判，既有中苏关系恶化的背景，又有经济与技术上的具体考量——比如1959年鞍钢的产量一度下降，最终通过“党的领导”与“群众运动”的方式使得生产回升；1960年初鞍钢发扬职工和技术人员的创造精神开展技术革新，取得良好效果，这场运动也是1960年3月11日报送中央的鞍钢生产经验报告的直接背景，该报告直接导致毛泽东对于“鞍钢宪法”的批示。[3]

但最重要的，还是“马钢宪法”与“鞍钢宪法”对于“工

---

[1] 高华:《鞍钢宪法的历史真实与“政治正确性”》，载《二十一世纪》2000年第4期。

[2] 同上。

[3] 参见罗定枫:《关于“鞍钢宪法”的回忆与思考——纪念“鞍钢宪法”诞生四十周年》，载《党史纵横》2000年第12期。

人”主体地位的不同规划以及由此构建的不同的人性想象，而在1950年代末期开始激进化的当代中国共产主义实践看来，“马钢宪法”包含着一套新的压迫机制，本应是工人阶级一部分人的“管理者”有可能异化为工人的主宰，工人也将被异化为单向度的人，机械地服务规章制度，在规定流程中为生产指标而劳动，诚如有的研究者从管理学的角度对于“马钢宪法”的分析：“马钢在管理制度上沿袭的是以斯密与泰罗分工理论为基础的福特制。所谓福特制，通常理解为泰罗主义加上机械化。泰罗主义最主要的特点就是计划和执行相分离，由此产生了管理者、专业技术人员以及工人三个不同的管理主体。各主体有各自不同的利益需求和价值导向，并在明确的规章、程序之下各司其职。专业技术人员负责工人动作标准的设定、生产流程的确定与维护，管理层负责组织的计划，而工人仅仅负责按照管理层和专业技术人员设定的标准进行生产。”[1]对于“马钢宪法”这种管理模式最激烈的批评，来自社会主义教育运动中毛泽东1964年12月12日对陈正人的著名批示：“管理也是社教。”[2]正是在这个批示中，毛泽东十分严厉地指出官僚主义者和工人、贫下中农的对立关系，并且将官僚主义者视为一个“阶级”，也正是在这个意义上，毛泽东将企业管理工作视为社会主义教育

[1] 高良谋、郭英、胡国栋：《鞍钢宪法的批判与解放意蕴》，载《中国工业经济》2010年第10期。

[2] 限于篇幅，毛泽东的批示全文参见《毛泽东年谱（1949—1976）》第5卷，中共中央文献研究室编，中央文献出版社，2013，第445—446页。

运动的组成部分。

只有在“鞍钢宪法”与“马钢宪法”对峙博弈的历史视野中重读《乔厂长上任记》，我们才能有效地回到这一文本。诚如蔡翔的分析：“蒋子龙的《乔厂长上任记》无意识中回应的恰恰是1960年代‘鞍钢宪法’和‘马钢宪法’的激烈辩论。‘马钢宪法’强调的是专家控制，这也是一个很重要的‘现代’故事。而要不要或者建立一个怎样的‘专家社会’正是‘十七年’的辩论内涵之一。”[1]这里的“专家”不是知识分子意义上的专家，而更近似于“技术官僚”。“鞍钢宪法”与“马钢宪法”的辩论，在于无论是工业领域还是推广到全社会，社会主义社会是否需要“技术官僚”的治理。“马钢宪法”对应着科层制社会，而“鞍钢宪法”作为社会主义现代性的产物，意味着对于“马钢宪法”所导致的社会主义内部危机——管理者的“异化”与工人的“异化”——的克服。

正是基于此，《乔厂长上任记》既承接了同时又在“新时期”的历史语境中回应了《机电局长的一天》的核心逻辑：如何找到一种有效的方式克服科层制对于生产建设的束缚。《机电局长的一天》尝试以“革命精神”与“群众运动”克服科层制，这种方式无论在其理想化的动机上、在理论的推衍上如何获得历史的同情，但就实际效果而言——尽管对于其效果一直饱有

[1] 蔡翔、罗岗、倪文尖：《八十年代文学的神话与历史》，载《21世纪经济报道》2009年2月16日。

争议——值得商榷。在《乔厂长上任记》中，霍大道甫一登场就消匿不见了，在结尾处的再次登场，也仅仅是作为上一个层级的“高级官僚”予以支持，乔厂长解决科层制桎梏的方式在小说结尾处不再是向下（“群众运动”）、向内（“革命精神”），而是向上，利用科层制来反对科层制。霍大道的“力量”所在，在于他联系着更高的“部长”，诚如小说结尾霍大道最后一句话：“霍大道见两个人的脸色越来越开朗，继续说：‘昨天我接到部长的电话，他对你在电机厂的搞法很感兴趣。’”[1]这种“向上”来克服“科层制”的逻辑几乎贯穿所有的“改革文学”，比如柯云路《新星》的结尾，用小说的原话来说，“改革新星”李向南最终选择的“战役行动”是“在上层”，第一个行动是“去北京”，第二个行动是“去省里”，小说也结束于李向南收到省委第一书记顾恒表态支持的信。

《乔厂长上任记》就陷在这种悖反性的逻辑里：一方面修复科层制，一方面超越科层制。乔厂长上任伊始第一件事，就是给1950年代中期在苏联留学时喜欢过的童贞打电话，此时的乔厂长丧偶，而童贞一直保有“童贞”，“爱情”随着乔厂长的上任似乎得以修复。但与此同时，这也意味着管理模式中科层制的修复，童贞被乔光朴任命为电机厂副总工程师，“一长制”的模式开始复归。当然，经历了“鞍钢宪法”，乔厂长也意识到

[1] 蒋子龙：《乔厂长上任记》。

"一长制"的内在危机，他试图以"个人"的方式予以克服，以"感情"保证童贞作为总工程师的有机性，而不是异化为压迫机制。当"感情"的因素被不断放大、被政敌诟病为"夫妻店"时，乔厂长也会懊恼这种方式。在作为《乔厂长上任记》的续篇《乔厂长后传》中，乔光朴与童贞的爱情神话宣告破灭："乔光朴懊恼地说，'当初我真不该感情用事，匆匆忙忙地宣布和你结婚。我的本意是想通过结婚把你、我和电机厂拴在一起，把你的心拉回到事业上来。'"[1]童贞听完这句话"又惊又气""嘴唇哆嗦"，她在此之前一直没有意识到：在作为丈夫与厂长的乔光朴眼中，她是作为妻子与总工程师的双重身份的叠加，后者甚至更为重要。

同样，如果说在"鞍钢宪法"的逻辑里，节制科层制的办法之一在于"党委领导下的厂长负责制"，那么这个模式也被乔厂长所突破。几乎与请回童贞担任总工程师同时，乔厂长请回老搭档石敢重新担任电机厂的党委书记。小说渲染石敢经历了十年"文革"，已经变得有些胆小、麻木、唯唯诺诺，并且以"孩子/大人"的结构比照石敢与乔光朴："石敢瘦小的身材叫乔光朴魁伟的体架一衬。就像大人拉着一个孩子。"[2]而且，小说特地交代石敢在"文革"中咬掉了半个舌头，他一定程度上丧失了"语言"，而乔光朴要求石敢恢复"语言"也即作为党委书记

[1] 蒋子龙：《乔厂长后传》，载《人民文学》1980年第2期。

[2] 蒋子龙：《乔厂长上任记》。

恢复对于工厂方向予以指导的权力，乔光朴是如此规划的：

> 不，你是有两个舌头的人，一个能指挥我，在关键的时候常常能给我别的人所不能给的帮助；另一个舌头又能说服群众服从我。你是我碰到过的最好的党委书记，我要回厂你不跟我去不行！[1]

“两个舌头”对应两个方向：“党”与“群众”。有意味的是，对于“群众”而言，乔光朴所诉求的，不再是“群众运动”，而是强调“群众服从我”，在这里乔光朴无疑颠倒了“鞍钢宪法”所构想的干群关系结构；对于“党”而言，乔光朴依然坚持“党的领导”，强调石敢对自己的“指挥”，但在小说中这一面被悬置了，乔光朴回厂之后的一系列改革都是独断的，看不到和石敢的商量，更遑论石敢的“指挥”。乔光朴之所以一定要石敢出山，恐怕正在于石敢的“不作为”，松弛了对于工厂行政系统的管制。在这个意义上，石敢的“半个舌头”，在表层的彰显“文革”残暴的隐喻下，其实更有指向“改革”时代的深层寓意。

乔厂长上任后真正的难题在于：怎么处理官僚？“鞍钢宪法”所构建的“党的领导”和“群众运动”在彼时都已经失效，

---

[1] 蒋子龙：《乔厂长上任记》。

在历史实践中已经暴露出重大的缺陷："党委书记"同样有可能官僚化，而"群众运动"对于正常的工业生产构成干扰。[1]这其实正是乔厂长"改革"的起点。但是，如果《机电局长的一天》中霍大道的方式失效了，那么乔光朴有什么新的办法来对付曾经的徐进亭、今天的冀申这样的官僚？

《乔厂长上任记》给出的答案，就是没有答案。乔光朴一直想扳倒冀申这样的官僚，但最终处处受制，在作为续篇的《乔厂长后传》后矛盾更是集中围绕乔光朴与冀申展开。如果把《乔厂长上任记》和《乔厂长后传》读作一个连续性的大文本的话，那么乔厂长最终在科层制的层面上惨败而归——乔光朴的得力助手与改革措施被冀申玩弄政治手腕陆续击败：总会计师李干被构陷败坏财务制度，总工程师童贞被调到国外，出口产品销售权被冀申控制，最终连乔厂长都面临撤职的危险，小说结尾他"强忍着泪水"望着支持他的工人，"乔厂长"系列就结束在这样一个悲情的时刻。

某种程度上，冀申所代表的"官僚"既是"文革"冲击的对象，也是"改革"冲击的对象，这是理解《乔厂长上任记》乃至理解"两个三十年"的关键点之一，也是必不可少的一个贯通性的视野。抛掉"两个三十年"意识形态上的分歧不论，

---

[1] 韦伯指出："如果为官僚系统所控制的人们，企图逃避现存官僚组织的影响力。则一般而言，只有建立另外一个组织才有可能。然而这个组织也将同样地官僚化。"参见［德］马克斯·韦伯：《经济与历史 支配的类型》，康乐等译，第312页。

工业化的逻辑一以贯之，而工业化尤其是重工业需要与之匹配的大规模组织形态。诚如韦伯的分析，“在大规模的组织下，其他所有人都不可避免地受制于官僚系统的控制，正如他们受制于大规模生产的精确机械”[1]，这是现代社会的重要组织特征，“在所有领域中，‘现代的’组织形式之发展即是科层制行政组织之发展与不断的扩散”[2]。然而，“科层制一旦确立，即为社会组织中最难摧毁的一种”[3]。

在《乔厂长上任记》中，冀申安然无恙地度过了“文革”与“改革”两个时代。在“文革”中他是干校的副校长，利用这个位置和许多“发配”到干校的老干部拉上了关系。这对于试图克服科层制的“五七干校”无疑是巨大的嘲讽。“改革”时代一开始，冀申的关系网开始发挥作用，“现在这些人大都已官复原职，因而他也就四面八方都有关系，在全市是个特殊神通的人了”[4]。在矛盾更为激化的《乔厂长后传》中，小说更是点破冀申的能量在于“文革”中保过现在市委的王书记：“王书记对他有好感，在一切事情上都会支持他。”[5]

和以往的社会组织与支配类型——比如长老制与封建制——相比，匹配社会化大生产的科层制有其历史正当性，“在

[1] ［德］马克斯·韦伯：《经济与历史 支配的类型》，康乐等译，第314页。
[2] 同上，第311页。
[3] ［德］马克斯·韦伯：《支配社会学》，康乐、简惠美译，第64页。
[4] 蒋子龙：《乔厂长上任记》。
[5] 蒋子龙：《乔厂长后传》。

任何领域中，要想象一个没有专业人员的持续性行政工作，几乎是一种幻觉”[1]。然而科层制致命的问题在于，在缺乏有效制衡的情况下，这套体系内部的官僚将不断膨胀，最终将个人的利益凌驾于体制之上，诚如小说中冀申的做人准则，“处理一切事情都把个人的安全、自己的利益放在第一位”[2]。如果说在“市场”的组织结构中，冀申的处世之道还无可厚非，大致是一个“合格”的“理性人”；那么在科层制的组织结构中，冀申势必将不可交易之物——冀申不占有科层制所支配的资源的产权，他仅仅是“国家主人”的代理人——交易，化“公”为“私”，谋求个人利益的最大化。

乔光朴的焦虑在于，任由科层制恶性膨胀，这套体制将丧失活力，其表征是丧失“效率”。乔光朴为什么如此焦虑与日本日立公司的比较：“日本日立公司电机厂，五千五百人，年产一千二百万千瓦；我们厂，八千九百人，年产一百二十万千瓦。这说明什么？要求我们干什么？”[3]这无疑要求乔厂长们减员增效，既要遏制官僚们的膨胀，又要淘汰不合格的工人。但是对于官僚，乔厂长裁了几次也没有裁动，他一度将冀申赶出电机厂，但是冀申转而任职外贸局的领导，这个位置对于乔光朴的改革更为掣肘。与冀申这种官僚的缠斗，乔光朴最终还是失败

---

[1] ［德］马克斯·韦伯：《经济与历史 支配的类型》，康乐、简惠美译，第311页。

[2] 蒋子龙：《乔厂长上任记》。

[3] 同上。

了。《乔厂长上任记》结束于一个古典戏曲的场景：童贞带着乔光朴去剧院里看《秦香莲》散心，没想到还是碰到了冀申，乔光朴愤然退席，对着石敢与霍大道唱起了“包龙图，打坐在开封府！”。

“革命”时代对于“官僚”的制衡被直接跳过去了，作家安排乔光朴回到古典时代，幻想以古典式的“清官”来克服现代性内部的“科层制”。这暴露出乔光朴的根本局限所在：他始终是在科层制内部来克服科层制，所谓“清官”指向的思想道德教育的方式，无非吁求对方做一个人格上的“好”的官僚。米塞斯在著名的《官僚体制》一书中的分析，仿佛在对着乔厂长发言：“这种做法是徒劳的。成为一名企业家的素质，并不存在于企业家的人格之中，而是存在于他在市场社会结构所处的位置。”[1]在米塞斯看来，社会的管理类型可分为两大类：“在人类社会框架内处理各种事务，亦即人们之间的和平的合作，存在着两种方式，其一是官僚体制的管理，其二是利润管理。”[2]而乔厂长的结构性困境在于，作为“国有企业”的“企业家”，他只能在官僚体制下追求利润管理。也只有从这一角度我们方能真正地理解，为什么《乔厂长上任记》发表后，类似“我们需要

---

[1] ［奥地利］路德维希·冯·米塞斯：《官僚体制 反资本主义的心态》，冯克利、姚中秋译，新星出版社，2007，第47页。

[2] 同上，1962年版前言。

乔厂长这样的‘铁腕人物’”[1]的呼声不绝于缕。所谓“铁腕人物”并不是往往被误解的指向封建专制，而是在科层制内部以“集权”的方式导致科层制一定程度的失灵，以此推进“改革”，这种办法自“改革”起源以来一直延续到今天，成为修正“科层制”的一种选项。

尽管乔光朴最终无法克服“科层制”，但不能说他的改革是失败的。和所有的改革者相似，乔厂长上任伊始，他需要解决的是两类人：官僚与青年。尽管冀申的关系网枝枝蔓蔓地张开，但是乔光朴并非没有空间可为——在绕开“科层制”的情况下找到合适的方式激活青年的动力，同样有可能推动现代化的展开，这其实也是“改革”时代的核心策略之一。乔厂长真正发挥效能的改革，落实在青年工人身上。

## 三、竞争状态下的技术化个体

在《乔厂长上任记》中，乔厂长回厂后首先遇到的是青年工人杜兵，关于这两个人的相遇，小说是这么写的：

> 乔光朴在一个青年工人的机床前停住了。那小伙子干活不管不顾，把加工好的叶片随便往地上一丢，嘴里还哼

[1] 引自刘宾雁发言，参见《文学研究动态》1979年第19期。转引自刘锡诚：《在文坛边缘上——编辑手记》，河南大学出版社，2004，第344页。

着一支流行的外国歌曲。乔光朴拾起他加工好的零件检查着，大部分都有磕碰。他盯住小伙子，压住火气说："别唱了。"

工人不认识他，流气地朝童贞挤挤眼，声音更大了："哎呀妈妈，请你不要对我生气，年轻人就是这样没出息。"[1]

改革者乔厂长整顿山河，既要挑战官僚主义者冀申，又要说服杜兵这样的青年。杜兵这样的青年和冀申这样的官僚有一点是相同的：他们对"革命"意识形态都丧失了兴趣。杜兵已经不是"十七年"的工业小说所塑造的社会主义劳模那种类型的工人，旧的激励模式渐趋失效，新的又尚未成型，他这种"颓废"的"新人"，处在历史的空洞中。

在"改革"的起源阶段，怎么询唤杜兵这样的青年？有意味的是，乔厂长不讲半句大道理，而是就机床闸把的用法和杜兵展开具体的辩论。小说翻过一页，余怒未消的乔厂长走进隔壁的七车间，迎面一台从德国进口的二百六镗床，西门子公司派来的德国小青年台尔忙上忙下。这个德国小青年不是什么正面典型，从德国来中国的中途偷偷跑到日本游山玩水，到厂子报到的时候晚了一周。不过台尔自知理亏，卖力工作，以高超

[1] 蒋子龙：《乔厂长上任记》。

的技术不到三天时间就把十天的工作都做完了。蒋子龙叙述到此特地点题："他的特点就是专、精。下班会玩，玩起来胆子大得很；上班会干，真能干；工作态度也很好。"[1]

"下班/上班""玩/干"的分离，表明乔厂长尽管是从1950年代来到改革年代，但已经不准备重复当年的老办法——依赖政治动员与思想工作将"业余生活"转化为劳动时间。相反，在1970年代末的车间里，乔厂长已经自觉地向工人的"私生活"让步，困扰共和国前三十年的"公"与"私"的辩论在此偃旗息鼓。乔厂长所关切的是，怎么让杜兵们在工作时间尊重职业伦理，提高生产效率，变成现代化建设所需要的"专业"人才。也正是在"专业"这一点上，乔厂长对于德国青年大为赞叹，并以此作为杜兵们的榜样。

这种以"专业"的框架来规训人性，在新时期文学的谱系上源自徐迟《哥德巴赫猜想》中对于"红"与"专"的颠倒。然而陈景润的"专业"依赖于怪癖一般的数学天赋，难以普遍推广。真正可以普遍化的做法，是利用"竞争"机制，将原来的共同体打散，将"集体"转化为竞争关系中的"个体"。这正是乔厂长治厂的第一招，小说这样写道：

他首先把九千多名职工一下子推上了大考核、大评议

---

[1] 蒋子龙：《乔厂长上任记》。

的比赛场。通过考核评议，不管是干部还是工人，在业务上稀松二五眼的，出工不出力、出力不出汗的，占着茅坑不屙屎的，溜奸滑蹭的，全成了编余人员。留下的都一个萝卜顶一个坑，兵是精兵，将是强将。这样，整顿一个车间就上来一个车间，电机厂劳动生产率立刻提高了一大截。群众中那种懒洋洋、好坏不分的松松垮垮劲儿，一下子变成了有对比、有竞争的热烈紧张气氛。[1]

与之相匹配，乔厂长以“物质刺激”维系这套竞争机制，对于优胜者许诺以丰厚的物质回报，这是乔厂长治厂的第二招：

他说全面完成任务就实行物质奖励，八月份电机厂工人第一次接到了奖金。黄玉辉小组提前十天完成任务，他写去一封表扬信，里面附了一百五十元钱。凡是那些技术上有一套，生产上肯卖劲，总之是正儿八经的工人，都说乔光朴是再好没有的厂长了。[2]

和面对“科层制”的束手无力相比，乔厂长的“管理学”对于青年真正发挥了作用。蒋子龙回忆过他构思这套“管理学”的直接动因：“1978年，我刚‘落实政策’不久，在重型

[1] 蒋子龙：《乔厂长上任记》。
[2] 同上。

机械行业一个工厂里任锻压车间主任……经历了‘文化大革命’真像改朝换代一般，人还是那些人，但心气不一样了，说话的味道变了，对待工作的态度变了。待你磨破了嘴皮子、连哄带劝地把人调度顺了，规章制度又不给你坐劲，上边不给你坐劲……”[1]根据自己的基层工作体验，蒋子龙用三天时间完成了《乔厂长上任记》:“当时我完全没有接触过现代管理学，也不懂何谓管理，只有一点基层工作的体会，根据这点体会设计了‘乔厂长管理模式’，想不到引起了社会上的兴趣。”[2]

“乔厂长管理模式”的核心，在于重新定义了“新人”，将“人性”塑形为“竞争状态下的技术化个体”。“竞争”“技术”“个体”这三组关键概念支撑起这套“管理学”的运作。所谓“竞争”，在《乔厂长后传》中乔厂长曾经有过一段长篇演讲:“一搞竞争，就逼得你不把工厂搞好就没有出路。我们厂现在就拉开了架势，在国际市场上和外国人竞争，在国内也和外国人竞争，还要和同行业竞争。当然，我们这种竞争和资本主义的你争我夺根本不同，我们要服从和执行国家的经济计划，也不能丢掉社会主义的协作关系。工人之间，今后也不能干和不干一个样，干坏干好一个样了，对工厂贡献的大小必然会造成物质待遇上的差别。”[3]尽管乔厂长同时强调了“社会主义的

---

[1] 蒋子龙:《当年“乔厂长” 如何“上任”》，载《中国文化报》2008年11月27日。

[2] 同上。

[3] 蒋子龙:《乔厂长后传》。

协作关系”，但其管理模式的重点无疑放在“竞争”上，乔厂长设想通过竞争机制，提高工人的“技术”能力，在“科学技术”而非“阶级斗争”作为“第一生产力”的认知框架中，乔厂长给电机厂的组织科长和劳动工资科长讲课：“经济竞争最重要的是技术竞争，而要在技术竞争中取得胜利，在很大程度上取决于掌握技术的人。”[1]而“竞争”与“技术”的基本单位，是“个体”而非“集体”，这不仅在于竞争关系最终落实在个体与个体的竞争，而技术的评判标准也是首先以个体为单位，更在于维持这套机制的奖惩体制是以个体为基本单元的——青年之所以自觉地转化为“竞争状态下的技术化个体”，在于这套管理体制允诺个体欲望的实现，这是这套管理学对于“人性”的核心驱动力。在这个意义上，乔厂长的管理学，最终是人性的再生产。诚如研究者的分析：“改革看似只引入了一套‘科学管理’方法，但实质，这套方法中包含了对人、人性的重新认识，更包含了对如何组织人组织生产，如何建立高效的社会生产关系等重要社会制度问题的重新认识。”[2]

经由这套机制的询唤，乔厂长上任伊始遇见的落后青年们开始转变，比如杜兵就从政治漫画的能手转变为负责产品调色的专家。乔厂长并不在乎杜兵那些讽刺他的政治漫画的“内

---

[1] 蒋子龙：《乔厂长后传》。

[2] 李海霞：《新的科学与人性信条的诞生——对新时期改革文学的再认识》，载《文学评论》2010年第6期。

容”，而是去政治地将“美术”转化为“技术”。对于杜兵的颓废、虚无甚至于政治抗议，乔厂长相信，只要找到杜兵们的专业岗位，并且给予有效的物质刺激，问题就得以解决。这套机制对于杜兵也开始奏效，一度“动刀子的心都有了”的杜兵，当得知因他那些讽刺乔厂长的漫画反而得到重用时：“杜兵只深深地点点头，他怕由于意想不到的激动，一张嘴，声音变了调。”[1]某种程度上，作为新时期起源阶段的“管理学”，“改革”迄今四十年来的经济奇迹，人性上的核心驱动就集中于“乔厂长管理模式”。

## 四、对于“爱”的管理学

和《乔厂长上任记》相比，蒋子龙的《赤橙黄绿青蓝紫》也许更为重要。在新时期起源阶段，兴起的“自我”之所以“向内转”，一个历史前提是对于外在秩序的不满，“向内”与“向下”的“内心世界/日常生活”被幻想为构建一种“内/外”的阻断，在这种保护之中“自我”回到一种吃、住、爱的去政治与脱历史的“自然状态”。新时期的管理机制真正要处理的挑战是，怎么刺破这种“自然状态”，如何把标志着内在自我“爱”，从内部引导到外部，将这种新的“自我”重新秩序化，

[1] 蒋子龙：《乔厂长后传》。

以此构建一种新的认同。

如果说《乔厂长上任记》中的“管理”以“时间与数字”为核心，那么《赤橙黄绿青蓝紫》中的“管理”在“效率”的基础上，开始讨论自身的合法性。而构建这一合法性的关键，在于如何让沉浸于“内心世界/日常生活”的自我，在这种管理方式中感受到“意义”。

《赤橙黄绿青蓝紫》小说的开场，就鲜明地昭示着过去的管理方式在意义层面的瓦解。第五钢铁厂的青年工人刘思佳和何顺清早堵在工厂门口卖煎饼，钢厂的党委书记祝同康只能从后门进厂。祝同康面对刘思佳的挑战无能为力，“多年做政治思想工作，一向是善于知人的祝同康，越来越感到难于适应自己的工作了……职工长了工资，发了奖金，理应能够减轻思想政治工作的负担,谁知反而加大了思想政治工作的难度和重量”[1]。小说反复表现以往的思想政治工作在青年人眼中不过是一套模式化的陈词滥调，不仅无法提供道德的动力，反而成为一种道德的障碍，比如当刘思佳救火归来时：

> “同志，你是哪个单位的，叫什么名字？”
>
> “我们要好好感谢你，要到你们单位去，找你们领导，好好表扬你。”

---

[1] 蒋子龙：《赤橙黄绿青蓝紫》，载《当代》1981年第4期。

“我们要给你发奖金!”

“你真是活雷锋，你平时一定也是先进工作者。”

“刚才你是怎么想的?”

…………

这些问题一下子把刘思佳打懵了，他沉了一会儿，突然暴怒了:“玩去! 玩去! 都给我躲开!”

他用手扒开人群冲出去，向前跑了几步又停住脚，回过头来大声说:“你们呀，嘿! 咱们倒霉就倒在你们这些人身上了，冲你们这样，以后也不能办好事!”[1]

当思想政治工作丧失了动员能力后——正如《乔厂长上任记》中党委书记石敢只有“半个舌头”——可以凭借的似乎只有“物质刺激”了。小说开场青年工人何顺恶狠狠地表示:“现在谁还管谁! 就得靠钱书记做动员，蒋（奖）厂长做报告，不赚白不赚，不捞白不捞，谁挣钱多谁是好样的。”[2]但是仅仅依赖于“物质刺激”，何顺这群青年工人们只是被动的劳动，行尸走肉一般终日嘻嘻哈哈，吃喝玩乐。而且，对于刘思佳这样不在乎物质回报的青年工人，依靠什么予以询唤? 这是党委书记最头疼的问题:

---

[1] 蒋子龙:《赤橙黄绿青蓝紫》。

[2] 同上。

> 刘思佳真的就是为了多捞几个钱？难道他还会缺钱花吗？谁不知道两年前他就成了钢厂的第一个“七机部长”（家有电视机、录音机、电唱机、照相机、洗衣机、袖珍计算机、电冰箱）……在一个完全不了解的对手面前，祝同康显得软弱和无能为力。[1]

《赤橙黄绿青蓝紫》这篇小说的突破正在于直面旧的管理体制的危机，将“范导者”形象从“政工干部”转移到“青年女性”，意义的来源从“政治”转移到“爱”。在社会主义现实主义传统中，“范导者”往往是一位伟大的革命之父。然而，在《赤橙黄绿青蓝紫》中，是刘思佳所在的运输队副队长解净充当着道路的象征，党委书记祝同康不再是指引道路的巨人了。相反，他在解净眼中是一个有着“像婴儿的头发”的虚弱的老人，内心犹疑、惶惑，“越来越感到难以适应自己的工作了”。当祝同康面对解净的时候，心头感到“压抑”，“反而不敢看她了”。他省悟到 :“他在她的眼里不再是党的化身，也不是父亲式的人物了。”[2]

解净超越于祝同康的地方在于，她正视与理解刘思佳的内心世界，而这是祝同康感到无法了解的。在小说中解净战胜刘思佳的那一刻，正在于解净刺透了刘思佳的内心世界 :

[1] 蒋子龙:《赤橙黄绿青蓝紫》。
[2] 同上。

> 刘思佳没有答腔，没有抬头。他里里外外全叫解净看透了。他的自尊心，他的故作镇静和玩世不恭，在解净的眼里全成了笑柄。平时他的那些哥们儿弟兄、酒肉朋友们全都恭维他，服从他，但都不了解他。他在心里也瞧不起他们。因为他们没有思想，和没有思想的蠢人是很难真心相处的，包括叶芳在内。她是全厂公认的美人，可就是肤浅得像一杯白开水，毫无味道；像一株塑料花，没有魅力。而现在坐在他身边的这位从哪方面来说都很不起眼的副队长，和他认识最浅，接触最少，两个人又经常闹别扭，却是真正能够了解他，能够看透他的知心朋友，和这样的人才可以痛痛快快地倾吐积愫。但是，他的自尊心妨碍他这样做。他抬起头来，脸上出现了一种奇怪的不是他常有的表情。他变得这样驯服，同时又充满着内在的力量。他不敢看解净，可是她的身上又仿佛有一股强大的吸引力，使他情不自禁地想靠近她。[1]

小说这一段描写非常重要，作为青年工人中的精英，刘思佳以“内在性”来确证“自我”的存在，是否拥有“内心世界”也即刘思佳所谓的“思想”，成为人与人区分的标志。哥们儿弟兄没有“思想”，刘思佳因此就“瞧不起他们”，觉得他们是

---

[1] 蒋子龙:《赤橙黄绿青蓝紫》。

"蠢人"；暗恋刘思佳的叶芳没有"思想"，因此就是肤浅的白开水与毫无魅力的塑料花。

与之相反，解净由于"理解"刘思佳的内心世界，获得"一股强大的吸引力"。作为改革时代的"管理者"，解净所凭借的，不再是意识层面的思想政治工作，而是潜意识层面的"爱"的唤起。在新时期起源阶段，"爱"构建了"内在自我"，而渴望"内在自我"的刘思佳——所谓的"只想当个地地道道的人"——正是通过解净的"理解"来获得，这种"内在自我"在获得合法性的瞬间迸发出"爱"的欲求："刘思佳望着她，眼光中怀有炽情和热力，他的全身都在轻轻地颤栗。这感情爆发得太奇特、太强烈了，他无法抗拒，甚至也掌握不住自己的理智了。这个一向冷漠、孤傲的小伙子，两年来一直有意培养对解净厌恶的感情，现在才发现自己是这样强烈的喜欢她，想对她哭，对她笑，对她说出自己心里的全部痛苦。"[1]

"爱"由此成为一种有历史深度的机制：既标识出"自我"的内在性，同时又将"内在自我"引导到外部，重建一种"内"与"外"的关联。笔者想在此着重强调，这种询唤之所以得以发生，一个重要的前提是"内在自我"实现了人与人的区隔。以往的研究者重视刘思佳的"哥们儿义气"，讨论"哥们儿义

[1] 蒋子龙：《赤橙黄绿青蓝紫》。

气”是否意味着一种新的共同体的契机，是否可以创造一种替代性的集体生活。[1]笔者以为“哥们儿义气”在刘思佳这里并不存在，刘思佳在何顺他们的群体中是“孤独”的，与何顺、叶芳等人的关系只是虚与委蛇，这种热闹的日常关系在嘲讽与解构“组织的力量”“集体的力量”之余，更多的是为他的内心世界提供一个保护性的外壳。

“爱”之所以为解净所代表的新的管理者赋予了合法性，在于它允诺并满足了个体化的欲求，而个体精英先天地要求“管理”的完善，个人奋斗、自由竞争这些原则在表面的平等下，实则有利于作为强者的个体精英。在运输队中刘思佳正是专业能力最强的司机，保持着十万公里无事故。解净所代表的新的管理体制完美匹配着刘思佳的内心世界，在小说中的一个重要线索是，解净完善了刘思佳所提出的管理学，这套管理学的核心是对于个体的有效监管与奖惩。

无疑，这套管理学将重构一种等级制，被这套体制询唤的个体将产生新的分化。有意味的是，小说用几页篇幅交代了刘思佳的成长史，作为沧县乡下长大的孩子，小学四年级来到天津后的少年刘思佳是等级制的受害者，他的衣服被同学们取笑，沧县口音被同学们模仿，“一个父亲在部队当营长的同学”狠狠地踢他。少年刘思佳由此造成了精神创伤，孤僻自卑，一直到

[1] 参见符鹏:《再造社会主义新人的尝试及其内在危机——蒋子龙小说〈赤橙黄绿青蓝紫〉中的青年问题》，载《文学评论》2015年第5期。

成年后还隐隐发作，要是何顺提到“乡下佬”脸色就立即变了。然而刘思佳对于城乡、阶级的不平等没有反思与觉悟，而是报复性地内化了这套歧视性的逻辑：“回到家里拼命向妈妈学习普通话，他厌恶天津话，也觉得自己的沧县话不大顺耳，就想掌握一种更高级、更文明、像广播员说话一样好听的语言。等到他上中学的时候，已经是说一口好听的北京话，穿的衣服干净而漂亮，比天津卫的同学更‘洋气’，同学们叫他‘小北京’。”[1]成年后的刘思佳顺畅地认同了等级制，成为差异结构中的一个“个人”。

对于解净而言，她尽管在表面上厌恶重新成为政工干部（下运输队之前解净在“文革”期间是宣传科副科长），但是在更高的层次上完成了政工干部的使命，而这是落伍于改革时代的党委书记祝同康所无能为力的。她一方面以恢复奖金赢得其他司机的支持，在“物质刺激—日常生活”的层面上收拢运输队；另一方面有效进入了刘思佳的“内心世界”，正是在解净的认同中刘思佳获得了“内在自我”的确认，刘思佳也借由对于解净的“爱”成为他所欲成为的内在的人。解净也期待着爱情，但她对于刘思佳感到的是“一种不可名状的凄怆”——毕竟，刘思佳被唤起的“爱”是回向自我的，“凄怆”意味着解净感觉到她与刘思佳的“爱情”无法落实于恰当的形式。

[1] 蒋子龙：《赤橙黄绿青蓝紫》。

新时期漫长的“自我”诞生的故事渐渐接近尾声了，从《爱，是不能忘记的》这种爱的神话开始，最终走到了爱的虚空。在虚空中“内心世界/日常生活”的自我，被新的管理体制所重新结构。一种有内在感的、以日常生活为界的个人，大量地出现在改革时代。赤橙黄绿青蓝紫，一个美丽新世界在缓缓展开。

# 第三节　从“劳动”到“奋斗”

## 一、“励志型”读法

初冬的风呼呼地刮着，夜色从大地升起，渐次笼罩着茫茫的大平原。望着眼前的一切，我进退两难，欲哭无泪，心情降到了冰点。就在这困难的时刻，我蓦然想起了路遥，想起了《平凡的世界》里在街头秋风秋雨中茫然无路却咬牙坚挺的孙少平。[1]

最让我感动的是书中主人公在艰苦环境中奋斗不息的精神。它常常在我遇到困难时给我巨大的精神力量，使我克服它并勇敢地走下去。[2]

---

[1] 林夕：《被路遥改变的人生——纪念路遥逝世12周年》，李建军编《路遥十五年祭》，新世界出版社，2007，第250页。

[2] 参见邵燕君：《〈平凡的世界〉不平凡——“现实主义常销书”生产模式分析》，载《小说评论》2003年第1期。

> 那些打工者，我的采访对象们告诉我，他们大多都是从这种盗版书上读路遥的，他们喜欢路遥的作品，它为他们艰苦的打工生活增添了一层希望的亮色和奋斗的力量。尽管他们中有些人并不知道路遥是谁，甚至连路遥和琼瑶都分不清楚。[1]

以上所摘引的，来自李建军主编的纪念文集《路遥十五年祭》，以及邵燕君所组织的北京大学一年级某班的读书调查报告。几位研究者使用这些材料，意在证明路遥的作品，尤其是受到学界“冷遇”的《平凡的世界》，在广大普通读者那里受到了欢迎。不必引述他们具体的分析，面对《平凡的世界》数十次的再版，几百万册的销量，这近乎是一个“常识”。[2]当年退掉《平凡的世界》的《当代》编辑周昌义就曾感慨：“有句古诗说：‘尔曹身与名俱裂，不废江河万古流。’我就是那‘尔曹’，

---

[1] 林夕：《被路遥改变的人生——纪念路遥逝世12周年》，第252页。

[2] 笔者对于《平凡的世界》版本做了一个粗略统计，通过权威的国家图书馆系统查询，大致有中国文联出版公司1986年初版（1993年再版），陕西人民出版社1995年版，华夏出版社1994年版（1997年再版），陕西旅游出版社1999年版，宁夏人民出版社2000年版，中国青年出版社2000年版，贵州人民出版社2002年版，人民文学出版社2004年版、2005年版（“茅盾文学奖获奖作品全集”版）、2006年版（“语文新课标必读丛书”版）以及最新的十月文艺出版社2009年版。而且，各个版本重印率很高，以笔者手上的人民文学出版社的版本为例，2004年5月出版，到2008年12月已经是第7次印刷，每半年就要加印一次。如果再考虑到浩如烟海的盗版市场，《平凡的世界》的销量确实惊人。

《平凡的世界》就是那‘江河’。”[1]一方面，作品在大刊上无法发表[2]，问世之后又长期被当代文学史所忽视[3]。另一方面，作品却在普通读者群中广泛传播，无论销量或声誉都令人吃惊。《平凡的世界》所带来的这种“分裂”，让当代文学的研究者颇为尴尬，有的研究者据此提倡路遥的精神境界与人道主义情怀，有的研究者则将对于路遥的怀念批评为是一个“仪式”。[4]

限于文学立场的不同，对于“路遥现象”，研究者有各种分歧与讨论。然而，一个必须破却的前提，就是将其限于文学内部予以阐释。研究者往往忽视了一个重要问题，读者们对于《平凡的世界》的热爱并不是基于文学的理由。如同笔者所引述的，普通读者对于《平凡的世界》的读后感频频出现的一个关

---

[1] 周昌义、小王：《从文坛是个屁开始、当年毁路遥》，载《西湖》2008年第1期。

[2] 据发表《平凡的世界》第一部的《花城》编辑回忆，“稿子先是被《当代》的一位编辑‘毙’了，又辗转于几个编辑部，后来才被《花城》采用”。范汉生口述、申霞艳整理编写：《风雨十年花城事·不懈的攀登》，载《花城》2009年第3期。

[3] 《中国当代文学史》《中国当代文学史教程》等文学史著作几乎完全忽略了《平凡的世界》，这已经成为近年来为路遥辩护的研究者指责文学史家的一个有力的“证据”。不过，对于这一现状，有的文学史家已经有所省察和调整，程光炜在《当代文学六十年》（《文艺争鸣》2009年第10期）中用以下这句话作为这篇“当代文学小史”的结尾：“他（指路遥，笔者注）的‘边缘化’实际告诉人们，迄今为止的‘后三十年’，当代文学其实还没有产生一部真正能够深刻概括这三十年中国社会最深刻变迁的大气的小说。”这个结尾意味深长，可以看出不满于“文学史”既定成规的学者，对于“当代文学”的另一种批评与期待。

[4] 相关代表性文章见李建军：《文学写作的诸问题——为纪念路遥逝世十周年而作》，载《南方文坛》2002年第6期；赵勇：《今天我们怎样怀念路遥》，载《山西文学》2008年第1期；杨庆祥：《路遥的自我意识和写作姿态——兼及1985年前后“文学场”的历史分析》，载《南方文坛》2007年第6期；贾平凹：《怀念路遥》，载《南方周末》2007年11月22日，等等。

键词是“奋斗”，“《平凡的世界》已经成了外省和外地青年的经典读本”[1]。路遥的读者群，有着较为明显的阶层分化，某种程度上，《平凡的世界》对于底层读者提供了一种超越阶级限定的想象性的满足。对于《平凡的世界》这种“读者接受”的方式，笔者称其为“励志型”读法。

《平凡的世界》广泛传播所触及的“真问题”正在于此，正是在这种“励志型”读法的作用下，《平凡的世界》在学界长久的忽视之外，依然保持着特殊的“经典地位”，以及作为“长销书”典范的巨大销量。然而，这种被视为“自然”的“读法”，高度关联着1990年代以来的历史语境：市场丛林法则、城乡二元对立、贫富差距剧烈、社会福利缺失、资源高度集中、利益集团僵化——底层的“流动”越来越艰巨，越来越依赖于“超强度劳动”，“精神”的力量因此被不断强化。在这个意义上，“励志型”读法可以被视作“90年代”的一个发明，以“心若在，梦就在”之类修辞方式，将社会结构的问题转化为精神世界的问题。只要社会结构没有发生根本性地转变，《平凡的世界》就会一直“长销”。

真切地理解路遥，必须意识到，无论是路遥面向时代写作的文本自身，或是作为社会症候的“路遥现象”，都是高度嵌入在1980年代以来的社会历史进程之中。当下重读《平凡的世

[1] 周昌义、小王：《从文坛是个屁开始、当年毁路遥》。

界》，不仅仅要在“新批评”的意义上细读文本，而且要重视对于《平凡的世界》的读法的“再解读”；或者直接地说，不能仅仅将《平凡的世界》看作一部封闭的“经典名著”，而是应在“改革开放四十年”的历史视野中予以把握——无论是作家的“写什么”与“怎么写”，或是读者的“读什么”与“怎么读”，都是与“历史”密切互动，联系着“改革”这个关键词。正如罗岗所分析的 :“虽然需要在‘终极意义’上将‘文学’放入‘社会历史’语境之中，但‘文学文本’与‘社会历史语境’之间却是繁复多样、灵活开放的‘多重决定’的关系 : 一方面，社会历史不单只在内容层面上进入文学文本，更重要的是它必须转化为文学文本的内在肌理，成为‘形式化’了的‘内容’；另一方面，文学在文本层面上对‘巨大的社会历史内容’的把握，同样不能是‘反映论’式的，而是想象性地建构新的社会历史图景，把文本外的世界转化为文本内的‘有意味’的‘形式’。”[1]从这样一种“形式”与“内容”，或者说“文学”与“历史”的辩证关系入手，笔者尝试重读《平凡的世界》。

从“励志型”读法反顾《平凡的世界》，理解这部作品的关键在于如何理解孙少平们的“劳动”——不能被轻易替换成以承认既定的社会结构为前提的“奋斗”。1990年代以来的“励志

[1] 罗岗 :《“读什么”与“怎么读”——试论“重返80年代”与“当代中国文学60年”之一》，载《文艺争鸣》2009年第8期。

型”读法，一个严重的缺陷，就是回避了劳动主体之外的政治经济关系，对于“劳动”持有一种偏狭的理解:“劳动”被理解为嵌入固定经济结构之中的“工作”，孙少平们的“奋斗精神”被想象成“个人奋斗”式的自我实现。某种程度上，孙少平被读成了来自黄土高原的“外省青年”，只不过是一个没有堕落的“拉斯蒂涅”。

然而，孙少平绝对不是“拉斯蒂涅”的延续。一个明显的差异是，孙少平从来没有尝试以“爱情”作为超越“阶级出身”的手段，换句话说，孙少平拒绝在婚姻市场上将自己的情感与身体资本化。将一切可以出卖的与不可以出卖的推向“市场”，是“漫长的19世纪”的“价值规律”，鲍赛昂子爵夫人对于拉斯蒂涅的教育痛快干脆，“你越没有心肝，就越高升得快”。但是和站在高老头的墓穴前埋葬了自己最后一滴眼泪的拉斯蒂涅不同，面对更好的机会，省委副书记女儿的爱情，孙少平更看重的，不是寄生虫（无论是家庭或是体制的庇护）的虚荣，而是劳动者的尊严——他是一个“用双手创造生活的劳动者”，如同叙述人就此感慨的:“如何对待劳动，这是人生最基本的课题。”[1]甚至于，他宁可蹲在黄原城的东关大桥头当个揽工汉，或者在铜城大牙湾煤矿地下一百米的掌子面上挖煤，也不会考虑借助田晓霞的关系，实现自己的“成功”。“哪怕比当农民更苦，

[1] 路遥:《平凡的世界》（第三部），人民文学出版社，2005，第52页。

只要他像一个男子汉那样去生活一生，他就心满意足了。无论是幸福还是苦难，无论是光荣还是屈辱，让他自己来遭遇和承受吧！他向往的正是这一点。”[1]和当下的外省青年相比，孙少平来自另一个世界，来自我们这个丧失记忆的时代深处。

## 二、“劳动”的双重面向

理解孙少平，必须回到1980年代“改革”的历史语境。“改革”对于“劳动”合法性的承认（比如作为“改革”的“起源性神话”，主流意识形态对于小岗村的叙述[2]），题中应有之义，在于历史主体的“解放”。孙少平们的“劳动”，必然包含两个面向：改造“个人”与改造“世界”。换句话说，“改革”所召唤的“新人”与“新世界”是在互动关系中不断形成的。“劳动”作为历史实践在改造着劳动主体的同时，也在改造外在世界。进一步说，在“改革”肇始阶段不乏天真的想象中，改造世界也许更为重要，人民群众的创造精神一直存在，只不过是被“落后的生产关系”所束缚住了。在这个意义上，“改革”首先是针对旧的“生产关系”的“革命”：“确实是一场新的大革命。我们革命的目的就是解放生产力，发展生产力。离开了

[1] 路遥：《平凡的世界》（第二部），人民文学出版社，2005，第90页。

[2] 有意味的是，“改革”不断征引“小岗村”论证自己的“合法性”，在笔者写作同时，关于“小岗村”的争论再次成为热点话题，《小岗村的故事》等作品出版，聚焦“中国改革第一村”的没落。

生产力的发展、国家的富强、人民生活的改善，革命就是空的。我们反对旧社会、旧制度，就是因为它是压迫人民的，是束缚社会生产力发展的。这个问题现在是比较清楚了。过去‘四人帮’提出宁要贫穷的社会主义，也不要富裕的资本主义，那是荒谬的。”[1]甚至于，“什么是中国最大的政治？四个现代化就是中国最大的政治”[2]，“经济工作是当前最大的政治，经济问题是压倒一切的政治问题”[3]。

由此，在“改革”的语境中，以“解放思想”的方式改造“个人”，以“体制改革”的方式改造“世界”，“改革”所展开的“新世界”，充满着巨大的可能性。一切坚固的东西都烟消云散了，正是基于这种开放的可能性，故而要“摸着石头过河”，故而“实践是检验真理的唯一标准”。这是呼唤着孙少平与孙少安们的“大时代”，这是中国历史上最为激动人心的时刻之一。“80年代”如此让人念念不忘的不是结果，而是承诺。

正是在这个意义上，《平凡的世界》不仅仅关注孙少安、孙少平的命运，也浓墨重彩地描写作为“改革派”的田福军们。一些研究者也注意到了这一点，但囿于“纯文学”的限定，将其理解为“败笔”，“笔者感到纳闷的是路遥为什么一定要在小

---

[1] 邓小平：《社会主义也可以搞市场经济》（一九七九年十一月二十六日），《邓小平文选》第二卷，人民出版社，1994，第231页。

[2] 同上，第234页。

[3] 邓小平：《关于经济工作的几点意见》（一九七九年十月四日），《邓小平文选》第二卷，第194页。

说中出现这些中央、省地级干部呢？为什么给他们那么多的篇幅？就这部小说来说，这些情节完全可以删除，不但不影响小说的艺术价值，反而会加强其艺术水平”[1]，“而像乔伯年、田福军这样的‘正面人物’，则几乎完全出于作者的想象，显得苍白而无力”[2]。如果不在“改革”的语境中重读《平凡的世界》，而是仅仅谈论“艺术”，田福军之类人物似乎没有必要。然而，这是路遥所理解的文学的必然性，除非不写，如果写了“孙少平”，必然要写“田福军”。作为“最关心、思考得最多”的是“自己的工作如何和我们的社会改革相适应”[3]（对路遥而言，这绝对不是敷衍之辞）的作家，这种“必然性”粗粝沉重，不是“精致的瓮”所能承担的。“改革”的一个关键点就是“自上而下”，离开“改革派”的呼应，难以想象孙少平一家乃至双水村命运的巨变。换句话说，《平凡的世界》可以也应当被读成“双主人公”：田福军与孙少平所形成的共同体对于“改革”的承担。

然而，孙少平被解放出来的“劳动”的历史实践所包含的“改变世界”的面向，不断地被弱化。在《平凡的世界》中，这还是一种暗示甚或寓言，进入“90年代”以来，这一点成为坚

[1] 杨光祖：《论路遥〈平凡的世界〉中的创作误区与文化心态》，载《社科纵横》2005年第6期。

[2] 李建军：《文学写作的诸问题——为纪念路遥逝世十周年而作》，载《南方文坛》2002年第6期。

[3] 路遥：《答〈延河〉编辑部问》，李建军编《路遥十五年祭》，新世界出版社，2007，第288页。

硬的现实。在这里，先不必检讨1990年代以来一系列社会结构的调整，就以《平凡的世界》出发反思“80年代”，一个致命的问题是，“田福军”和“孙少平”缺乏有效的关联方式。小说中两者的联系，仅仅是通过田晓霞的“爱情”，这种“爱情”又是高度去阶级化的，更近似一个空洞的能指。对于田福军而言，孙少平的存在，依赖的是虚拟的想象性，而且是通过热恋中的女儿难免带有虚幻、夸张色彩的“转述”：“我从晓霞的日记中知道了你。”[1]饶有意味的是，他把田晓霞的日记——作为“遗物”——比较罕见地以一分为二的方式处理：“她留给我们的主要纪念就是十几本日记。这三本是记述你们之间感情的，就由你去保存。”[2]在似乎体贴、关心孙少平内心创痛的同时，这也是失去女儿的父亲对于外在于这个家庭的异质性因素的排斥，毕竟，孙少平始终是“局外人”，田福军对于彼此的界限，至少在潜意识的层面非常清醒（作为省委副书记，公开表达当然是一种“政治不正确”）。某种程度上，凭借田晓霞的关联，田福军（“改革派”）曾经是孙少平（“改革之子”）“假想的父亲”，但这种饶有意味的“父子”关系非常脆弱，随着田晓霞之死而彻底完结。

“旧世界”向“新世界”的“过渡”，总是生气勃勃的，充满着无穷的可能性；遗憾的是，当田福军凭借着对于“家庭联产承包责任制”等的推动，由县革委副主任、地区行政公署专

[1] 路遥：《平凡的世界》（第三部），第249页。

[2] 同上。

员、地委书记到省委副书记兼省会市委书记时，“改革”的伟大承诺所释放的“可能性”逐渐地“体制化”。蓦然站在历史舞台上的孙少平们，从“旧世界”中挣脱出来，却发现无处可去——“新世界”诞生的同时，已然在不断封闭。在《平凡的世界》中，典型的表现是“身份”越来越“敏感”，以及由此派生出一系列差异。比较少安（乡镇企业）、少平（民工/矿工）、兰香（考上大学）三种自我实现的方式，同样受“改革”所催发，唯一谈得上有光明前景的，恰恰是最“体制化”的兰香，少安、少平的命运始终处于阴影中。小说结束于1985年，尽管路遥无法预见未来，但已经有不祥的暗示：少安的砖场在历经坎坷后渡过危机，然而妻子秀莲得了肺癌；少平在井下救人，被一块“大矸石”毁容，“那道可怕的伤疤从额头的发楞起斜劈过右眼角，一直拉过颧骨直至脸颊”[1]。1990年代乡镇企业倒闭、矿难频发等现实，更加印证了少安、少平们的未来。

一个带有悲剧色彩的象征是，《平凡的世界》结尾处，毁容的孙少平重返矿山之前：“在下午剩下的最后一点时光里，他还到新华书店买了几本书。其中他最喜欢的一本书是《一些原材料对人类未来的影响》。”[2]这是非常富于“80年代”意味的场景：一个煤矿工人，心怀“人类未来”，把自己的工作（生产“原材料”）与宏大的历史远景自觉地相结合。

[1] 路遥：《平凡的世界》（第三部），第420页。

[2] 同上，第421页。

然而,《一些原材料对人类未来的影响》极有可能是一本不存在的书。笔者通过国家图书馆的搜索系统，查询不到该书的任何信息。饶有意味的是，这并非是路遥的“杜撰”，笔者在1988年第1期的《读者》上，查到了这一书名的出处——来自《撒切尔夫人大选前的一天》一文,《一些原材料对人类未来的影响》出自该文最后一段：

> 20点30分
>
> 回私人住宅。由于她那令人敬仰的家里既没有厨师，又没有侍者，所以撒切尔夫人要自己动手做晚饭。她用的是冷冻的肉和豌豆胡萝卜罐头，从不用餐后甜点。
>
> 首相的饭量很小，因为她时时都注意着自己的线条。在丈夫德尼·撒切尔看电视连续剧的时候，她在烟雾中放上一张玛莱的唱片，在长条沙发上一靠便又工作起来。
>
> 她在闹钟敲响12下时才睡觉。这天晚上，她睡前看的书是《一些原材料对人类未来的影响》。

这篇臆想着撒切尔夫人日程安排的文章，带有明显地“读者腔”，一厢情愿地幻想一个既有“情调”又有“格调”的“铁娘子”（撒切尔夫人于1987年6月连任首相),《一些原材料对人类未来的影响》原本是英国首相的睡前读物。这篇文章在《读者》

上刊出的同时，路遥正在写作《平凡的世界》第三部，允许笔者大胆推测，路遥当时读到了这一期的《读者》，之后借用了这本《一些原材料对人类未来的影响》——有意味的是，刚刚从农民转为矿工的孙少平和“新自由主义”的世界领袖因此分享着同样的“知识”。然而，这种“普遍性”的“科学知识”背后，是对世界全然不同的规划。孙少平以为自己在原材料面前能够保持劳动主体的地位，他不会想到，伴随着“80年代”的终结，这个国家最大的优势就是“廉价劳动力”，这才是真正取之不竭的“原材料”。矿工这类“劳动力”，沦落到连原材料也不如的附属地位，其价值将由挖出多少煤来计算；双水村的后代们，将被“看不见的手”驱赶到矿井中，生产出“带血的煤”。这是历史一个残酷的玩笑。[1]

从“劳动”入手，“劳动者”到“劳动力”的转移，可以视为“80年代”到“90年代”的转移。由此，“劳动”丧失了对于“世界”的能动性，“改造世界”的面向越来越弱，“改造个人”的面向越来越强，“劳动者”的“劳动”被深深嵌入到不断固化的政治经济关系之中，变成不及物的生存手段，以及充满幻觉的改变“阶层”地位的合法化方式。在这个意义上，“劳动”被改写成

---

[1] 在笔者写作的同时，黑龙江鹤岗矿难爆发，108人死亡。在《南方周末》（2009年11月26日）关于黑龙江鹤岗矿难的报道中，矿工们说：“我们虽说是国有矿，也算国家职工，但都是计件工资，没有保底，按照每掘进一米给几十块钱，瓦检员平时险情都是瞎咋唬，一来就撵人，问题是矿上才不管你啥原因干得少了，你干多少米就给多少钱。”

“工作”，“劳动者”被改写成“劳动力”，“世界”的问题成为“个人”的问题，社会结构的问题成为精神世界的问题。[1]如同马克思的论断，在“异化”的劳动关系中，“劳动生产的不仅是商品，它生产作为商品的劳动自身和工人”，“工人在这两方面成为自己的对象的奴隶：首先，他得到劳动的对象，也就是得到工作；其次，他得到生存资料。因此，他首先是作为工人，其次是作为肉体的主体，才能够生存。这种奴隶状态的顶点就是：他只有作为工人才能维持自己作为肉体的主体，并且只有作为肉体的主人才能是工人”。[2]当“改变自己、适应环境”成为这个时代的座右铭时，孙少平乃至于《平凡的世界》是“80年代”残留的神话，在“改革”肇始阶段的含糊、犹疑、未完成中，封存着复杂的面向。[3]

## 三、《平凡的世界》与“改革文学”

对于《平凡的世界》的重读，值得我们再一次反思“文学”

[1] 比如著名的“邓玉娇案”，案发之后立刻出现的叙述是邓的“精神有问题”。

[2] ［德］卡尔·马克思：《1844年经济学哲学手稿》，中共中央马克思恩格斯列宁斯大林著作编译局编，人民出版社，2000，第51、53页。

[3] 有的读者表示要“感谢路遥！”，通过阅读《平凡的世界》，认识到了自己往日的“抱怨”是有问题的，应该“主动适应环境”：“可是我呢？仅仅因为现实与自己的志趣不完全相符就忘了人生的责任，总是抱怨周围的一切而不去主动适应环境，甚至连自己曾经为之奋斗了十年的学业也开始怀疑和动摇。”参见杨殊：《〈平凡的世界〉和我》，李建军编《路遥十五年祭》，第258页。需要补充的是，当下大量的书籍与电视节目在指点白领如何更有效率地“工作”，比如在睡眠不足的情况下如何提高睡眠质量，“适应环境”已经荒唐到挑战生理规律的地步，对于能否降低工作强度的讨论，却付之阙如。

与“改革”的关系，或者进一步说，反思一个似乎已经过时了的话题:“文学”如何反映“时代”。笔者上文所讨论的《平凡的世界》所牵扯的“改革”的复杂性，简要概括地话，大致可分为：第一，《平凡的世界》对于“改革”的叙述，包含着“改革”别样的可能性；第二，《平凡的世界》所叙述的“改革”，本身就暗示着1990年代以来“改革”的走向。以上两点似乎彼此矛盾，但是这种“混乱”，恰恰对应着“改革”肇始阶段的多重面向，小说中所折射的矛盾状态，反而弥足珍贵。对于“重返1980年代”而言，其关键在于激活曾经存在过的“可能性”，激活“文学”的同时，更是激活“改革”——在“文学”的意义上激活“改革”，意味着激活对于“改革”的“想象”。在这个意义上的文学，笔者认为是真正的“改革文学”。

由此，路遥的问题成为一个“文学史”问题。众所周知，在当代文学的历史叙述中，“改革文学”已经是一个历史名词，其内涵与外延相对确定，所指代的作品如蒋子龙的《乔厂长上任记》、柯云路的《新星》等。有意思的是，尽管路遥有非常明确的自我期许，“全景式反映中国近十年间城乡社会生活的巨大历史性变迁”[1]，但是《平凡的世界》从不被认为是“改革文学”，直到今天，依然处于“尴尬”的无名状态。

在笔者看来，《平凡的世界》当然是“改革文学”，但不是

[1] 路遥:《早晨从中午开始——〈平凡的世界〉创作随笔》，李建军编《路遥十五年祭》，第302页。

当代文学史教材中的“改革文学”，那个作为“常识”的“伤痕——反思——改革——寻根——先锋”意义上的“改革文学”。一方面是因为“改革文学”自身的局限，比如对于改革的“数目字”理解，将“改革”理解为经济改革[1]；以及对于“改革派”的过分重视[2]，忽视了普通人的情感与命运[3]。因此，“改革文学”只能不断生产出《乔厂长上任记》《三千万》这类“大厂”的“英雄传奇”，或者认同“改革派”特权的《新星》等。[4]另一方面，是因为1980年代中后期的“先锋文学”提供了取代“现实主义”的文学方案，并且得到了文学场域的认同。相较而言，1980年代前期的“改革文学”甘于成为“改革”的“内容”的一部分，而不是赋予“改革”以“形式”。“先锋文学”体

[1] 有必要重温一下《乔厂长上任记》的第一句话：“时间和数字是冷酷无情的，象两条鞭子，悬在我们的背上。”参见蒋子龙：《乔厂长上任记》，载《人民文学》1979年第7期。

[2] 当时已经有批评家指出了“改革文学”这一缺陷，“自乔厂长上任以来，赵厂长、钱厂长、孙厂长、李厂长纷纷上任，使人们对改革文学形成了一种心理定势：改革文学就是改革者文学。……改革文学可以包括改革者文学，但绝不仅限于改革者文学。……把视线投向这些改革所带来的社会生活各个方面的变化，它们或迟或早或深或浅地引起人们的生活习惯、行为准则、价值观念、伦理尺度等等的变化，这也是改革文学，而且是更深层次上的改革文学”。参见金健人：《“改革文学”的改革》，载《文艺理论研究》1988年第2期。

[3] 相比较而言，《平凡的世界》因其“平凡”，所以伟大。路遥的朋友曾回忆：“路遥告诉我，改革开放存在着这样那样的问题，想写城乡普通劳动者的命运，书名暂定为‘普通人’。说着，路遥随手从桌案上拿起‘延河’编辑部信纸递给我一本。我看到桌案上还有已经写好的4本。我当时并不知道，这就是后来的《平凡的世界》第一稿。”参见李宝成：《路遥：〈平凡的世界〉背后故事》，载《新西部》2008年第2—3期。

[4] 对于“李向南”的“特权”的分析，可参见杨庆祥：《〈新星〉与“体制内”改革叙事——兼及对“改革文学”的反思》，载《南方文坛》2008年第5期。

认到了这一点，但其试图实现“形式”的“独立”的方式是回避“内容”，以退却的方式保持自己的自洽，殊不知没有经过与“内容”顽强的“搏斗”，“形式”本身也就无所谓存在。如竹内好指出的：“文学对政治的无力，是由于文学自身异化了政治，并通过与政治的交锋才如此的。游离政治的，不是文学。文学在政治中找见自己的影子，又把这影子破却在政治里，换句话说，就是自觉到无力——文学走完这一过程，才成为文学。”[1]某种程度上，“先锋文学”同样是“时代”的反映，只不过是另外一种“形式”，尽管“先锋文学”一贯的伪装手法是将“形式”叙述成“内容”—— 一个补充是，和“先锋文学”相对立的是近年来出现的“底层文学”，底层文学尝试对社会结构做总体性地批判，但是这种“激情”由于回避了复杂性，缺乏真正的力量，容易沦为一种姿态，而且是一种容易上瘾的概念化的姿态。

重新打量“改革”这四十年来的文学进程，粗略地概括的话，就是“先锋文学”取代“改革文学”的过程，或者“现代主义”超越“现实主义”的过程（这两个过程并非完全等同，但是在很大程度上互相重合）。这未必是文学自身的发展规律（和天体物理或生物科学差异如此之大的文学，是否也有“规律”存在？），反而可能是借助了非文学的力量（是否是与1990年代以来的社会进程“同谋”的结果？）；这未必是文学的胜利

[1] ［日］竹内好：《近代的超克》，孙歌译，生活·读书·新知三联书店，2005，第134页。

（文学“纯粹”到了与普通读者无关，或者堕落为消费读物或职场指南），反而可能是文学的失败（直率一点讲，当下的“文学”既不“美”，也没有力量）。

在这个意义上，“改革文学”可能是四十年来最不该被遗忘的文学运动。然而，就算我们不无天真地打破历史的框架，以《平凡的世界》来代表1980年代“改革文学”的成就，依然不能让人满意。狄更斯、雨果、巴尔扎克、托尔斯泰在各自的“大时代”完成了永恒的杰作（他们的作品赋予伟大的时代以伟大的形式，这才是真正意义上的“纯文学”），四十年来，我们却还没有找到属于“改革”这个人类历史上又一个“大时代”的大作家。非常遗憾，尽管笔者很看重《平凡的世界》，但不得不说，《平凡的世界》无法承担这个使命。

如果要下个定论，《平凡的世界》还是失败了，只不过是作为“改革文学”一次伟大的失败。《平凡的世界》失败在对于文本中无法缝合的罅隙，即“新世界”不断展开的同时不断的“体制化”，路遥只能用“浪漫主义”的方法予以回避（这种廉价的处理方式注定《平凡的世界》无法跻身伟大作品的行列），往往落实在“超阶级”的爱情上，即用爱情的“魔力”超越“身份”的巨大鸿沟：孙少平/田晓霞，孙兰香/吴仲平（兰香大学同学，省委常务副书记吴斌之子），等等。

田晓霞不得不死，并不奇怪。小说中那场莫名其妙的洪水，唯一的目的就是淹死这个麻烦的女人。如何处理这种对于阶级结构的僭越，路遥没有办法回答。或者，就是既真实又伪饰地（两者并不矛盾）告诉大家“真相”，且看另一对孙兰香/吴仲平是怎么克服这种障碍的，小说中用了一章描写兰香去吴家作客之前，对方父母对“农村人”的“不乐意”：

> 老伴在中午下班前一个小时就回来了。
>
> 她安排保姆去准备晚上的饭菜后，就又和他嘟嘟开了：“农村人！哼，我们家将有个农村来的儿媳妇！”
>
> “农村人怎？我也是农村出身！”吴斌反驳道。
>
> “卫生习惯，智力……”
>
> “你连面也没见，就知道人家不讲卫生？至于智力，她考入那个大学就说明她肯定超过了管理档案的水平！”吴斌不由讥讽地对老伴说。[1]

不要误会，不是作为省委常务副书记的吴斌有更高的思想境界，除了做个姿态外，他的想法，和老伴似乎并无不同：“他一开始也不乐意。按他们老两口的意思，仲平将来应该和高维山的女儿高敏结婚。维山是市上的副市长，他们两家是多年的老朋友了；而维山的父亲高步杰又是中纪委常委，熟识许多中央领导，这门亲事很理想。维山的女儿高敏是省美院油画系学

[1] 路遥：《平凡的世界》（第三部），第294页。

生，漂亮、聪敏、又懂事；她早就看上了仲平，但仲平却连一点兴趣也没，结果找了个农村姑娘！”[1]幸好，经过“大学”的锻造，兰香“没一点农村人味道”：

> 五点多钟，仲平终于和他的女朋友回到了家里。吴斌和老伴一见儿子带回来的是这么个潇洒漂亮姑娘，而且言谈举止没一点农村人味道，高兴得不知如何是好。仲平他妈一改过去的态度，很快喜欢上了这个未来的儿媳妇。吃饭的时候，她坐在兰香身边，不断给她往小碗里夹菜……[2]

这次见面至少包含着三个层面的冲突：城/乡、官/民、男/女。有意味的是，以后者对前者的认同而和谐，兰香在不无伪饰色彩的抵抗后（比如宣布不坐“单位的小车”，作者在此特意宣布，“最后，像通常一样，男人屈服了女人”[3]，以此来证明兰香的主体性），在根本上还是以“他者”的标准“改造”自己，尽管这种“改造”的过程是未必自省的。[4]这正是“成功”的兰香和

[1] 路遥：《平凡的世界》（第三部），第293页。

[2] 同上，第300页。

[3] 同上，第292页。

[4] 有意味的是，“穷男富女”的模式都不得善终，女主角往往在草率的设计中“意外”死亡。但“穷女富男”的模式是可能的，“男/女”与“穷/富”的权力结构“同一”的时候，权力架构才是和谐的。

“失败”的孙少平的关键区别。小说中有一段值得精读，从煤矿到省城看望兰香的少平，感到“似乎都不认识她了”：“这就是他那个吊着泪珠、提着小筐筐拾柴火的妹妹吗？他似乎都不认识她了。不知为什么，他感到眼窝有点发热。他为妹妹的成长感到欣慰。她也许是家族中的第一个真正脱离老土壤的人。”[1]尽管城里的妹妹和朋友们热情地招待少平，但是少平的感觉很独特：

> 欢乐的歌声随着小船在碧绿的湖水中流泻。兰香、金秀、顾养民、吴仲平，都象孩子一般沉醉在歌声中，脸上挂着灿烂的笑容。
>
> 可是，孙少平的眼睛却潮湿起来。他透过朦胧的泪眼，看见远方地层深处的一片黑暗中，煤溜子在转动，钢梁铁柱在地压下弯曲颤抖，淌着汗水的光膀子在晃动……[2]

少平的执拗就在这里，他和“黄土地”有一种悲剧性的关联。他始终不肯被驯服，不懂得放弃“落后”的来与“先进”的“接轨”。在少平与兰香这种深刻的差异性之间，本来可能产生爆破性的张力。但是非常遗憾，路遥害怕自己发现的问题，他可能是被自己的作品吓到了，其解决办法是用大量装饰性的语言将问题滑过去。并不奇怪，我们在《平凡的世界》中往往要遭遇这类

[1] 路遥：《平凡的世界》（第三部），第142页。
[2] 同上，第144页。

杰出与拙劣奇妙地混杂在一起的句子，比如著名的结尾：

> 他在矿部前下了车，抬头望了望高耸的选煤楼、雄伟的矸石山和黑油油的煤堆，眼里忍不住涌满了泪水。温暖的季风吹过了绿黄相间的山野；蓝天上，是太阳永恒的微笑。
>
> 他依稀听见一支用口哨吹出的充满活力的歌在耳边回响。这是赞美青春和生命的歌。
>
> 他上了二级平台，沿着铁路线急速地向东走去。他远远地看见，头上包着红纱巾的惠英，胸前飘着红领巾的明明，以及脖项里响着铜铃铛的小狗，正向他飞奔而来……

如果没有“蓝天”“太阳”“永恒”“青春”“生命”这些腐烂的词汇，这个结尾能更加动人。必须强调，路遥不是写得“不好”[1]，而是写得“不准确”[2]，由于无法“准确”，只能用装饰性的词汇滑过这个问题。[3]他不能恰如其分地解释面对的时代，使艺术世界中的万物如其所是。

路遥的失败，展现了文学的困境以及宰制文学的“改革”

---

[1] 很多研究者认为路遥艺术水准最高的作品是《人生》，从《人生》到《平凡的世界》，路遥的水平下降了，这种看法有些简单。笔者同意单纯在语言、结构意义上《人生》更胜一筹，但是两部作品所面对的“难度”并不相同。

[2] 这一观点受到倪文尖老师启发，倪老师通过讲解伊格尔顿的文论思想，对于“好”与“准确”有精彩论述。

[3] 最极端的体现就是笔者上面引用的少平和兰香她们游园的一节，路遥是这么形容的：“阳光灿烂，湖水碧澄；岸柳婀娜，花朵绚丽。”

的困境。《平凡的世界》提示我们："文学"如何回应"时代"，或者说"改革"相对应的，是怎样的"改革文学"。如何将"改革"准确地"文学化"，赋予"改革"四十年来的"内容"以"形式"，是摆在所有对于文学依旧存有希望、始终不放弃雄心与抱负的作家与批评家面前的最重大的问题。如果我们的文学没有对于"另一种可能性"的不屈不挠的尝试，而仅仅是甘心成为特定的政治经济关系的一部分，"无能的力量如何可能"[1]？在这个意义上，特雷·伊格尔顿所范导的"革命批评"非常重要，"其目标是使文学研究最终致力于实际的社会问题而非单纯的文本知识"[2]。毕竟，对于不断延展的"改革"的世界而言，有必要再次重温马克思的名言："哲学家只是用不同的方式解释世界，而问题在于改变世界。"[3]

[1] 借用蔡翔、罗岗、倪文尖"三人谈"的提法，参见《"文学的这三十年"三人谈》。

[2] 伍晓明：《中译本新版本前言》，[英]特雷·伊格尔顿：《二十世纪西方文学理论》，伍晓明译，北京大学出版社，2007，第1页。

[3] [德]卡尔·马克思：《关于费尔巴哈的提纲》，中共中央马克思恩格斯列宁斯大林著作编译局编《马克思恩格斯选集》(第一卷)，人民出版社，1972，第19页。

# 第三章
# 幻城中的小时代

# 第一节　没有差别的新美学

## 一、超越差别的“共同美”

1977年7月24日下午，时任中国社会科学院文学所所长的何其芳先生因心脏病在北京去世。据刘锡诚回忆，当时他正在《人民文学》编辑部讨论9月号的选题：“这样一个我所尊重的学者和前辈不幸逝世了，我想为他最后做一点事情。我打算在《人民文学》上发表他在最后的日子里写的回忆录。这是我唯一拥有的权力。我从他的夫人牟决鸣手里拿到了《历史研究》杂志为他打印的回忆录的讨论稿。”[1]

这份回忆录就是《毛泽东之歌》，据何其芳在文末交代，写于1976年12月7日至1977年1月23日。何其芳从1976年9月瞻仰毛主席遗容的场景开始回忆，回溯自己几十年来与毛主席的

---

[1] 刘锡诚：《在文坛边缘上——编辑手记》，河南大学出版社，2004，第14页。

亲身交往，从1938年初到延安第一次见到毛主席开始，结束于1961年初和毛主席讨论《不怕鬼的故事》的序言，全文近六万字，共十四节。《人民文学》具体刊用哪一节，是刘锡诚敲定的："在得到她和子女何凯歌等的同意后，选择了其中的第十二节和第十三节，题目就叫《毛泽东之歌》。"[1]

据时任《人民文学》主编张光年回忆，1977年8月5日收到了刘锡诚送来的何其芳遗稿。[2]就在前一天即8月4日，张光年同冯牧、葛洛等去八宝山参加何其芳遗体告别会。何其芳的《毛泽东之歌》，被安排刊于《人民文学》1977年9月号，1977年9月20日出版。这一期正逢毛主席去世一周年，大约一百页的刊物，除了卷首发表叶剑英的诗《攻关》、前面十五页发表《热烈欢呼党的十一大胜利召开》专辑之外，其余全部和毛主席有关，分为两个专辑：《深切怀念我们伟大的领袖和导师毛主席》和《高举和捍卫毛泽东文艺思想伟大红旗》。何其芳的《毛泽东之歌》被排在第二个专辑第二篇，在《人民文学》的编者看来，何其芳这篇文章不仅仅是对于毛主席的怀念，更是对于毛泽东的文艺思想有重要见解。

在发表《毛泽东之歌》这个节选之前，刘锡诚就预见到了该文的后果："文章发表后，不出所料，在文艺界和学术界引起了很强烈的反响，人们最为关注的，与我最初的直感一样，是

---

[1] 刘锡诚:《在文坛边缘上——编辑手记》，第14页。

[2] 张光年:《文坛回春纪事》，海天出版社，1998，第29页。

毛泽东关于共同美的意见。”[1]刘锡诚对于《毛泽东之歌》的编排，固然有真诚的纪念何其芳之意，但也是看重何其芳文中所转述的毛泽东对于“共同美”的支持态度，而这种立场与1950年代美学大讨论以来的主流观点乃至于延安文艺座谈会讲话的看法都迥然有别。这一期的《人民文学》纪念毛主席的其余文章都没有太大的反响，但唯独何其芳这篇遗稿一石激起千层浪，正在于该文表面上是从“共同美”的角度“高举和捍卫”毛泽东文艺思想，实质上是对于毛泽东文艺思想的创造性转化。

“共同美”出自何其芳回忆毛泽东的一段话：

> 最后，毛主席谈了一个很重要的理论问题，美学问题。他说：
>
> 各个阶级有各个阶级的美。
>
> 也是上次那位插话几次的同志说：
>
> 问题在于也有一些相同的。
>
> 毛主席像是回答他的问题，也像是发表他思考的结果似地说：
>
> 各个阶级有各个阶级的美。各个阶级也有共同的美。“口之于味，有同嗜焉。”
>
> 这两次听毛主席谈话，我都感到讲了许多很重要的问

---

[1] 刘锡诚:《在文坛边缘上——编辑手记》，第17页。

题，但因为不是在正式的会议上，我都没有当场做笔记，而是准备回来追记，但毛主席讲了这段关于美的问题的话，我却忍不住从口袋里掏出笔记本来记上了。[1]

刘锡诚知道这段话非同小可："因涉及对毛泽东的回忆和毛泽东的原话，我请示刘剑青和张光年，得到他们同意后，便把校样送给国家出版局的局长王匡审批。"[2]王匡在9月1日批复可以发表，二十天后《人民文学》9月号正式出版。

新时期的"美学热"正是根源于此。1978年第一期的《复旦学报》（复刊第一期）刊发邱明正《试论"共同美"》。邱明正的长文将"共同美"的问题理论化，将"共同美"定义为"不同阶级的人们，甚至对立阶级的人们，对于同一审美对象，在一定条件下，可能产生相同或相近的审美感受，以及由此而得出相同或相近的审美评价。这就是所谓共同美"[3]。该文逐层论证"共同美"的存在：首先是非意识形态性的"自然美"，比如文中列举的桂林山水、黄山奇峰、庐山瀑布等等自然风光；其次是"社会意识形态之一的文艺现象"，对于这一论述的重点，该文强调"政治不等于艺术""艺术有它自身的特殊性"，这种论述框架隐含着将"艺术"与"政治"剥离，强调"美"的普遍

[1] 何其芳：《毛泽东之歌》，载《人民文学》1977年第9期。

[2] 刘锡诚：《在文坛边缘上——编辑手记》，第14页。

[3] 邱明正：《试论"共同美"》，载《复旦学报》1978年第1期。

性的、本质化的规律，这种思维方式和今天以“文学性”来理解“文学”很相近。

该文从思想内容与艺术形式两个方面，具体展开对于文艺现象中的“共同美”的分析。作者以工艺美术如竹器、漆器为例论证“形式美”的共同性：“如比例、平衡、匀称、节奏、和谐、整齐一律、多样统一等等。这种属于形式美的规律，本身是没有阶级性的。”[1]思想内容的层面是比较棘手的，作者整体上还是承认文艺的阶级性，谨慎地反对“共同的人性”，在此前提下论证思想内容层面的“共同美”在一定条件下是可能的：“不同阶级之间对于艺术的思想内容也有可能产生某种共同的美感。这种共同的美感不是被什么共同的人性决定的，而是被不同阶级之间在一定条件下利益的某些一致性决定的，是被文艺反映生活的特点和艺术鉴赏的特点决定的，是被文艺作品揭示生活的深度和广度所决定的。”[2]

在文章的最后一节，作者讨论了文艺的“共同美”与“阶级性”的关系，依然将文艺的阶级性视为普遍规律，而将共同美视为“相对的，局部的，有条件的”。最终给出一个调和的结论：“我们不能因承认有某些共同美而否定文艺的阶级性，走向唯心主义，陷入地主资产阶级人性论；也不能因坚持文艺的阶级性，而一概抹煞共同美的存在，否认无产阶级学习、继承、

[1] 邱明正：《试论“共同美”》。

[2] 同上。

借鉴其它阶级文艺的可能性，限制了无产阶级文艺改造其他阶级人们的巨大的社会作用，走向绝对化，形而上学。”[1]

由于始终强调“共同美之基础不是人性，而是利益”[2]，邱明正以及持有类似观点的论者依然没有真正进入“新时期”——尽管这种理论立场在当时已经招致抨击，比如《复旦学报》随即发表陈东冠等人商榷性的文章。真正将“共同美”的文化政治内涵点破的是朱光潜，朱光潜在《文艺研究》1979年第3期发表了著名的《关于人性、人道主义、人情味和共同美问题》一文，将“共同美”与普遍人性相勾连，而只有迈出了这一步，才是真正意义上的“新时期”的“美学”。朱光潜为“共同美”辩护，将美感视为“往往生理和心理交互影响的”[3]。表述虽有些含糊，但实则是将“共同美”建立在“人性”尤其是“社会—阶级”之外的“自然人性”的基础上。朱立元、张玉能在后继的《浅谈共同美的生理、心理基础》一文中，把朱光潜的潜台词说得更为明白，该文强调在“审美主体的内在方面”理解“共同美”，将“共同美”的基础立足在人类相同的生理与心理结构：“人类的生理结构是人类的心理结构的物质基础。既然人类的生理结构是相同的，那么人们的心理结构和心理活

[1] 邱明正：《试论“共同美”》。

[2] 同上。

[3] 朱光潜：《关于人性、人道主义、人情味和共同美问题》，载《文艺研究》1979年第3期。

动的规律也就必然有许多共同之处。美感作为一种复杂的心理过程，在一切正常人身上，也就必然体现出若干共同性。”[1]

朱光潜的文章正是将“人性”定义为“人类自然本性”，将古往今来的文学视为对于“人性”的表现。这实则是将“人性论”在1940年代之后再次反转为文艺理论的基础，朱光潜对此说得很直接：“我想不出一个伟大作家或理论家曾经否定过这两个基本信条，或否定过这两个信条的出发点‘人性论’。”[2]朱光潜这种对于“人性”的理解，必然与1940年代以来左翼文论中占据文化领导权地位的“阶级论”构成紧张的对话，朱光潜下文都在回应“阶级论”：“人性和阶级性的关系是共性与特殊性或全体与部分的关系。部分并不能代表或取消全体，肯定阶级性并不是否定人性。……凭阶级观点围起来的这种‘人性论’禁区是建筑在空虚中的，没有结实基础的。望人性论而生畏的作家们就必然要放弃对人性的深刻理解和忠实描绘，这样怎么能产生名副其实的文艺作品呢？”[3]

以朱光潜的文章为代表，“共同美”讨论踏出了“新时期美学”的第一步：“美”被回收到主观意识的世界。在1950年代的美学大讨论中，核心的争论就在于“美”是主观的还是客观

---

[1] 朱立元、张玉能：《浅谈共同美的生理、心理基础》，载《复旦学报》1981年第2期。

[2] 朱光潜：《关于人性、人道主义、人情味和共同美问题》。

[3] 同上。

的——由此划分出朱光潜倾向于主观的“物甲物乙说”、蔡仪倾向于客观的“客观典型说”和李泽厚强调客观性和社会性统一的“客观社会说”。1970年代末的这场“共同美”大讨论，应被视为1950年代美学大讨论的延续。在1950年代的环境中朱光潜的观点遭到蔡仪、李泽厚等学者的批评，比如李泽厚的看法：“没有那个外物和外物的那个属性，即使人类生理机能一致，也还根本不可能普遍必然地产生红的感觉。而美感和美的关系也就正是这样的。美是不依赖人类主观美感的存在而存在的，而美感却必须依赖美的存在才能存在。”[1]蔡仪、李泽厚等倾向于从客观层面理解“美”的逻辑，在姚文元介入美学大讨论后，这种逻辑变得激进化。从《照相馆里出美学》这篇文章开始，姚文元发表一系列美学文章，鼓吹“美”是由先进阶级的社会生活所决定：“美是人类社会生活中处于上升阶段的、推动历史前进的、欣欣向荣地向上发展着的新生事物的形象，是表现着、联系着健康地、正常地、欣欣向荣地向上发展着的生活的形象。”[2]在这种论述逻辑里“主观”被“客观”所决定，如果无法获得“美感”，可顺势推出主观世界不够“先进”，需要“改造”。

如果说在1950年代“美”的主观说遭到打压，比朱光潜更

[1] 李泽厚：《论美感、美和艺术（研究提纲）——兼论朱光潜的唯心主义美学思想》，载《哲学研究》1956年第5期。

[2] 姚文元：《论生活中的美与丑——美学笔记之一》，《新建设》编辑部编《美学问题讨论集》（第六集），作家出版社，1964，第108页。

为坚持“主观说”的吕莹、高尔泰甚至遭到批斗与劳改，那么在新时期的这场美学大讨论中，朱光潜被打压的美学观获得解放。朱光潜在1950年代就谈道：“美感在反映外物界的过程中，主观条件却起很大的甚至是决定性的作用。”[1]尽管进入1960年代之后朱光潜在美学上也有表态性的言论，但在进入新时期后朱光潜基本上回到自己20世纪四五十年代的美学立场，在《关于人性、人道主义、人情味和共同美问题》一文中朱光潜强调人道主义立场，他将人道主义视为人的本位主义，也即“人是衡量一切事物的标准”。由此反观朱光潜在1950年代提出的“物甲物乙说”，也即将美学的客观对象视为“物甲”，将“物甲”在人的主观世界中的形象称为“物乙”，这种对于“客观”的切割为人的主观世界预留了空间。有研究者准确地指出：“如果说朱光潜的美学话语呈现出一种‘分化’感知的取向，它从来就不是简单对于完整的认知过程的切分，而是先行确认了主体的独一性存在。也即‘分化’的不仅是经验，它最终生产出一种个体性/主体性。”[2]

将“人性”与“共同美”相勾连，朱光潜借由“共同美”确证了“人性”超阶级的存在，同时更是将超阶级的“人性”普遍化。在这个层面上的“美学”，从共同的人性出发，归于为共同

---

[1] 朱光潜：《美学怎样才能既是唯物的又是辩证的》，载《人民日报》1956年12月25日。

[2] 朱羽：《“社会主义”与“自然”——以1950、60年代中国的文艺实践和美学论争为中心》，华东师范大学博士论文，2011，第78页。

的人性辩护。和20世纪50至70年代占据文化领导权的“阶级美/阶级性”相比，“共同美”的讨论经由朱光潜的阐发给出了一组替代性的范畴:“共同美/普遍人性”。也正是从“共同美”开始，人道主义思潮正式在新时期滥觞开来。诚如蔡翔敏锐地发现，“共同美”是“新时期”这个“现代”故事最早的讲述。[1]

## 二、从美学的和解到阶级的和解

在罗岗看来，朱光潜将“共同美”与“人性论”勾连，试图建构的是“大和解”的可能性:“提出‘共同美’或‘共同美感’，对应着大规模疾风暴雨式的阶级斗争结束，工作重点转移到经济建设上来，因此社会在新的历史条件下需要某种‘共同性’,而把原来渗透到日常生活层面的‘斗争性’祛除掉。”[2]“大和解”不仅体现在文学与美学理论上，同样体现在新时期文学起源阶段的作品上，新时期文学概括而言承担着两种文化政治的功能：一种是愈合历史伤痕、谋求阶级和解，另一种是询唤改革时代的新人。触及“大和解”这一主题的作品，如陆文夫的小说《献身》，软弱的妻子在“文革”时抛弃了受迫害的科学家丈夫，“文革”结束后破镜重圆；又如蒋子龙的《乔厂长上

[1] 蔡翔、罗岗、倪文尖:《八十年代文学的神话与历史》，载《21世纪经济报道》2009年2月16日。

[2] 同上。

任记》，曾经的“造反派”郗望北和老干部乔光朴分享着类似的“技术—管理”路线；更不必说为“伤痕文学”命名的《伤痕》，小说“疗愈”历史伤痕的意图极为显豁。

在这一切作品中，最典型的是王润滋1981年发表于《人民文学》的短篇小说《内当家》，这篇小说获得了当年全国优秀短篇小说评选获奖作品第一名。在《内当家》之前的作品中，“大和解”尽管触及阶级冲突，但都是将阶级范畴转化为情感范畴予以解决。夫妻之间，母女之间，哪怕在《乔厂长上任记》的“造反派”与老干部之间，依然被转化为情感问题——郗望北冲击乔光朴，因为他误会乔光朴欺骗了他的阿姨童贞。然而《内当家》以一个“地主返乡”的故事，将阶级矛盾直接推到前台：曾经的地主刘金贵，“改革”之后作为“爱国华侨”回来了，想看看曾经的老宅子。而这老宅子在“土改”中被分给了刘金贵百般欺凌的长工锁成与丫头李秀兰，锁成与李秀兰此时已经是一对年过半百的夫妻。

《内当家》这种叙事结构的安排将“土改”的阶级想象与“新时期”的阶级想象并置，小说欲求解决的焦点，正在于如何调和两者的冲突。小说共分四节，第三节以“那是多年以前的事了”开始，借助李秀兰的回忆，以经典的阶级斗争叙事模式——年关、雪夜、冻僵的要饭小姑娘、好心的青年长工、自私残暴的地主——展现“那过去的仇恨”。在新时期的起源阶段，小说所面对的问题是，怎么消化“土改”这套叙事模式与情感结构并予以创造性转化？

无疑，“土改”与“新时期”两种情感结构的不协调堵在李秀兰心口，在小说中的一个象征就是“打井”，打井的故事伴随小说始终。李秀兰执拗地要在院子里打井，这不仅是对于所有权的确证，更是在象征层面上寻求两种情感结构的疏通之道。然而这种和解之路实在艰难，在小说开始的时刻，李秀兰一家就感受到莫可名状的危机：锁成多年来的爱好，听起来“心里清亮”的广播开始让他感到“烦透了”，他怀疑“这年头又该有钱有势的人打腰罗”。[1]

如果说“广播”所代表的“大气候”让李秀兰一家感到不安，那么县政府办公室孙主任的到来，直接加剧了这一危机。孙主任拉来了一车气派的家具，为刘金贵的返乡打前哨做准备，在孙主任眼中，李秀兰“朴素的阶级感情”不过是“旧有的农民意识”，孙主任念兹在兹的中心，完全是今天作为“招商引资”重要对象的“爱国华侨”刘金贵。李秀兰与孙主任爆发了激烈的言语冲突，孙主任“招商引资”的逻辑无法说服李秀兰，李秀兰在乎的是尊严政治：“过去穷，现在也没怎么富。可苦瓜甜果两样滋味！”[2]正是这场冲突,牵扯出李秀兰对于剥削与“土改”的回忆。

小说设计的说服李秀兰一家的方式，是请老支书出面。老支书的劝导包含三个层面：第一个层面是传达县委张书记对于

---

[1] 王润滋：《内当家》，载《人民文学》1981年第3期。

[2] 同上。

孙主任的批评，这无疑代表着更高层面“党的意志”的支持；第二个层面是将刘金贵含糊地纳入到政治正确的框架中，比如介绍说今天的刘金贵“走社会主义道”，但这在小说中没有任何佐证，完全是老支书的一厢情愿；同时老支书以刘金贵“是个中国人”来劝慰，这也过于含糊，抹杀了民族国家内部的阶级分野；第三个层面真正发挥了效用，老支书表示“土改”过去多少年了，刘金贵也有儿女“一辈传一辈”，不能“辈辈世世”被“踩在脚底下”，这种“人情味”的描述打动了李秀兰一家。李秀兰对此的回应是：“故土难离呀！走那年，有人见他还偷着抹泪呢！也可怜见的……”[1]

“人情味”是小说构建“大和解”的核心，作为政治的剩余物，“人情味”指向着一种去政治的日常生活。诚如有研究者指出的，《内当家》中的老支书是一个自然村落的村长形象[2]，老支书调动的不是政治资源，而是对于生活的共同记忆。当刘金贵最终与李秀兰见面时，李秀兰在“人情”的维度上将其视为一位有过共同生活的、家乡的老人，比如她回忆起刘金贵的口味，吩咐儿子去割肉包包子：“你骑车子上东庄割肉，不要那白肉膘子，要红肉枣儿，今儿晌午包发面包子，他爱吃这口儿。”[3]

---

[1] 王润滋：《内当家》。

[2] 林凌：《“大和解”是否可能？——从〈内当家〉到〈鲁班的子孙〉》，载《现代中文学刊》2010年第3期。

[3] 王润滋：《内当家》。

同时，她将刘金贵称呼为“他大伯”，擦干净刘金贵当年殴打她的水烟，“她用手抹去水烟袋上的泥尘，递到刘金贵眼前，朗声道：‘他大伯，屋里坐，锁成有好烟哩。’”[1]合乎逻辑，在此刻的李秀兰眼中，刘金贵就像一位瘦小与怯生的老人：

> 来了！在一群围观的孩子前面，颤巍巍地走来一个瘦小的老头。是他么，当年威风凛凛的东家？老成这个样子了！头秃得连白头发都没几根了，眉毛也差不多脱光了。嘴瘪得像个老太婆，脸上生满老人斑。他躬着腰，拄着拐杖腿脚磕磕绊绊的，很不灵便了。惹人眼的是，他左手还擎着支水烟袋，看样子刚抽过，锅子里还飘出一缕青烟。噢，多少年了，他保留着过去的嗜好……

在这个意义上，我们能理解小说为什么叫《内当家》，或者说为什么以李秀兰为中心人物。小说以女性人物出发，预留了情感空间以转化阶级冲突。李秀兰作为“内当家”的刚强，是依赖于“土改”政治所承诺的当家作主的支撑，还是天生的性格如此，小说对此处理得很含糊。可以确定的是，经由“人情味”的转化，内当家的性格也经历了“刚”与“柔”的转化，这种性格转化背后的政治转化，达致了阶级的和解。在“大和

[1] 王润滋：《内当家》。

解”的时刻，淤塞的情感结构浑然贯通，石硼炸裂，井水涌出：

> 刘金贵把瓢沿又放到嘴上，大口大口地喝着。只见浑浊的老泪夺眶而出，大串大串地落进水中，又咕咚咕咚吞进肚里去了……
>
> 内当家鼻子一酸，急忙把脸扭到一边……[1]

《内当家》这样的作品很好地解释了为什么朱光潜在《关于人性、人道主义、人情味和共同美问题》中将似乎没那么重要的“人情味”与人性、人道主义、共同美并列。左翼文论自延安以来一直面临着“人情味”的挑战，对此第二次文代会（1953）、第三次文代会（1960）的大会报告都批判了“人情味”，在对于胡风、冯雪峰、巴人等人的批判中，“人情味”也是“罪状”之一。比如周扬在第二次文代会上的报告：“同时我们也听到了一些这样的论调，说解放区的文艺作品是什么‘农民文艺’，说这些作品没有‘人情味’，没有‘情调’。说这些话的人实际上是瞧不起为工农兵的文艺的。他们的意见是不能代表人民群众的。”[2]又如茅盾在第三次文代会上的报告：“我们并不反对文艺作品要有人情味，我们反对的，是修正主义者所宣

[1] 王润滋：《内当家》。

[2] 周扬：《为创造更多的优秀的文学艺术作品而奋斗——一九五三年九月二十四日在中国文学艺术工作者第二次代表大会上的报告》，载《人民日报》1953年10月9日第3版。

扬的人情味；我们也不赞成‘为了人情味而人情味’的画蛇添足的作法。我们认为人情味是从属于思想情感的，不同阶级的人有对于不同的人情味的喜爱或厌恶、共鸣或抵触。我们的优秀的文艺作品都是充满了劳动人民的人情味的。”[1]在传统的左翼文论看来，“人情味”是一个内部高度分化的概念，对应的是阶级社会的社会差别。

在《内当家》这里，被共同的日常生活所界定的“人情味”，成为普遍人性的表征。问题在于，重复“土改”的方式在经济建设时期既然不可能，那么这种基于普遍人性的新的政治/文化形式，是否可以克服经济的不平等？如研究者指出的：“这样一种和解的期盼，在《内当家》中只是一种美好的愿望，和解只是发生在空想的层面，这样说是指，老地主归来以后的故事，《内当家》完全没有展开，老地主回来帮助发展经济，是否必然带回老地主在经济或者生产上的逻辑，以及随即可能出现的剥削、新的不平等的产生等诸多问题，我们不得而知。”[2]

毕竟，真正的“大和解”，依赖于有效的政治参与，而不是笼统的共同人性。《内当家》有过一个续篇《内当家之死》（作家卢万成，刊于《时代文学》1991年第4期），极为尖锐地展现

[1] 茅盾：《反映社会主义跃进的时代，推动社会主义时代的跃进（摘要）——中国文学艺术界联合会副主席、中国作家协会主席茅盾在全国文艺工作者代表大会上的报告》，载《人民日报》1960年7月25日第4版。

[2] 林凌：《“大和解”是否可能？——从〈内当家〉到〈鲁班的子孙〉》，载《现代中文学刊》2010年第3期。

出《内当家》所想象的“大和解”之不可能。小说开始于一个阴郁的、末世般的乡村场景：

> 天色向晚，日光极弱。风大，天边一色紫红精灵。精灵们均聚一炭火盆里突突突地跳。这紫红的舞蹈把天幕灼个窟窿。天空是个炭火盆。四月季风把乡村搅得一片灰暗，风沙卷到半空又扬到农家院落，这是个缺少滋润的干旱季节。[1]

十年过去了，内当家依然在修缮这间“土改”得来的老宅子，只是和十年前“打井”的畅快不同，十年后的内当家倒垄缮房，勉强维持着这间“明显不行了”的房子。和日渐倾颓的老房子相似，内当家一家的身体也渐渐垮下去，内当家始终觉得“心口堵了个东西”——这显然不仅仅是小说结尾内当家猝然病逝的伏笔。与之对应，刘金贵对于村子的影响力越来越大，甚至于全村的经济生活需要刘金贵的资本支撑。小说围绕展开的情节就是新支书国有请刘金贵在家乡投资建立“东华塑料联合有限公司”，“计划年创汇四十万美元，一年赶咱村五年挣的。厂子建起来能养三百多工人”[2]。这种资本支配的结构在小说中没有制衡性的力量，当年的孙主任已经升为县长，老支书被新

[1] 卢万成：《内当家之死》，载《时代文学》1991年第4期。
[2] 同上。

支书国有取代。孙主任的儿子在国外留学由刘金贵一手操持，而国有坐上了刘金贵赠送给村子的小轿车。与之相对，老支书在政治上已经完全退场，曾经富于感染力的共同生活也早已瓦解——他拒绝了刘金贵的小轿车，表示习惯“粪篓子”的生活。然而，“粪篓子”的生活连李秀兰和锁成的儿子新槐都不屑一顾，新槐成为国有张罗起来的木器厂的厂长，作者有意味地借用王润滋另一部小说的名字，称其是“鲁班的子孙”。

刘金贵—孙县长联合组成的这种政商支配结构，在文化合法性上谋求突围，比如村子里的小学最终在刘金贵赞助下更名为金贵小学。文化上最深刻的重构，落实在对于普遍人性的定义。在小说中内当家的情感结构无人在意，而刘金贵得到了更为“人性”的对待，刘县长重访内当家的老房子，要求她限期搬出的原因是：

> 是的，刘老先生为我们做出这么大的贡献，从未向我们提出任何条件，但我们近年接触较多，我对他也逐步加深了解，几次谈到房子时他都充满了感情，有一次甚至流了泪。但是秋兰同志，我可以向你保证，刘金贵从没提一个字。从另一角度考虑，我们还等人家提吗？[1]

---

[1] 卢万成:《内当家之死》。

无论内当家如何愤怒，她在这种新的支配结构面前已然丧失了力量。孙县长回去后迅速向村子下发了红头文件《关于为爱国华侨刘金贵先生修复故居的决定》，连站在孙县长这边的新支书国有都觉得这种做法“要逼死人命么”。失败的李秀兰唯一拥有的是历史记忆，她去世之前哆哆嗦嗦地跪在这间老宅子里给毛主席像烧香，“请毛主席……保佑天下太平”，这一幕几乎预示着日后“新左派”思想潮流与“底层文学”文学思潮的到来。以一种1980年代独有的抒情方式，作者写下了一个怆痛的结尾：

> 天亮后锁成老汉扶着她出来晒太阳，竟沿村路走了一遭。走到村头的白马河边，苍穹一片深蓝，远山巍峨沉默。这波澜不惊的白马河流走了几千年几万年。严寒酷暑，盛夏隆冬，几千年几万年的淘洗，几万年几亿年的淘洗，山崖变成河谷，巉岩变成卵石，卵石又变成沙子。于是猴子就变成了人，人再分为主与奴。[1]

自然的进化最终“分化”出社会差别，内当家死于这一时刻，死于“主”与“奴”的往复循环之中。可以设想，归来的刘金贵和暮年的李秀兰，对于老宅子的“大块青砖”和“鱼鳞

[1] 卢万成：《内当家之死》。

双扣小瓦”都会感觉到“美”，但是这一“共同美”无法抹去两人深刻的社会差别。诚如小说结尾所揭示的，正是社会差别宰制着对于“人性”的理解。这篇小说在当时惹起了争议，被选入中国作家协会创作研究部编选的《新时期争鸣作品丛书》。当时的评论家基本上站在1981年的《内当家》中孙主任的立场上，几乎重复了小说中孙主任的说法，将内当家的情感结构驱逐出“普遍人性”:“李秋兰却觉得别扭、不服，觉得严重威胁和动摇了她的内当家的地位、主人翁的地位，所以她受不了。这种受不了的心理深处，毫无疑问是一种眼界狭隘的小农意识在作怪！”[1]“土改”所承诺的主体性一步步变成了“小农意识”，同时陷落的，是曾经的阶级地位以及由此支撑的“美”。而正是在“当家作主”的意识下，在可以参与乃至决定自身生活的情感结构中，李秋兰眼中的宅院才是“美”的。且重温《内当家》的这一幕，内当家确证了自己“主人”的位置后，自信地等待着刘金贵归来：

> 早晨的阳光落满小院。圈里的猪吃饱了食，在猪圈墙上蹭痒痒。大白公鸡站在墙头上，抻着脖子打鸣。盘满草棚顶的葫芦叶儿上，兜满夜里落下的露水珠儿，风一刮，噼哩叭啦地往下滚，象掉银豆子。挂在檐下的棒棒穗子，

[1] 东方亮:《深刻的困惑 真实的形象——评〈内当家之死〉》，载《作品与争鸣》1992年第6期。

闪着金火火的光……[1]

## 三、“美”的新差别

也许不用追溯到《内当家之死》，和《内当家》同一年发表、同一年获得全国优秀短篇小说奖的《黑娃照相》，已经显示出“美”未必是“共同”的，而是包含着深刻的差别。和张一弓更为知名的《犯人李铜钟的故事》(《收获》1980年第1期）相比，《黑娃照相》缺乏足够的关注。但在今天看来，这篇近乎被埋没的小说，包含着更为丰富的历史意味。

和新时期文学常见的作品相似，小说开始于物质生活的改善，这是新时期合法性的重要支点。但是一个重要的不同是，主人公黑娃富起来了，源自“发展副业”。他饲养长毛兔，剪下来的兔毛是毛绒衣的重要原料，而且这毛绒衣是外销的，小说中“兔毛为啥恁金贵”的原因“就因为外国人爱穿毛绒衣”[2]。有研究者认为“《黑娃照相》中的生产是为消费而生产”[3],这个观察颇为到位。

当劳动以消费为导向，并且是为全球市场的消费服务，劳动者的主观意识的世界发生着巨大的裂变。在小说中的核心线

[1] 王润滋:《内当家》。

[2] 张一弓:《黑娃照相》，载《上海文学》1981年第7期。

[3] 夏长青:《重拾〈黑娃照相〉的现代性》，载《长城》2011年第4期。

索就是黑娃在金钱鼓动的欲望下对于“美”的追寻。带着饲养长毛兔带来的这八块四毛钱，黑娃去逛庙会，“历来不重视仪表、只是偶尔在山泉水里照一照尊容的黑娃，一旦捏住了八元四角的钞票,也便立即唤醒了人的爱美的天性”[1]。在庙会这种初级的消费市场中，黑娃的消费意识开始被唤起，当他为一件小翻领、有拉链的红绒衣而犹豫的时候，他考虑的是这件红绒衣需要一件绿色的确良军布衫来搭配——一件商品将引向另一件商品。在庙会粗糙的百货棚里，红绒衣或绿的确良军布衫已经不仅仅是实用性的衣服，而是像鲍德里亚所分析的，“好似一条链子，一个无法分离的整体，它们不再是一串简单的商品，而是一串意义”[2]。黑娃对于衣服的欲求不再是基本的生活需要,而是美学意义上的，用叙述人在这一段的话来讲，就是欲求契合“八十年代以来的典型风度”。

当然，从“生产社会”向“消费社会”的转变中，黑娃残存的劳动的感觉，使得他也判断马上是“谷雨”节气了，“绒衣穿不了几天就要换季了”[3];同样的原因,也使得黑娃穿过十几个饭棚而不肯消费，在黑娃看来，拉面的表演的确令人眼花缭乱，但是，“四两面再拉长还是四两”[4]。

---

[1] 张一弓:《黑娃照相》。

[2] ［法］让·鲍德里亚:《消费社会》，刘成富等译，南京大学出版社，2001，第4页。

[3] 张一弓:《黑娃照相》。

[4] 同上。

契合新时期的历史位置，黑娃一直在“物”的使用价值与符号价值之间徘徊。在“衣服”和“食物”的摊位之后，作者有意味地在进入文本的核心情境之前，先安排黑娃路过一个表演“金枪刺喉”“汽车过身”的武术团。这是一种单纯的奇观，黑娃对应的观看之道极为准确，他将这类没有内在性的奇观，合理地压缩为“图片”，在小说中黑娃仅仅看过彩色宣传图画就满足了。

然而徘徊的黑娃，最终还是陷落在符号的秩序之中。《黑娃照相》在今天看来非常重要的地方在于，这篇小说呈现了最深的陷落是美学的陷落，黑娃最终消费的原因是要“美一回”。当黑娃本想踏上回家的归途时，他听到了路过的几个青年对于“美一回”的议论，这是一家流动照相馆的广告：

> 黑娃向花坛上望去，只见那里摆着一对沙发，沙发中间夹着一个茶几，茶几上放着一个长脖酒瓶，两个高脚酒杯，一束塑料花，一盘蜡制苹果，一部“拨号”电话机，一把陶瓷小茶壶。花坛旁边树杈上，挂着西服、领带、料子裤、旗袍、毛衣、连衣裙、皮挎包、花阳伞。树下摆着半高跟女式塑料鞋、“三接头”男式大皮靴。[1]

这个场景是新时期起源阶段典型的“现代想象”。黑娃一直

[1] 张一弓:《黑娃照相》。

念兹在兹于怎么把自己的钱利益最大化，也即小说中点明的："希望能够在离开庙会之前，找到一个能使有限的金钱，发挥出最大效益的门路。"[1]他最终的选择，是购买对于未来整体性的想象。有研究者指出，和20世纪50至70年代的青年农民形象相比，以往现代革命史上反抗者的形象，在黑娃这里转化为对于世界秩序的认同者，黑娃由照片所构建的自我想象，是典型的中产阶层形象。[2]

这种美学想象的物质基础是经济全球化，黑娃由出口美国的兔毛赚到的钱，消费了小说中特地强调是"最新进口的美国机子"拍摄的影像，由此完成一个全球化的循环。然而，和对于全球市场"开放"或"自由"的想象不同，这套循环体系是有排斥性的。小说中黑娃到流动照相馆前好奇地打量，想要一张相片看看，但换来的是摄影师的嘲笑："你这手一摸，得留下五个指头印儿。"[3]然而当黑娃愤怒地拍出两张钞票后，摄影师变得"肃然起敬"，开始提供热情的服务。"经济改善"由此指向了"人格独立"，在张一弓同一年发表的另一篇小说《寻找》中，这种思路更为显豁：农村社员马套因"旧钱褡"丢了钱，当他找回钱的那一刻，叙述人直接喊出："去找回你的人的

[1] 张一弓：《黑娃照相》。

[2] 赖洪波：《召唤与应答——略论"新时期文学"与政治的关系》，载《文艺理论与批评》2006年第2期。

[3] 张一弓：《黑娃照相》。

尊严吧。”在这种呼吁中，那些没有经济能力的人之尊严如何确证，也即黑娃如果在照相师前拍不出“两张钞票”，他如何获得“美”，这方面的问题被避而不谈。或者说，这个问题还没有进入新时期的历史视域，毕竟新时期的历史起点，是“改革开放”所催生的涵盖各个阶层的物质改善。

诚如“照相”本身，黑娃始终执迷于美学想象所构建的幻觉。在张一弓的续篇《黑娃的新闻》(《上海文学》1982年第3期）中，黑娃第一个买了电视机，并按照电视中的故事，向父母乃至全村人讲解物质财富的正当性。黑娃对于这套“现代想象”所形塑的“人”也有一种潜意识的自觉，在《黑娃照相》中，当黑娃在照相馆的场景中落座时，他以一套滑稽的表演来模仿“现代人”，比如黑娃开始称呼自己为“黑娃博士”，拿起道具电话告诉娘一会儿要坐直升机回家，最后还直接说起了谁也听不懂的外语。

穿着补丁小袄的黑娃，由此穿上了毛衣西服呢子裤。这种美的形象的转变，不是基于自然人性，而是基于美学背后的意识形态的询唤。《黑娃照相》细致地呈现了自然的黑娃如何在符号中陷落：

> 黑娃从容地脱下补丁小袄和沾满汗污的小布衫儿，勇敢地袒露着正在发育的结实浑圆的肌肉，赤膊站在阳光下，像是向人们炫耀：看看，好好看看，这才是真正的黑娃

> 呀！穿戴时兴的人们啊，你们都扒了衣裳，跟俺黑娃比比肉吧，这可是俺自个儿长的，咱不比身外之物！然而，当摄影师热心地帮助他，把毛衣西服呢子裤等“身外之物”堆砌在他那健美的躯体上时，他还是感觉着一种进行了一次报复的惬意。[1]

在一种线性的现代化思维中，中产阶层影像中的黑娃，在小说中被指认为是“未来的黑娃”；同时，借助源自美学大讨论的“异化”这个概念，相片之外的黑娃被视为“异化”。当时的评论并不关注黑娃所遭遇的“美”的差别，这种差别似乎被自然化了，诚如“美”所在的“社会”乃至于“世界”都平面化了。在这个平面的、均质的世界中，人类分享着共同的人性，渴望着相似的文明。差别虽固然存在，但彼此之间并不存在对立的紧张感，而是不同发展阶段的“自然”差异；既然属于线性的不同发展阶段的差异，那么这种差异也可以借由“发展”而抹平。在这里美学想象清晰地显示出其所指向的社会想象。“共同美”的逻辑发展到这个阶段，吊诡地生产出“美”的新差别，而美学的差别铭刻着社会的差别。在这个意义上，“美学”，或者说对于“美”的阐释机制，构成了现代化的意识形态机器。

---

[1] 张一弓:《黑娃照相》。

# 第二节　作为技术的文学

## 一、“现代派”讨论线索之一：“风筝通信”

李子云曾回忆过自己怎样与冯牧和解的，那是夏衍先生85岁的寿诞庆典（1985年10月），嘉宾云集，气氛热烈，在人群中李子云仔细地寻找着已经失和两三年的冯牧：

> 正好北京电影界为夏衍同志做八十五岁生日，那天，我和沈宁、林缦推轮椅进场，夏公一些老朋友立即围拢上来，冯牧同志也在其中。我突然灵机一动，待他们寒暄告一段落，我紧接上来说：冯牧同志，您干嘛不理我！您是领导，“大人”不计“小人”过嘛！不理我算什么呢？聚在周围的人先是愕然，后来都笑了。冯牧同志脸都红了，嘴里嘟噜嘟噜地说着什么，我一个字也没听清。从此之后，我们的关系不但趋于正常，冯牧同志对我比过去更亲

切了。[1]

了解新时期文化政治的读者，很容易回忆起1980年代初期冯牧的《文艺报》与李子云的《上海文学》在思想解放运动中一南一北的呼应唱和。《上海文学》一石激起千层浪的《驳“文艺是阶级斗争的工具”》一文，《文艺报》对于新潮文艺的保护，以及与《时代的报告》的连番恶战，都是“新时期文学”起源阶段标志性的风景。从背后的文坛元老到前台的编辑团队，这两家刊物上上下下立场接近，来往密切，素来被视为新时期文学场域中支持“改革”的盟友。李子云与冯牧，这两位各自团队的领袖因何失和？甚至于李子云回忆说冯牧一度一句话也不讲，在电梯中遇到也要转过头去。

双方的失和源自《上海文学》1982年第8期上所发表的一组文章，这组文章正是激起“现代派”大讨论的冯骥才、李陀、刘心武三个人的通信，由于这组通信起源于高行健《现代小说技巧初探》的出版，且在第一封信中冯骥才将该书赞誉为“风筝”，这组通信又被文学史称为“风筝通信”。据李子云回忆，在该期杂志出厂的当天清晨，冯牧从北京打来电话，要求她撤下这组稿子。李子云不以为然，同时表示时间上已经来不及。双方在电话中越说越带着怒气，冯牧指责李子云要给文艺界惹

[1] 李子云：《我经历的那些人和事》，文汇出版社，2005，第158页。

麻烦，李子云硬气地表示一切责任自己承担。双方挂断电话不欢而散，从此几年间断绝往来。

如果固守二元对立的思维框架，将“新时期”与“新时期文学”想象为“保守派/改革派”的博弈，那么无从理解冯牧与李子云因“现代派”的冲突与分裂。李子云本人在《好人冯牧》一文中的回忆，将两者的分歧视为“走得快些”与“走得稳当些”的区别；而冯牧本人对此的回忆尚不清楚，冯牧先生的日记目前只是由家属公布了一些无关痛痒的游记片段，涉及新时期文坛的关键部分，还没有像张光年的日记一样公开，笔者无法窥测冯牧彼时的想法。但同为《文艺报》当事人的刘锡诚在《南方文坛》2014年第1期发表《1982 :“现代派”风波》，将双方的分析详尽地表露无遗，这篇文章下文将详述。笔者在此引另外一位当事人李陀的回忆，李陀在2003年9月接受王尧的访谈时回忆道 :“后来冯牧开始批评我了。有一次唐达成对我的批评印象特别深刻，开什么会回来，坐在车里，唐苦口婆心地说，李陀啊，我们这些人就像鲁迅说的，是横着站的，我们是腹背受敌，你就别捣乱了。”[1]“横站”“腹背受敌”之类说法，十分形象地表现出笔者所认为的彼时新时期文学场域的三重立场：秉持传统社会主义现实主义立场的保守派，代表刊物是《时代的报告》；秉持现实主义立场的改革派，代表刊物是《文艺报》；秉

[1] 王尧:《“现代派”通信”述略——〈新时期文学口述史〉之一》，载《文艺争鸣》2009年第4期。

持现代主义立场的现代派，在“风筝通信”期间是《上海文学》，转化为“先锋文学”后是《收获》。从《文艺报》的立场来看，“现代派”这场风波自然是“夹击”——与《时代的报告》的鏖战刚刚以惨烈的胜利结束，不成想又面临现代派的挑战。

在后来的文学史叙述中，史家往往忽略了现实主义与现代派的分歧，以共同的对立面社会主义现实主义结构出一种文学新潮。然而，当我们处在“现代派”讨论所渐次奠定的、在今天已经掌控文化领导权的“纯文学”三十年来的历史语境中，回望“现代派”的讨论，与其老调重弹地关注“现代派”与“社会主义现实主义”的冲突，不如开始将分析的视野转移到“现代派”讨论所导致的“新时期文学”的分化。笔者想特别强调，正是这次分化压抑了新时期文学中现实主义的面向，新时期文学后来的发展慢慢开始以“技术”为支点疏离文学与社会的关系，尽管这种疏离不完全是“现代派”倡导者的本意。

“风筝通信”前一年的1981年春天，冯骥才和刘心武有过一次公开的通信，两个人的信件分别发表在《人民文学》1981年第3期、第6期。在冯骥才致刘心武的信《下一步踏向何处？》中，冯骥才坦诚他这一代“在粉碎‘四人帮’后冒出来的”作家的焦虑：继续写“社会问题”，创作的路子越走越窄。冯骥才给出的出路，是“写人生”。在刘心武回冯骥才的信《写在水仙花旁》中，刘心武同意冯骥才对于这个群体文学特征与困境的判断：“你的信，告诉了大家，我们一些近几年才引起社会注意的作者，大多是靠写‘社会问题’题材的作品起家的。”[1]并且认同冯骥才“写人生”的建议，认为这是“一条更宽阔的创作道路”：“逐步地从写‘社会问题’转为写人生，写人的灵魂，写人与人的关系，说得高一点，叫做从事人的心灵建设。”[2]

“风筝通信”之前的这次通信，构成了我们理解一年后的“现代派”讨论的潜在背景。刘心武、冯骥才、李陀以及冯骥才信中转引的蒋子龙这些作家，无疑是新时期起源阶段代表性的作家群体。就以1977至1980年这个时间段来看，刘心武写出了《班主任》（1977）、《我爱每一片绿叶》（1979），冯骥才写出了《雕花烟斗》（1979），李陀写出了《愿你听到这支歌》（1978），蒋子龙写出了《乔厂长上任记》（1979）、《开拓者》（1980）。刘心武是1978年、1979年全国优秀短篇小说奖得主，蒋子龙是1979年、1980年全国优秀短篇小说奖得主，1977至1980年全国优秀中篇小说奖得主，李陀是1978年全国优秀短篇小说奖得主，冯骥才是1979年全国优秀短篇小说奖得主。然而，冯骥才等人有清醒的自觉：新时期起源阶段支撑他们取得出色成绩的文学范式，已然逐渐耗尽其历史能量。随着“改革时代”步入轨道，对于“社会问题”的想象又渐趋一致，文学的空间已经越来越小。诚如冯骥才信中所引的刘心武的感叹：“‘在每一篇新作品中，强使自己提出一个新的、具有普遍性和重大社会意义

[1] 刘心武：《写在水仙花旁》，载《人民文学》1981年第6期。

[2] 同上。

的问题'，这样就会愈写愈吃力、愈勉强、愈强己之所难，甚至一直写到腹内空空，感到枯竭。”[1]

与此同时，新时期政治与文学的“蜜月期”似乎也走向尾声。1979年底第四次文代会召开后，1980年初的剧本创作座谈会已经隐含着对于异质性作品的整肃，《假如我是真的》《在社会的档案里》等作品受到温和的批判。而就在冯骥才、刘心武1981年这次通信同一时间，《苦恋》风波爆发，这次矛盾比较尖锐，紧张的气氛再次笼罩文学界，“下一步踏向何处？”的问题变得更为迫切。正是在这个意义上，“现代派”悄然登场。诚如刘锡诚的回忆："文学界，主要是创作界，在《苦恋》事件后，进入了一个短暂的苦闷期，许多作家的思想是混乱的，苦闷的，其创作，总体说来变得暗淡了，平庸了。作家们都想走出困境，却没有找到突破口。高行健这本小册子的出版，尽管与《外国文学研究》所倡导的现代派文学讨论并没有直接的联系，但它所提供的‘现代小说’的观念和写作技巧，却适应了渴望从西方文学中寻找出路的青年作家的需要。”[2]

刘锡诚回顾了“现代派”讨论的两条线索：高行健《现代技巧小说初探》所导致的“风筝通信”;《外国文学研究》1980年第4期开始的“现代派”讨论，最终由徐迟发表于该刊1982年第1期的著名的《现代化与现代派》一文推向高峰。尽管源

---

[1] 冯骥才:《下一步踏向何处？》，载《人民文学》1981年第3期。

[2] 刘锡诚:《1982:“现代派”风波》，载《南方文坛》2014年第1期。

自相通的历史背景，但这两条线索在当时基本上是独立发展的。高行健的这条线索牵扯到的是当时的主流作家，影响更大一些；徐迟的这条线索牵扯到的主要是文艺学方面的研究者，影响相对小一些。而且两条线索提倡“现代派”的立足点也有不同，高行健这边侧重“技巧”，徐迟这边侧重“社会的物质生活”。尽管立论有所不同，但《文艺报》后来基本上是将两条线索糅合在一起予以批判，两者共同构成了“现代派”讨论的历史内容。

先说高行健这条线索。高行健当时在中国作协对外联络委员会工作，1979年5月作为翻译陪同巴金先生重访法国。回国后高行健在《外国文学研究》1980年第1期发表《法兰西现代文学的痛苦》，撰文介绍法国的现代主义文学，其中的一句话颇为点题："当文学找不到它存在的社会意义的时候，便转向自身，以寻求自己存在的理由。这种现象在法国近代文学史上出现过不止一次。"[1]1980年8月开始，高行健在创刊不久的《随笔》杂志[2]上开始陆续发表“文学创作杂技”，也即后来《现代小说技巧初探》中的部分篇章。据花城出版社负责人苏晨先生回忆："《现代小说技巧初探》只9.9万字，一部分曾先在也是由我创办的《随笔》上连载，一时很受欢迎。已故著名老作家叶君健教授先后写了几封信给我，建议出书，这才停止连载出版单行

[1] 高行健：《法兰西现代文学的痛苦》，载《外国文学研究》1980年第1期。
[2] 《随笔》1979年6月创刊，当时是以书代刊，由广东人民出版社出版。

本。”[1]最终《现代小说技巧初探》于1981年9月由花城出版社结集出版。

《现代小说技巧初探》出版后大受欢迎，在1981年底就二次印刷到三万五千册。高行健在1982年4月写给苏晨的信中表示："这本书已引起相当的注意！特别受到中青年作者和编导的欢迎。文科大学生中间也纷纷在找这本书，但在京买不到。”[2]也是在这封信中，高行健透露，一系列关于该书的讨论已经在酝酿之中：

> 王蒙就这本书写了篇给我的公开信，在这一期《小说界》上据说刊出，我尚未见到。刘心武为此写了篇大文章将在五月号的《读书》上刊出。此外，收到费礼文同志来信，说《上海文学》将组织讨论，希望我参加，尚不知文章何时出来。这些文章如果都出来的话，我估计会有一场讨论的。[3]

高行健当年的“预见”果然被文学史所证明，1982年“现代派”讨论，正是他信中提到的一系列文章：王蒙《致高行健》(《小说界》1982年第2期)、刘心武《在“新、奇、怪”面

[1] 苏晨:《高行健从花城起步》，载《粤海风》2008年第6期。
[2] 同上。
[3] 同上。

前——读〈现代小说技巧初探〉》(《读书》1982年第7期)、《上海文学》1982年第8期一同刊出的冯骥才《中国文学需要"现代派"——给李陀的信》、李陀《"现代小说"不等于"现代派"——给刘心武的信》、刘心武《需要冷静的思考——给冯骥才的信》。广义上的"风筝通信",大致就等于以上的文章。

这批作家与这组文章,构成了支持高行健的隐形文化网络。高行健当时在文学场域中的位置,并不像想象中的那样"边缘"。李陀在《1985》一文中有过回忆:"大概是1980年夏天,作家协会请一些作家在北戴河海滨小住,我就在那里第一次受到现代主义的启蒙。老师是高行健,天天傍晚开课,每次都是从黄昏讲到夜深。我是闻所未闻,而且时惊时喜。当高行健讲到普鲁东的超现实主义主张'自动写作'时,我和另外几个'学生'真是惊奇极了,写作可以这样干?"[1]当时高行健已经开始给《随笔》写专栏,和公开发表的文章的传播与影响相比,这种笔会性质的圈子化交往,对于我们理解新时期文学同样十分重要。可以想见,在"风筝通信"之前,高行健和上述这批作家私下有很多接触。限于相关信件与回忆付之阙如,还无法勾勒这种交往的具体展开,包括对于《现代小说技巧初探》的问世十分重要的高行健和叶君健的来往。但是围绕《现代小说技巧初探》的讨论经过了"组织",可判断无疑。李陀回忆

[1] 转引自王尧:《"现代派"通信"述略——〈新时期文学口述史〉之一》,载《文艺争鸣》2009年第4期。

说:“我记得好像是最早是我和刘心武商量，这个咱们得支持一下高行健，就找冯骥才，说我们仨是不是搞一个通信，支持一下。冯骥才先写的，好像是然后我写的，刘心武写的，就是这个顺序。”[1]就《上海文学》这一边来说,就像高行健这封信中透露的,《上海文学》编审费礼文在1982年4月份的时候就告之他刊物将组织讨论。尽管还不能判定《上海文学》“组织”了“风筝通信”，但“风筝通信”至少并非那么“随兴”与“偶然”。[2]

从王蒙、冯骥才到李陀、刘心武，这批作者固然是高行健的支持者，但这个群体是否构成一个现代派团体，要做更为谨慎而细致的辨析。笔者之所以在切入“风筝通信”之前要还原一年前的另一场通信，是因为在冯骥才与刘心武1981年的通信中，他们克服当时文学危机的方案，是在现实主义内部来完成的。“写人生”这个方案，无论怎样不能被归于“现代派”。在“风筝通信”中，尽管冯骥才一开场就旗帜鲜明地支持高行健，但细读他的这封信，比较倾向“现代派”的观点主要是强调小说“形式”独立的审美价值:“单就文学艺术的形式而言，是具

---

[1] 转引自王尧:《“现代派”通信”述略——〈新时期文学口述史〉之一》。

[2] 李子云回忆过“风筝通信”在《上海文学》的发表经过:“这本小册子引发了李陀、冯骥才、刘心武他们的讨论，这三个人以连环套的通信方式进行讨论。李陀告诉我北京不能发，我说给《上海文学》吧。”转引自王尧:《“‘现代派’通信”述略——〈新时期文学口述史〉之一》，载《文艺争鸣》2009年第4期。

有一定程度独立欣赏价值的。”[1]但冯骥才论述的着重点并不在此，他从“下一步踏向何处？”的困境出发，将“现代派”视为文学变革的一种可能性。其论述的核心逻辑，归于这一句话：“题材内容的广泛深刻的开掘，必然使作家感觉到原有的形式带有某种束缚。”[2]沿着这个逻辑，冯骥才喊出：“社会要现代化，文学何妨出现‘现代派’？”[3]联系上下文，这种“现代化”与“现代派”的勾连，和徐迟的《现代化与现代派》的思路并不相同，冯骥才侧重的是“现代化”社会中对于各种文学思潮的包容。

冯骥才等人在当时文学场中的位置很特别，他们已经被文坛主流接纳，但并不满足自己所在的文学秩序。冯骥才这批作家是主流作家中的变革派，在求新求变这一点上，他们将“现代派”引为同道。三十多年过去了，今天我们已经看得很清楚，冯骥才、李陀、刘心武等和高行健的文学观迥然不同，他们只是在历史变革关头作为“同路人”携手前行，分享着“态度的同一性”，这种“统一战线”必然要随着对立面的瓦解而瓦解。

李陀当时对此已经有模糊的认知，在信中李陀引用自己1980年某次会议上的观点，强调当前文学创新的焦点是形式问

---

[1] 冯骥才：《中国文学需要“现代派”！——给李陀的信》，载《上海文学》1982年第8期。

[2] 同上。

[3] 同上。

题。然而李陀没有将“形式”孤立出来，而是强调“形式”背后的主体性。这里的主体性不仅仅指作家对于“形式”的驾驭，而是指中国文学作为一种有自主意志的文学传统的主体地位。李陀十分警惕将“现代派”不加反省地等同于“西方现代派”，以及这种化约中所隐含的“世界文学/中国文学”的等级秩序，他的论辩策略是将“现代派”与“现代小说”做区分，将对于文学如何“现代”——在当时的历史语境中其潜台词是如何超越社会主义现实主义——的探索建立在中国作家的文学实践上。只有理解了这一点，才会理解李陀为什么在信末慨叹:“其实，这种寻找、发现、创造已经开始，并在这几年中发展着。几年来我们许多作家创作的许多优秀作品，就是证明。可惜这种寻找、发现、创造没有得到很好的理论上的表现。”[1]今天来看，李陀将刘心武等作家的小说都归于“现代小说”似乎显得怪异，但如果理解李陀背后的文学抱负，也即信中说的伟大的转折时代会催生出新的文学时期，在新的文学时期文学形式要随之发生伟大变革，李陀对于中国作家的文学实践如此看重，也就顺理成章。而且当时的李陀更多是作为作家而不是后来的评论家来发言的，他在“风筝通信”的同时就在写《七奶奶》(《北京文学》1982年第8期)、《自由落体》(《人民文学》1982年第12期）等作品亲身实践自己的文学观。文学效果姑且不论，但其

[1] 李陀:《“现代小说”不等于“现代派”——给刘心武的信》，载《上海文学》1982年第8期。

内在的逻辑一以贯之。

在“风筝通信”中刘心武的信其实是在唱反调，他的观点更近似后来“风筝通信”所面对的那些批判言论。这再一次提醒我们不能化约地思考文学史事件，而是必须从具体文本出发联系历史语境予以辨析。在刘心武的信中，他从两个角度批判了冯骥才的看法。其一，刘心武区分了文学在全世界的发展规律与在具体社会中的发展规律的不同，批判冯骥才过于看重文学的普遍性，而没有注重文学的特殊性，文学的特殊性建立在所在的社会环境的差异上。刘心武已经说得很“坦率”：“坦率地讲，由于我国是一个社会主义国家，我们的文学发展必须在‘四个坚持’的前提下进行，以及我国目前作家的构成状况、读者的构成状况以及整个国家的经济、教育和社会生活结构等等因素，都使得我国文学的发展，在现代更具有自身的特殊规律。”[1]而且刘心武论证的方式，是我们所熟悉的“读者看不懂”，他举工、农、解放军为例，指出他们的趣味与习惯无法消化“现代派”。其二，刘心武强调文学的“内容”与“形式”难以截然分离，和李陀所谓的形式创新相比，刘心武指出题材、人物、哲理（主题）这些侧重“内容”的方面也是“焦点”。

对于刘心武的这封信，冯骥才有些不满，他后来回忆：“我没想到刘心武那篇会这样写。当时说现代派，主要是想支持一

---

[1] 刘心武：《需要冷静地思考——给冯骥才的信》，载《上海文学》1982年第8期。

下高行健。”[1]不过，细读刘心武的这封信，很难说他是策略性的自我保护。在刘心武同一时期发表的《在“新、奇、怪”面前——读〈现代小说技巧初探〉》一文中，已经触及“风筝通信”中的类似观点。当然比较起来，刘心武在“风筝通信”中的表达更为“保守”，更加强调文学受到具体国情的制约。

回顾“风筝通信”，在1982年前后，并不存在文学社团意义上的“现代派”，冯骥才等人对于高行健的支持，毋宁说是通过《现代小说技巧初探》这本书寄托自身对于文学变革的向往。只要进一步走下去，“风筝通信”中所包含的内在差异将进一步放大，他们这种抽象的寄托必然要被“现代派”的具体性所粉碎，无论怎样，他们的文学和“现代派”相差甚远。

哪怕是高行健在书中多次引证的王蒙的作品，和西方现代派意义上的“意识流”终究也是形似神非。在王蒙那里，“意识流”是“技巧”层面上的，在致高行健的信中，王蒙只是回应了高行健谈到的“技巧”中的“距离说”，并且将自己小说《布礼》中的时间的跳跃视为造成“距离感”的一种技巧。所谓“出乎其外”的距离，在文化政治的意义上，在于王蒙在新时期起源阶段的小说叙述要整合“文革”之前与“文革”之后的历史断裂，人物的内在意识叠加着不同历史时间的巨大张力，仅仅凭借“布礼”之类单纯信仰无法穿越这种历史的裂谷而获得

[1] 转引自王尧:《“‘现代派’通信”述略——〈新时期文学口述史〉之一》。

同一性，故而人物的“意识”往往是跳跃的，这种“跳跃”与其说是人物内在世界的失控，不如说是高度理性化的闪躲与缝合。而在西方现代派的谱系上，“意识流”的历史前提是“理性”的瓦解，以及“潜意识”所指向的内在自我的发现。真正带有“现代派”意味的文学团体，出现在1985年前后，“现代派”被转化为“先锋文学”迎来新的崛起。

## 二、“现代派”讨论线索之二：“现代化”与“现代派”

和“风筝通信”同时，徐迟主编的《外国文学研究》也在掀起一场“现代派”大讨论。《外国文学研究》季刊创刊于1978年9月，由湖北省社联外国文学分会出版，华中师范大学、武汉大学、武汉师范学院（后更名为湖北大学）联办，1982年2月转为华中师范大学主办。因当年发表《哥德巴赫猜想》而和“科学”结缘的徐迟在当年5月正在参加中科院组织的一个宇宙射线超高能的会议，在会议期间接到了刊物成立的电报，并被特聘为主编。徐迟1960年12月离开《诗刊》举家迁到武汉，和湖北文坛渊源颇深；《外国文学研究》创刊时正逢徐迟凭《哥德巴赫猜想》名扬天下；最重要的，徐迟在报告文学作家之外，多年来被文坛熟知的身份是现代诗人，对于西方文学在1930年代时就有研究；更不必说徐迟富于办刊经验，在1950年代担任过《诗刊》副主编。就各方面来说，由徐迟主持这份首家“研究外国文学的刊物”颇为合适。

经历了1978年两期的内部发行与试刊，1979年开始《外国文学研究》向全国发行。就1978至1979年共六期来看，刊物的编辑方针中规中矩，大致沿着马克思主义文艺理论，亚非拉美各国作家作品评论，英、美、法、德、欧洲其余国家，前苏联与俄罗斯作家作品论这样的栏目设计展开。不过，在公开出版的第1期即1979年第1期（总第3期）上，关于“现代派”文学的文章已经悄然占据一定版面。当期发表有柳鸣九《现当代资产阶级文学评价的几个问题》，柳鸣九在文章中将排斥“现代派文学”视为“在文化上闭关自守、坐井观天”，并将根源追溯到“四人帮”文化专制主义与日丹诺夫在1934年苏联第一次作家代表大会上的讲话。尽管柳鸣九这篇文章强调坚持历史唯物主义，掌握正确的批评标准，但“一分为二地看问题”“洋为中用”等呼吁，已经为原本被彻底否定的“现代派”开辟了空间。当期另一篇是陈焜《西方现代派文学和梦魇》，陈焜以“梦魇”为线索串联起对于《审判》《等待戈多》《第二十二条军规》等作品的分析，将“现代派”视为中产阶级在异化社会中的文学表达，这个观点在今天看来仍不乏洞见。和柳鸣九、袁可嘉等相比，当时在社科院外文所工作的陈焜先生由于在1980年代中期旅美后远离学界，在当下近乎被遗忘，但他在新时期起源阶段对于“现代派”的介绍做了大量工作，发表过《当代美国文学中的“黑色幽默”》《漫谈西方现代派文学》等一批文章，并在1981年8月出版专著《西方现代派文学研究》，出版时间比《现代小说技巧初探》早一个月。就笔者所见，多位学者都回忆过该书对自己的重要影响[1]，其中，张颐武的回忆尤其动情："现在大家都说《现代小说技巧初探》是最重要的介绍西方小说技巧的著作。说实话，这本书因为引出了刘心武、冯骥才等人在《上海文学》上的所谓'四只小风筝'的推崇，变成了一个事件，我才去找来读了。但那种技巧的介绍似乎对我没有什么强烈的吸引力。因为当时有另外一位介绍西方文学的学者陈焜写了一部《西方现代派文学研究》的书……我以为当时陈焜比高行健有力和深入"[2]，"可以说，陈焜先生真正教会了我如何思考……他介绍西方文学总是顾及中国的现状，眼光远大，抓得住时代的关键，他可以说是八十年代不多的思想和今天我们的文化思考有联系的人物。可惜他日后淡出理论界，据说在美国的一个小学校里教书。他的贡献也被淡忘了，许多谈论'新时期'文化的著作也没有提及他。但先行者的功绩不应被忘却"[3]。

[1] 陈晓明在《我的80年代阅读记忆》一文中对此回忆："现代派是这个时期的热点，陈焜著的《西方现代派文学研究》首印13000册，迅速告罄，这本书无疑是那个时期西方现代派在中国的启蒙读物。"雷颐也谈过该书的影响："要说对一代人起过重要启蒙作用的，则首推1981年出版的陈焜著《西方现代派文学研究》（北京大学出版社出版）。此书当时市面上很难买到，一些大学图书馆规定因教学需要，甚至规定只有外文系、中文系三年级以上的学生才能借阅，当然还要提前很久预约。"参见雷颐、止庵：《三十年的私人阅读史》，载《中华读书报》2005年7月6日。

[2] 张颐武：《一个人的阅读史》，辽宁人民出版社，2008，第100页。

[3] 张颐武：《思想的踪迹——一个批评者的跨文化观察》，北京大学出版社，2002，第300页。

还是在1979年第1期上，徐迟作为主编贡献了一篇重头文章《外国文学之于我》，题为“外国文学”，但主要回顾的是自己在20世纪三四十年代对于“现代派”的阅读与接受，甚至借用“现代”的双关语，表示自己青年时就是“现代派”：“一九三三年十二月，我才在施蛰存主编的《现代》杂志上，发表了译诗和一篇文章，就这样成为一个‘现代派’了。”[1]尽管支持“现代派”的声音在当时隐隐成为一种潮流，但在宣布自己是一个“现代派”，还是有一点风险，徐迟自然明白这一点，但他不无挑战意味地点明了：“此外还有一些现代派的作家和艺术家也是我所喜欢的，不在这儿一一的说了。我现在写这几页也许还是担着一定的风险的呢。”[2]通过回溯自己的阅读经历，徐迟这篇文章的主旨在于强调“现代派”严肃的一面，并举马雅可夫斯基为例，认为：“在现代派和无产阶级革命文艺中间并没有一条不可逾越的鸿沟。”[3]

有意味的是，笔者查《徐迟文集》，比照第六卷《文论卷》中所收录的《外国文学之于我》（下文简称修订版）与这篇1979年第1期上的初版本，发现徐迟做了大量的增补与修订。初版本仅仅是文集版的前三节，而且文集版还删去了前引的“担风险”等讥讽之语，同时增加了四节，共七节。后四节回顾了希

[1] 徐迟：《外国文学之于我》，载《外国文学研究》1979年第1期。

[2] 同上。

[3] 同上。

腊文学、文艺复兴时期的文学、苏联文学、《安娜·卡列尼娜》等西方文学对自己的影响，文章变得全面和稳妥，而且第四节第一句话就点明自己和“现代派”的文艺一刀两断。这种“修订”其实反而彰显出这篇文章的重点所在。

作为主编，在刊物公开发行的第一期上刊发这篇长文，已然表现出《外国文学研究》的办刊方向，《外国文学研究》后来持续三年讨论“现代派”绝非偶然。在1980年第3期的杂志上，编辑部全文转发了读者叶永义的来信《怎样看待西方现代派文学？》，以此为契机发起讨论，讨论的理据在于“本刊拟满足读者要求，开展这方面的讨论”[1]。在新时期起源阶段，借助“读者来信”（无论是确有还是伪托）对争议问题发起讨论，是刊物的一贯套路。由此，《外国文学研究》1980年第4期、1981年1至4期、1982年第1期共六期展开讨论，由于在“编者话”中预设了讨论的文章是两三千字的、自由活泼的短文，名家来稿寥寥，基本上是读者自由来稿。这在某种程度上影响了讨论的质量，讨论近似于基于立场的表态。不过，在这三十二篇来稿中，也能看到《外国文学研究》的隐含倾向：比较侧重从“社会—心理”的角度理解“现代派”，而不是将其孤立地理解为技巧。诚如在1980年第4期也即第一次的讨论中作者戈异所说的，应该以“社会的、现实的眼光”“辩证分析的眼光”“为我所用的

---

[1] 编者话，载《外国文学研究》1980年第3期。

眼光”来看待“现代派”。[1]同一期的作者大多持这种立场，比如作者华纹、秋芙认为：“西方现实社会和人的复杂矛盾性，使这面‘镜子’所呈现出来的图象，光怪陆离。”[2]作者文木认为：“我们可以引进西方的科学技术，为什么不能引进西方的文学艺术？我们要发展社会主义现实主义的文学，就应该允许不同流派不同风格的作品存在。”纵观整场讨论，这比较代表《外国文学研究》的态度。

作为压轴之作，在“现代派”讨论结束时徐迟亲自上阵，在1982年第1期上发表了著名的《现代化与现代派》。徐迟同样是在社会—心理背景下展开对于“现代派”的分析，但十分重要的创见在于，徐迟将西方社会的“经济”与“政治”做了分离。在文章开篇，徐迟就展开他的分析框架：“但这次讨论是较少联系到西方世界的经济发展的。它们较少联系到西方社会物质生活给予现代派文学艺术的兴发以决定性的影响。我们这里的评论界，以及学术界是不怎么喜欢谈经济关系的。置政治于经济之上，我们探索问题往往从政治着眼，而无视于经济的因素。”[3]何谓“经济因素”？徐迟在下一段如此确定“现代派”的根源：“它是来源于社会物质生活，而且是反映了这种物质生活

[1] 戈异：《用什么眼光看待西方现代派文学》，载《外国文学研究》1980年第4期。
[2] 华纹、秋芙：《学习与思索》，载《外国文学研究》1980年第4期。
[3] 徐迟：《现代化与现代派》，载《外国文学研究》1982年第1期。

关系的总和的内在精神的。”[1]在这个脉络中，“经济因素”意味着衡量社会物质生活的经济发展，是一种比较中性的技术化指标，依次区分为“发达/欠发达”的社会阶段；而“现代派”是一种对应于发达社会阶段（是谓“现代化”）的文学，表现出这种现代化社会物质生活关系的精神特征。

贺桂梅对此有过批评："有趣的地方在于，徐迟在这里几乎毫无过渡地把‘资本主义生产’转换为中性的‘社会物质生产’和‘生产力’。并进而等同于‘新时期’的主流表述:‘现代化建设’。”[2]贺桂梅的批评，触及《现代化与现代派》一文中一个关键的“含糊”：徐迟构建的阐释框架是“社会物质生活”的发展导致“现代派”的出现，而“社会物质生活”对应于“现代化建设的经济内容”，故而“现代化”建设到一定阶段，比如达到西方发达社会的阶段，就会出现“现代派”；对于“现代派”悲观颓废等指责，徐迟认为这仅仅是“现代派”阶段性的特征，随着资产阶级的现代化的物质建设的发展，“西方现代派文艺也将创作出有利于人类进步的信心百倍的理想主义的作品”[3]。这种阐释框架在文学理论上固然经不住商榷，但问题的关键不是“文艺学”意义上的，而是文化政治意义上，徐迟在此解构了

[1] 徐迟:《现代化与现代派》。

[2] 贺桂梅:《“新启蒙”知识档案：80年代中国文化研究》，北京大学出版社，2010，第143页。

[3] 徐迟:《现代化与现代派》。

“现代派”的美学特征与资本主义制度内在危机的勾连，“现代派”的悲观颓废不再归结于所谓资本主义的腐朽堕落——相反，“现代派”分享着“现代化”似乎不证自明的逻辑前提：这是进化论的、普遍性的发展规律，受物质生产的规律所决定。

贺桂梅基本上以后殖民主义的视角，将徐迟的《现代化与现代派》一文视为一种典型思路的代表：对西方“现代派”的正名，直接关联到如何认知产生出“现代派”的“西方”“资本主义”世界。[1]借助马歇尔·伯曼“欠发达的现代主义”的概念，贺桂梅认为：“在80年代，中国文坛对待西方‘现代派’文学的态度及其对现代主义文学的实践，很大程度上便具有这种‘欠发达的现代主义’的特征。这里的主要原因倒不在于中国‘现代化的进程还没有进入正轨’，而在于一种基于现代化意识形态而产生的‘中国落后于世界和时代’的‘落后’意识。”[2]贺桂梅这里的分析自有其洞见，但这套逻辑激进化的展开，就要得出“现代派”乃至于后来的“先锋文学”实践受制于“西方中心主义”，贺桂梅在后来的论述中直接认为中国作为第三世界的、后发现代化的国家，从“现代派”到“先锋文学”的主体性是可疑的，始终在通过西方来理解并想象自身。[3]类似的思路也见于杨庆祥对于支撑现代主义论述的“新潮文论”的抨击：

---

[1] 贺桂梅：《“新启蒙”知识档案：80年代中国文化研究》，第142—143页。

[2] 同上，第142页。

[3] 同上，第162—163页。

“谁代表了先进？西欧代表了先进；谁代表了落后？中国和亚非拉代表了落后。我们试图以西欧或者美国为师，我们不断要求加入那个世界的体系，在这样一个坐标轴里面其实我们已经失去了中国视野和中国立场。”[1]

越是了解新时期文学复杂的历史现场，笔者觉得越有必要从斩钉截铁的理论立场后撤，警惕“理论”凌驾于“历史”之上。更不必说作为立场的“中国”同样比较“暧昧”，同样内化着一套等级结构，我们不能对此视若不见或一厢情愿。与其说我们以某种学院理论强行进入徐迟的文本，不如说我们以徐迟自身的逻辑来理解《现代化与现代派》，将其历史性具体化。几乎所有的研究者都遗忘了一点：《现代化与现代派》的作者，也正是《哥德巴赫猜想》的作者，两个徐迟是同一个人，两个文本之间有延续性的逻辑。

徐迟将文学与现代化关联的思路要早于“现代派”讨论的出现，讨论《现代化与现代派》这个文本，不能不读徐迟写于1978年的《文艺和现代化》。这篇文章写于1978年5月，系徐迟在著名的文联全委扩大会议上的发言。徐迟在1978年5月行程紧凑，他先是由于《哥德巴赫猜想》的轰动效应，参加了中国科学院宇宙超高能学术会议，在会议期间收到《外国文学研究》的电报受聘为该刊主编，之后参加文联全委扩大会议（1978年

[1] 杨庆祥：《文学批评的文化责任》，载《文艺报》2015年4月17日。

5月27日至6月5日），做《文艺和现代化》的发言。这些事件之间不是孤立的，而是彼此勾连，对于徐迟“现代化文学观”的溯源，应该有一种整体性的视角，结合徐迟自身的思想脉络予以具体性的展开。

在《文艺和现代化》的开篇，徐迟从“科学”的角度谈论“文学”:“我刚从微观世界来。茫茫太空中有向地球入射的宇宙线。”[1]由此徐迟从古希腊一路讲到刚刚参加的物理会议，并引用马克思对于蒸汽、电力、自动纺纱机的肯定，慨叹20世纪以来现代科学技术如电子计算机、回旋加速器和探测器、激光器和航天器等的高度发展。在这个基础上，徐迟发起呼吁:“我们的文艺要为‘四个现代化’服务！‘四个现代化’迫切要求我们很好地为它服务！文艺的现代化是我们的当务之急。”[2]

在这篇文章中，徐迟对于何谓“文艺的现代化”说得很含糊，但他对“现代化”的理解却比较有特点：他几乎完全是从科学、技术的角度来把握物质生产的迅猛发展的，物质生产依赖于技术革新，技术革新依赖于科学发展，在这个意义上，科学技术是“第一生产力”。从这种“科学技术—生产力”的角度思考，生产力的发展与其说是阶级斗争推动，毋宁说是科学技术推动的。徐迟对于“科学”的认知，和1978年春天科学大会的整体基调相似，而这次会议正是发生在徐迟这篇文章两个月

[1] 徐迟:《文艺和现代化》，载《文艺报》1978年第1期。

[2] 同上。

之前。

在这种思想框架中，“文学”依然是从属于“生活”，但由于“科学技术”取代“阶级斗争”成为“第一生产力”，文学不再为政治生活而是为物质生活服务——“物质生活”取代了“政治生活”。《文艺和现代化》讲话两个月后，1978年8月，在哈尔滨市文联的一次讲座上，徐迟对此说得更为直接：“生活是源泉。物质生活是意识形态的源泉。社会物质生活，社会经济生活，是政治、文艺等意识形态的最根本的基础。”[1]这种观点在马克思主义的论述框架中寻求合法性，但十分刚性地理解“经济基础”与“上层建筑”的关系，将两者视为绝对的决定与被决定的关系，实则既抹去了“上层建筑”的能动性，又取消了“政治”曾经的决定地位，将其置于“文艺”的同一层级。更重要的是，这里的“经济基础”被阐释为“科学技术”所推动的“物质生活”，实则等同于“科学技术”视野中的“生产力”，社会的发展由此转化为一种“专业性”的而非“政治性”的科学技术的发展。这种阐释框架的一个理论前提，是徐迟在《哥德巴赫猜想》中所完成的“红”与“专”的颠倒，是把“技术”而不再是“政治”视为至高的评判尺度。

由《哥德巴赫猜想》经由《文艺与现代化》再到《现代化

---

[1] 徐迟：《关于报告文学问题的讲话》，载《武汉师范学院学报（哲学社会科学版）》1979年第3期。

与现代派》，在1978至1982年这个时段内，徐迟的思路有内在的一致性。在徐迟的论述中，“文学”成为社会生产的一个特殊部门，在社会主义文学体制中“文学”对于“现实”的“指导”作用完全被取消了，用《现代化与现代派》中一句提挈性的话来说，就是“物质文明将推动精神文明前进”[1]。由此，服务于以“科学技术”为核心的现代社会的认知逻辑，徐迟开始确立一种技术视角的对于文学的理解，诚如汪晖的分析：“现代社会之所以被看作是一种独特的、区别于其他历史社会的技术社会，恰恰是因为在这个社会中，技术不再是技术或者说超越了技术的范围，而成为社会生活的理性和最为权威的合法性资源。”[2]徐迟以这种方式将“现代化”与“现代派”关联在一起，对于新时期文学体制，对于新时期文学发展的方向，无疑提出了质疑与挑战。

## 三、“现代派”讨论所引发的分歧

综合上文的梳理，1982年秋季爆发的围绕“现代派”的分歧，肇始于1981年9月高行健《现代小说技巧初探》的出版，经由1982年1月徐迟引发热议的《现代化与现代派》，到1982

[1] 徐迟：《现代化与现代派》，载《外国文学研究》1982年第1期。

[2] 汪晖：《科技作为世界构造和合法化知识》，《死火重温》，人民文学出版社，2000，第193页。

年8月回应《现代小说技巧初探》的“风筝通信”而点燃导火索。如果说支持“现代派”的一方在1982年8月前集结成阵的话，那么反对“现代派”的一方，以《文艺报》为代表在1982年9月开始密集出击。

在讨论这场分歧前，有必要厘清一个重要的前提：这是主要发生在“改革派”阵营内部的分歧，这在新中国成立以来的历次文坛批判运动中极为罕见。尽管“保守派”也一定程度地介入到“现代派”论战中，但批判的主力是冯牧领导下的《文艺报》团队。《文艺报》批判“现代派”之前，正以“大写十六年”为攻击点，从1982年第5期开始集中力量攻击“保守派”阵营的《时代的报告》,《时代的报告》团队在1981年的“苦恋事件”中未能获胜，在1982年又因为“大写十六年”的提法被《文艺报》穷追猛打，正处于左支右绌的守势，最终在1982年底被打散重组。在“现代派”批判开始时,《文艺报》团队相当于两面出击：一方面继续追击《时代的报告》，这场批判已经临近尾声，胜负已定；另一方面掉过头来批判“现代派”,“改革派”阵营内部的分歧开始浮现。

还是新时期文学论战的老套路，1982年第9期的《文艺报》发表了一篇署名“启明”的“读者来信”《这样的问题需要讨论》，这封来信针对《上海文学》1982年第8期的“风筝通信”，谈到了对“现代派”展开讨论的关键点所在：“这些文章涉及一些非常重要的问题，涉及我们的文学是走现代派道路还是走现实主义道路的问题。”[1]“现代派”论战中的“现实主义”，不能仅仅在“文艺学”的视野中来把握，也即不仅仅是作为“文学理论”的现实主义，而是作为“文学体制”的现实主义。这套文学体制通过“文学”规约对于“现实”的想象，同时以“文学批评”引领与矫正文学想象。无论在文学理论的层面上（“文学”是否应该介入“生活”），还是在文学体制的层面上（在1982年《文艺报》已经占据这套文学体制的中心地位），“现代派”与《文艺报》的分歧都难以调和。

故而回到本文开篇所描述的历史场景，冯牧与李子云的冲突并不意外，冯牧一方可以接受对于“社会主义现实主义”有限度地质疑，比如批驳“文学是阶级斗争的工具”，但是不能容忍这种批评扩展到“现实主义”。刘锡诚回忆：“《上海文学》发表冯骥才、李陀、刘心武三位作家关于现代派问题的通信后，立即引起了我所供职的《文艺报》编辑部的关切。以第一主编冯牧为首，包括副主编唐因和唐达成，编辑部主任刘锡诚和副主任陈丹晨，以及理论组的组长李基凯，我们这些人几乎一致对提倡现代派持批评的态度。”[2]在刘锡诚等人看来，倘或徐迟等人的论述成立，“现代派也就将会取代我们一向提倡和坚持的现实主义，乃至社会主义现实主义文学，而成为我国文学未来的

---

[1] 启明：《这样的问题需要讨论》，载《文艺报》1982年第9期。

[2] 刘锡诚：《1982：“现代派”风波》，载《南方文坛》2014年第1期。

发展方向”[1]。

而且，冯牧一方所气恼的，还在于曾经的盟友缺乏政治敏感，鼓吹“现代派”的时机十分不利，当时党的十二大即将于1982年9月1日召开。刘锡诚回忆说：“时值党的十二大前后，在中央‘提出建设以共产主义思想为核心的高度精神文明’的方针、全党全国大力宣传的政治形势下，《上海文学》发表这三篇提倡现代派的文章，把文学家们的目光引导到关注现代派上，实在并非明智之举。”[2]其“不明智”之处，在于很容易给对立面以把柄，招致对方的反扑，当时“左右为难”的、“横站”的冯牧，确实承担着不小的压力，刘锡诚对此观察到，“虽然《文艺报》在文艺界的影响越来越大，但在外界压力下的冯牧却显得有些焦躁，他的压力最大，这可以理解”[3]。

果然，在这个节骨眼上，文化界的高层领导人开始布置对于“现代派”的批判：“党的十二大即将召开，在中宣部那里，把批评现代派列入了文艺界和文艺报刊宣传党的十二大的重要内容。9月3日唐因传达中宣部副部长贺敬之的布置：‘最近提倡现代派的同志，是理直气壮，充满激情的。文艺界在这个问题上开展一场辩论，是不可避免的了。提倡现代派，实质上是离

[1] 刘锡诚：《1982：“现代派”风波》。

[2] 同上。

[3] 刘锡诚：《在文坛边缘上——编辑手记》，河南大学出版社，2004，第340页。

开‘二为’，离开现实主义的艺术规律，在西方思潮面前解除武装。”[1]胡乔木对于“现代派”的批判更为直接：“现代派要修改马克思主义、社会主义、社会主义文学的职能。”[2]

在批判“现代派”这一立场上，《文艺报》和胡乔木、贺敬之等文化界高层领导人结成了“统一战线”。在此之前《文艺报》也关注过“现代派”，李陀在他的“风筝通信”的《“现代小说”不等于“现代派”——给刘心武的信》中就提到过，早在1980年，《文艺报》就约集他和冯骥才、王蒙等人谈艺术创新，李陀认为文学创新的焦点是“形式”，这个观点在当时就受到了不点名的批判。1982年“现代派”论战爆发后，《文艺报》的唐达成、刘锡诚等对李陀的类似看法依然耿耿于怀。同时高行健在1982年4月的书信中也透露：“《文艺报》约我写了一篇一万多字长文章《谈小说观与小说技巧》，也终不见发出来。”[3]如果说双方的冲突在1982年9月之前是潜流的话，那么在9月之后随着《文艺报》的密集批判，则彻底暴露无遗。

在1982年第11期的《文艺报》上，冯牧方面转载了徐迟

[1] 刘锡诚：《1982：“现代派”风波》。

[2] 引自1983年3月10日胡乔木在周扬家中的讲话，同年3月7日周扬在马克思逝世一百周年学术报告会上做著名报告《关于马克思主义的几个理论问题的探讨》。转引自顾骧：《晚年周扬》，文汇出版社，2003，第61页。

[3] 苏晨：《高行健从花城起步》，载《粤海风》2008年第6期。

《现代化与现代派》一文，并由《文艺报》理论组组长李基凯化名理迪著文批判。先以《现代化与现代派》而不是“风筝通信”作为批判的靶子，在于“风筝通信”比较含糊、暧昧，更多是表态性的，而徐迟的这一篇以比较理论化的姿态从“现代主义”的立场争夺“现代化”，这是《文艺报》方面最难容忍的。理迪这篇《〈现代化与现代派〉一文质疑》从七个问题出发，全方位地驳斥徐迟的论断。值得注意的是，理迪的批驳所依据的标准十分“保守”，在“上层建筑”层面上判定西方现代派反映着西方社会精神生活的危机与混乱，表现西方人的精神空虚、悲观绝望；在“物质基础”的层面上将徐迟推崇的“物质生活”还原到资本主义的社会制度，强调社会主义的物质文明与资本主义的物质文明并不相同，不能混为一谈。最终，理迪判定“现代派”和马克思主义是根本不同的两种思想体系和世界观。

与理迪这篇文章写作同时，刘锡诚在1982年10月开始撰写另一篇批判文章《关于我国文学发展方向的辩难》，该文刊于《当代文艺思潮》1983年第1期。这篇文章将“风筝通信”、徐迟、高行健与为高行健作序的叶君健一同树为批判对象。该文和理迪的批判文章一致，将“现代派”视为“病态的”“变态的”“悲观主义”的“资产阶级文学”，论证十分简单粗暴：“难道马克思列宁主义、毛泽东思想不能指导作家正确地分析、研究、评价现实生活，而需要借助于资产阶级现代派的哲学思想或让它来取而代之吗?”[1]这种批判将文学问题十分机械地政治化，在当时的历史语境下，实则堵塞了任何讨论的空间。刘锡诚论述的重心，其实是代表现实主义争夺文学发展方向，他文章的篇幅主要论述现实主义的四大优点：真实性、反映社会生活的矛盾、批判性、展现崇高理想。在新时期的文学语境下，刘锡诚对于现实主义的肯定有其合理性，然而他对于“现代派”的理解过于陈旧也过于贬低，“现代派”几乎被重新视为“西方现当代资产阶级文学”，其分析不超出茅盾《夜读偶记》中的批评。这种近乎意识形态化的贬损，渐渐激起了一度支持他们的改革派文艺领导的不满。

这场分歧主要发生在时任作协党组书记、《人民文学》主编张光年与《文艺报》团队之间。张光年不无严厉地指出，《文艺报》“是用《时代的报告》的方法来批评现代派”[2]。对于上引的刘锡诚的文章，张光年明确地表示不满。[3]查张光年日记，他在1982年10月31日晚得知《文艺报》要批评徐迟，张光年对此的反应颇为激烈:“半夜醒来，越想越不对，需要提意见。”[4]第二天即11月1日早晨，张光年就此事致电《文艺报》编辑部，唐达成来张的家中面谈，张光年直接建议《文艺报》第十一期停

[1] 刘锡诚:《关于我国文学发展方向问题的辩难》，载《当代文艺思潮》1983年第1期。

[2] 刘锡诚:《1982:“现代派”风波》。

[3] 参见张光年:《文坛回春纪事》，海天出版社，1998，第426页。

[4] 同上，第401页。

印，抽换掉批判文章。[1]据刘锡诚回忆，就停印撤版一事，“张光年和罗荪（《文艺报》第二主编）要我们撤下来，而贺敬之（中宣部副部长）和冯牧（《文艺报》第一主编）则不同意撤”[2]。双方的矛盾趋于公开，最终《文艺报》方面答应在第十二期予以补救。

查1982年第十二期的《文艺报》，所谓补救的措施，在于“讨论会”这个栏目刊发了雷达、晓蓉采写的一篇会议报道：《坚持文学发展的正确道路——记关于现实主义和现代主义问题讨论会》。在刘锡诚的回忆中，他将这次座谈会称为“作为补救措施的座谈会”[3]。这个会议在1982年11月8日新侨饭店六楼会议厅召开，定题为“现代主义与现实主义问题讨论会”。刘锡诚回忆道：“会议由冯牧主持，应邀到会者有：文学评论家兼文学界的领导：陈荒煤、许觉民（洁泯）、梁光弟（中宣部文艺局副局长）；作家：王蒙、林斤澜、郑万隆、冯骥才、邓友梅、李陀、刘心武、张洁、理由、谌容；外国文学研究家：张英伦、柳鸣九、高行健。从邀请参加会议的这些人选来看，我们编辑部召开这个会议的目的，显然已经不是为了单纯的批判，而是定位为就现实主义如何发展、如何借鉴现代派文艺问题交换意

[1] 参见张光年：《文坛回春纪事》，第402页。
[2] 刘锡诚：《1982：“现代派”风波》。
[3] 同上。

见。”[1]《文艺报》团队和“现代派”代表作家（徐迟没有来）大致都到了，但通过一次会议弥合分歧，无疑过于天真。在《坚持文学发展的正确道路——记关于现实主义和现代主义问题讨论会》这篇报道中，和空泛的内容相比，有意味的是所有发言人的名字都省略了，一律以集体性的“许多同志”“有些同志”“很多作家”代指，营造一种团结的氛围。刘锡诚在回忆中谈道：“会上的讨论并没有多么深刻，不少人的发言好似是在表态，而对于《文艺报》来说，显然就是张光年所设计的‘补救’措施，给人一个‘讨论’的印象就足够了……作为补救措施的座谈会也开过了，但分歧依然是深刻的，在思想深处并没有消弭。”[2]就此刘锡诚直言不讳：“‘现代主义与现实主义问题讨论会’之后，《文艺报》与一些领导者和老同志之间的紧张关系并未因座谈会的召开而得到缓和。”[3]

这里的老同志指张光年、叶君健（支持高行健）、严文井（支持王蒙）等，主要指张光年。刘锡诚很尖锐地指出“现代派”背后站着这些“文坛老人”，而和“现代派”持有相近立场的“朦胧诗”群体没有“文坛老人”在背后支持，得到了相反的待遇。考虑到文坛背后千丝万缕的人际纠葛，这种从“人际关系”的角度理解新时期文坛不能说完全没有道理，但这只是

[1] 刘锡诚：《1982：“现代派”风波》。
[2] 同上。
[3] 同上。

一种辅助性的视角，下文也会提到，刘锡诚本人也反对王蒙将“现代派”分歧理解为人事斗争。在具体的人事分歧之外，同为“改革派”阵营，张光年、李子云等与冯牧的分歧，还是对于“改革”限度的理解：冯牧坚持“现实主义”立场不能动摇，而张光年等无疑包容着“现代派”一定程度的探索，以及更明显的对“大批判”的反感。这种态度也是周扬对于“现代派”的态度：“现代派不是不要批评，问题是用什么办法好？是讨论的方法，还是批判的方法？”[1]当同一阵营的内部——比如《文艺报》和徐迟之间——出现分歧时，张光年倾向于将“批判”变成“讨论”。然而这种“包容”也是有一定限度的，张光年保护徐迟等人，但是对于同一时期的“朦胧诗”运动则颇为严厉，“提议批评谢冕和孙绍振”[2]。

由于张光年的介入，《文艺报》团队“压力下做出退让，但并不情愿”[3]，在1983年第3期上，《文艺报》发表尹明耀《也谈现代化与现代派》一文支持徐迟。尽管冯牧、唐因、唐达成等人对于“现代派”依然有保留意见，但是公开的论争已经平息。

---

[1] 顾骧：《晚年周扬》，第83页。

[2] 张光年在1987年对于“现代派”论争有过回应，他不认为自己站在“现代派”一边：“当时我对文艺报同志表现出生硬态度和急躁情绪，我愿意道歉。但对这个问题本身，我不能作言不由衷的自我批评”，“当时我不赞成抓住徐、叶二同志作为‘清污’对象，我提议批评谢冕和孙绍振，因为这两位评论家同志在鼓吹现代派思潮中宣扬了很错误的观点”。参见王晓中：《中顾委生活会及张光年的答辩》，载《炎黄春秋》2014年第3期。

[3] 刘锡诚：《1982：“现代派”风波》。

诚如李洁非对于张光年的描述，张光年将批判现代派“扼杀于摇篮之中”[1]。不过，就当时的文坛环境而言，一波更大的风暴即将袭来——“现代派”纷争之后，在1983年3月7日由于周扬报告《关于马克思主义几个理论问题的探讨》引发了著名的“异化”事件，胡乔木和周扬的冲突爆发，并由此催生1983年10月开始的“清除精神污染”。在“清污”中，文学界的重要靶子之一就是“现代派”。时任文化部长朱穆之在1983年11月下旬全国文化厅（局）长会议上的讲话中，将精神污染在文化系统上的表现归纳为四个方面，第一个方面就是宣传抽象的人性、人道主义、异化、存在主义、现代派。[2]《人民日报》1983年10月31日头版刊发“本报评论员”文章《高举社会主义文艺旗帜 坚决防止和清除精神污染》，尖锐批判“有些人大肆鼓吹西方的所谓‘现代派’思潮”[3]。张光年在3月29日的日记中起意“辞职”，并在3月30日给胡乔木写信。1982年9月29日，张光年正式向中宣部工作组提交请求免职报告，以“身体虚弱”为原因，表示难以胜任中国作协党组书记职务。10月24日贺敬之代表组织找张光年谈话，表态不同意其现在辞职，并转胡乔木、邓力

[1] 李洁非：《典型文坛》，湖北人民出版社，2008，第238页。

[2] 本刊记者：《坚持正确方向 清除精神污染 努力开创文化艺术的新局面——朱穆之同志在全国文化厅（局）长会议上的报告（摘要）》，载《文艺研究》1984年第1期。

[3] 本报评论员：《高举社会主义文艺旗帜 坚决防止和清除精神污染》，载《人民日报》1983年10月31日。

群的口信，作协党组不变动。张光年特意在这句话后面加一个括号注明：《人民日报》班子变动了。[1]由于《人民日报》发表了周扬关于“异化”的报告，在“清污”爆发后的10月底，胡乔木与邓力群到《人民日报》宣布接受《人民日报》社长胡绩伟的辞呈，并免去副总编王若水的职务。

张光年尽管保有作协党组书记的职务，但在当时的情况下，已经无法维护“现代派”。但此事仍有余音，“清污”之后，在1987年的“反对资产阶级自由化”中，中顾委召开“生活会”批判与帮助张光年，1982年支持“现代派”就是罪状之一，张光年对此在《我的申辩和再检讨》中做了解释。[2]回到1983年，如果说1982年在对于“现代派”的批判中《文艺报》与胡乔木、贺敬之等文化界高层领导人结成了“统一战线”，那么在1983年主要是胡乔木、贺敬之等直接批判“现代派”。比如贺敬之在1983年5月底的中宣部的部务会议上不点名批判张光年，表示批判“现代派”受到张光年的阻力。[3]“现代派”论争发展到这个阶段，这个概念已经高度政治化，被纳入到“清污”的一环，实则取消了讨论的空间。1982年秋开始的“现代派”论争，随着“清污”的出现已然结束。

---

[1] 参见张光年：《文坛回春纪事》，海天出版社，1998，1983年3月29日、3月30日、9月29日的日记。

[2] 王晓中：《中顾委生活会及张光年的答辩》，载《炎黄春秋》2014年第3期。

[3] 张光年：《文坛回春纪事》，第457页。

## 四、“手艺”谱系中的文学

作为一个夭折的概念，“现代派”在今天的文学史论述中一直是作为“文学事件”的概念而不是作为“文学史”的概念在使用。文学史家发现了这一点：“但令人疑惑的是‘现代派’这一说法到1983年后就不再使用，文学史家对1985年以后的‘探索文学’现象采用了与‘现代派’属于不同范畴的‘寻根小说’‘先锋小说’‘新写实小说’和‘第三代诗歌’等表述。”[1]“现代派”这种说法被“冻结”了，“一个直接的原因就是‘现代派’在1983、1987年‘清污’和‘反自由化’运动中‘负面化’形象。担心因言犯忌的人们宁愿采取‘寻根’‘先锋’这样中性的说法强调自己的‘准现代派’态度。”[2]

不过从“现代派”到“寻根文学”“先锋文学”，尽管大体上都属于现代主义文学，但是经历了1982年秋到1983年秋这一年的“现代派”论争与“清污”批判，两者有重要的不同。无论“寻根文学”还是“先锋文学”都是对于“现代派”的“窄化”，“现代派”被收缩为文学的形式技巧与语言特征。黄子平在写于1987年的《关于“伪现代派”及其批评》一文中准确地

---

[1] 程光炜：《二十世纪八十年代的“现代派文学”》，载《文艺研究》2006年第7期。

[2] 同上。

指出了这一点："由于某种无法解释的、个人不能左右的大灾大难引起的困惑、焦虑、软弱无力、梦魇、荒谬感？由此产生的对传统价值观念的重新估定？如果我们承认文学的接受建立在某种共通的对人生、对世界的体验之上，这些因素就是值得考虑的。但是我们看到绝大部分作家、批评家一直小心翼翼地回避这一背景，似乎吸引他们的只是现代派新颖别致的文学形式和手法。"[1]黄子平进而指出："对现代人道主义的理论探讨未能深入下去，当代中国文学对现代世界、人、历史的'形而上'层次的思考（至少从表面看来）让位于'技术'层次的探索。"[2]

黄子平当年的这个判断十分重要，1983年之后的"现代派"就是处在一种结构性的困境之中。1983年的"清污"掀起对于"现代派"最猛烈的批判，并以此谋求召开全国思想政治工作会议，掌控思想文化领域的方向；然而"清污"后将全国思想政治工作会议悬置，既不召开，也不否决，而是无限期延宕，"原拟在1984年召开的全国思想政治工作会议，耀邦同志建议推迟召开，得到小平同志的同意。为了集中全党精力放在即将展开的城市经济改革上，无限期地推迟了这个会议"[3]。由此"形而上"层面某种程度上处于真空之中，相对应的是1984年

[1] 黄子平：《关于"伪现代派"及其批评》，载《北京文学》1988年第2期。
[2] 同上。
[3] 顾骧：《晚年周扬》，第115页。

10月20日召开的十二届三中全会通过“关于经济体制改革的决定”，“经济”成为最大的“政治”，也成为最大的“思想”，“文学”的政治功能从1984年开始逐渐弱化，成为社会结构中比较形式化的一环。

由此，1981年、1982年“现代派”兴起时就比较强烈的“技术化”“技巧化”的倾向，经由1983年的“清污”，在1984年之后不断得以强化。在笔者有限的视野里，最早提出这一观念的是叶君健，出自他为高行健《现代小说技巧初探》写的序言：

> 但就一个作家而言，在他的写作实践中，主题思想确定以后，他一提起笔来写作，艺术第二性的问题恐怕就要提到第一位了。这时他便成了一个工匠，正如一个制作手工艺品的艺人一样，他所要努力做到的是如何创造新鲜活泼的形式和与众不同的风格，把他的手艺和艺术观充分地表现出来，使他所要写的生活内容和主题思想能成为真正的艺术品。[1]

将文学视为手艺、将作家视为手艺人，这种观念随着1984年之后先锋文学——作为被窄化的“现代派”——的崛起而播

[1] 叶君健：《〈现代小说技巧初探〉序》，高行健著《现代小说技巧初探》，花城出版社，1981，第4页。

散，比如余华的看法："我们都强调叙述，没有叙述，就像一个木工没有手艺，没有技巧。"[1]尽管也有先锋文学作家质疑这种观念[2]，但就大的趋势而言，这种对于文学的"手艺论"渐成主流。

这种文学的"手艺论"包含两个层面："技巧"的层面与"技术"的层面。由于"清污"对于"异化论"的批判，现代派文学难以直接表现"异化"的精神世界。继之后起的先锋文学侧重"技巧"层面的突破，慢慢形成一种重视"语言"与"结构"的文学观；"技术"的层面一定程度上与"技巧"混用，但比"技巧"层面内涵更为广阔，将文学视为"技术"，不仅意味着"技巧化"的理解，而且意味着将"文学"视为一种自洽的领域，文学服从于自身的规律，这种规律往往被称为"文学性"。这类文学观念喜欢强调作品的"完成度"，实则是将文学作品视为一种高度独立的艺术品。从"技巧"到"技术"，"现代派"经由"清污"这一认识装置的处理，与人的内在精神世界的联系越来越弱化。当然在一部分先锋文学作品中，依然有一种变形的回应。

同时值得注意的是，在这种"手艺论"的文学观念中，世界各民族的文学发展，被想象为一场手艺人的圆桌竞赛，这类似于英国学者佛斯特在《小说面面观》中对于英国小说家的看

---

[1] 木斋：《与中国作家对话》，京华出版社，1999，第98—99页。

[2] 比如洪峰直接表示过批评："把文学和小说当成手艺无论如何对不起你自己也对不起同行。"洪峰：《小说之外》，《瀚海——洪峰小说自选集》，华夏出版社，1997，第638—639页。

法："一群坐在一间像大英博物馆那样的圆型阅读室里大家同时创作的人。"[1]佛斯特进而强调："我们能想象小说家都坐聚一室，强使他们脱离时空的限制。我觉得这是值得做的。"[2]有意思的是，《小说面面观》与《现代小说技巧初探》几乎同时在1981年由花城出版社出版。倘或文学可以"脱离时空"来讨论，那么"内容"——"文学"更直接地被"政治"所征用的这一层面——自然变得安全了，"文学"与"时代"的关系趋于脱钩。然而，"现代"以来的20世纪中国文学不能以这种"纯文学"的方式来理解，就以内在的发展逻辑而言，中国现当代文学从来不是"脱历史"的文学，如果强行将其"脱离时空"地抽象理解，势必导致"现代"以来的中国历史实践被遮蔽。比如，1987年高行健曾以胜利者的姿态回顾"现代派"讨论："这也正是这场讨论的意义所在。中国文学从政治、思想、社会、伦理的是非论争终于走到讨论起文学自身的方法与技巧，不能不说是一大进步。还应该说，这场争论对中国文学今后自身的发展也已经产生了不容忽视的影响。"[3]就在高行健这篇《迟到了的现代主义与当今中国文学》一文中，他不无严厉将中国文学判定为"自曹雪芹之后从世界文学的背景上失色了的中国

[1] ［英］E. M. 佛斯特：《小说面面观》，花城出版社，1981，第6页。

[2] 同上，第18页。

[3] 高行健：《迟到了的现代主义与当今中国文学》，载《文学评论》1988年第3期。

文学”，并以此拥抱“世界文学”。[1]高行健这种惊人的傲慢，反而彰显出“世界文学”内在的空洞，以这样的“世界文学”作为自身标准的“中国文学”，将无力于构建我们与时代的联系——当代文学从此以后尽管还没有抽象为语言学的分支或是工艺美术的一环，依然塑造了各种各样的“人物”，但近乎没有“活人”：与我们生活在同时代的、分享着相通的喜怒哀乐的人。[2]

令人遗憾的是，制衡后来越来越激进的“现代派”观念的文坛力量瓦解了，《文艺报》团队在“现代派”讨论后解体改组。王蒙在自传中直言不讳地将改组视为人事斗争：“《文艺报》的同志也不顺利，他们收获的不是他们所需要的果实。后来，张光年同志与作协班子决定，《文艺报》改成报纸形式；冯牧改去编《中国作家》杂志；副主编唐因到文学讲习所（后改名鲁迅文学院）主持工作；编辑部主任刘锡诚到民间文学研究会；理论组组长李基凯则不久到美国探亲，没有再回来。我私下认为，这是该时的《文艺报》向周扬叫板的结果……经过改组，这个同仇敌忾的《文艺报》已不复存在，中坚人物各自东西。”[3]

---

[1] 高行健：《迟到了的现代主义与当今中国文学》，载《文学评论》1988年第3期。

[2] 尽管胡乔木对于“现代派”的看法有种种争议，有的笔者也不能赞同，但就对于“世界文学”的看法而言，胡乔木比高行健高明得多：“什么是世界文学？早已分裂成两个世界文学了。”参见顾骧：《晚年周扬》，文汇出版社，2003，第60页。

[3] 王蒙：《王蒙自传（第2部）：大块文章》，花城出版社，2007，第163页。

王蒙将1982年的“现代派”论争视为《文艺报》针对他的人事斗争。当时王蒙在1982年9月11日被选为中央候补委员，也正在准备从北京市文联调到中国作协担任《人民文学》主编，张光年对于王蒙十分看重，一直努力运作此事，这在张光年的日记中都有记载。故而王蒙认为：“此次我国的现代派风波，带有给刚刚当选中央候补委员的王蒙一个下马威的色调。《文艺报》的资深副主编唐因等在一些场合还特别点出我的名字来。”[1]王蒙还引用叶君健当时的传话：“外事方面的头面人物叶君健先生，特别捎话给我说：他们这样做是针对王某人的，通过此事件抵挡王某的势头，他们要向中央表达对他们认为中央择人不当的抗议。”[2]王蒙的这个看法出版后被刘锡诚斥责为“王蒙的想象力够惊人的”[3]，尽管刘锡诚没有提供有说服力的证据予以驳斥，但这种人事纠葛很难被“证实”。笔者以为在“现代派”论争中周扬、张光年一方确实与冯牧的团队发生了明显的分歧，但该分歧不足以导致双方的决裂，在“现代派”论争后张光年与冯牧依然是朋友。尽管目前尚缺乏详尽的史料澄清《文艺报》改组的原因（《文艺报》于1985年7月改为报纸，每周一期），但如果说与1982年的“现代派”讨论关联在一起有些牵强。

---

[1] 王蒙：《王蒙自传（第2部）：大块文章》，第162页。

[2] 同上，第163页。

[3] 刘锡诚：《1982：“现代派”风波》。

但无论怎样,《文艺报》在“现代派”讨论后对于当代文学的影响力越来越小，曾经在新时期文学起源阶段的台前幕后做了大量工作的这个团体，渐渐迎来了落幕的时刻。伴随着这个团体的解体，以及现实主义文学的式微，新时期文学——在社会的层面上——逐渐走向沉寂。如果说“新时期文学”曾经对异端的文学比如“现代派”有所压抑的话，那么同样存在着一个“被压抑的新时期”:《文艺报》团体所推崇的以现实主义为主的“新时期文学”在“现代派”讨论之后日益边缘化。我们往往过于夸张先锋文学的凯旋，如果我们耳边都是欢庆的声音，是因为今天的我们就是这个圈子的一部分——由先锋文学作家、批评家、期刊与文学史所组成的“主流文坛”的一部分。

正是在这场分化之后，路遥这样的作家与《平凡的世界》这样的作品在1980年代中后期遭遇冷遇，当代文学迄今为止也一直匮乏正面表现“改革”四十年中国人真实的历史足迹与情感历程。假设在“现代派”论战中《文艺报》一方克制自己的大批判语言与逻辑，尊重“现代派”有益的探索；假设“现代派”仅仅把技巧就理解为技巧，依然相信文学关乎现实人生，有一个更宽广的世界；假设《文艺报》与“现代派”携手……假设没有发生过“清污”……这一系列“假设”对于沧桑的文学史可能过于天真了，在“现代派”讨论三十多年后，中国当下文学的处境，类似于苏珊·桑塔格在1980年对于美国文学的感慨："文学'被宣判'沦为了一门艺术。我认为它别无选择。它要么是成为与电视竞争的非常粗俗娱乐工具，要么成为一门艺术并因此只拥有有限的读者。"[1]笔者不知道，这是否是中国当代文学的宿命。

[1] 参见苏珊·桑塔格接受的采访《一种生活方式还不是一种生活》，[美]利兰·波格编《苏珊·桑塔格谈话录》，姚君伟译，译林出版社，2015。

## 第三节　幻城中的小时代

### 一、“新概念作文大赛”与“80后”作家的出场

1999年3月28日，星期天，上午九时左右，上海南郊金山区亭林镇亭东村的韩仁均先生接到一个电话，对方是上海作家协会《萌芽》编辑胡玮莳，询问他的儿子韩寒为什么没有参加昨天“新概念作文大赛”的复赛。韩仁均惊讶地告诉对方并没有收到复赛通知，胡玮莳表示评委会同意把复赛的机会保留到中午之前。显然，留给韩寒的时间不多了。韩仁均大声叫醒了儿子，父子二人冲出家门拦住一辆车，以疯狂的速度驶过郊区颠簸的公路，开往六十公里外的上海市区。像好莱坞电影一样，主人公在最后一刻赶到了。新概念作文大赛总干事、评委李其纲先生将韩寒带到补考的房间里，随手将一张揉成团的白纸丢进水杯，告诉韩寒这就是题目。一个小时以后，韩寒完成了一篇《杯里窥人》的作文，从纸团慢慢在杯中浸开，写到社会潜

移默化地污染人性，这篇作文最后获得了首届“新概念作文比赛”的一等奖。获奖的当天下午，韩寒在细雨蒙蒙中坐着公交车返回松江二中，在乱糟糟的宿舍里继续写作他的第一部长篇小说《三重门》。当时的韩寒很难预料到，十多年之后，第十四届“新概念作文大赛”复赛的题目是《韩寒》。

且回到作为“80后”作家出场标志的“新概念作文大赛”[1]。这场比赛起因于上海作家协会《萌芽》杂志的改版，而《萌芽》改版首先是一次经济救赎。“创刊于1956年7月的《萌芽》杂志是新中国第一本青年文学杂志，刚一创刊，就获得广大读者的欢迎。创刊号发行3600册，一年不到就达到20万册，在文学界和青年读者中产生了很大影响。”[2]然而，《萌芽》在办刊过程中长期伴随着资金紧张。早在1984年，《萌芽》就设想过针对上海中小学生午餐难的问题来组建快餐派送公司“以副养刊”，经济的窘境可见一斑。

这种困境在1990年代全面市场化改革后愈演愈烈。赵长天在1995年接任《萌芽》主编时，杂志发行量只剩下一万多份，读者群不断萎缩。赵长天开始了第一次改革，大规模地引进“市场经济”的思路：“既然明确文学杂志是商品，那么对于商

[1] 如吴俊指出的：“在这里之所以要提到新概念作文大赛，主要原因就是中国当代最新的一代作家、一般称为80后的作家，是以该大赛为契机实现了群体性的崛起，而且也因此产生了自己的代表性作家。”参见吴俊：《文学史的视角：新媒介·亚文化·80后——兼以〈萌芽〉新概念作文的个案为例》，载《文艺争鸣》2009年第9期。

[2] 赵长天：《从〈萌芽〉杂志50年历史谈起》，载《文艺争鸣》2007年第4期。

家来说顾客是上帝，对于杂志来说读者就是上帝。我们反复强调树立市场意识。”[1]沿着这一思路，赵长天开始细分市场受众，“寻找”他的读者：“在那么多的杂志并存的情况下，每本杂志都要有细分的读者对象。‘青年’，还是一个太笼统的概念。经过分析和实践，最终把‘我们的读者’定位为以高中生为主体的爱好文学的青年学生。”[2]从1996年1月开始，赵长天率领《萌芽》团队开始了第一次改革。“1996年1月开始的改版指导方针是摸索文学和市场的切合点。在当时青年学生对《萌芽》一无所知的情况下，我们首先考虑的是怎么吸引他们的眼球。在杂志最醒目的位置，我们不像以前通常所做的，放最好的小说，而是刊登学生关心的热点纪实作品。比如当时非常热门的申花足球明星的报道等等。读者可能是为了看自己关心的热点而买《萌芽》的，买来后，或许他们会再看看别的内容，比如小说、散文、诗歌。”[3]这次改革不算失败，但成效不大，赵长天后来回忆：“经过一年的努力，刊物销量上升了一倍。但是，两万多的发行量，离我们的目标还是很远。我们经过调查和分析，发现主要原因是杂志刊登的文章，基本作者都是中年人，这些文章

---

[1] 赵长天：《绝处逢生说〈萌芽〉》，载《编辑学刊》2004年第3期。

[2] 赵长天：《从〈萌芽〉杂志50年历史谈起》。在这篇文章中赵长天曾回忆：“为了让《萌芽》杂志办得更受青年读者的欢迎，我们委托复旦大学社会学系办的一家调查公司，在北京、上海、武汉、广州、兰州五个城市，通过抽样调查的方式，作了非常详细的‘青年人阅读取向’调查，这使我们的改版更有了针对性和目标感。”

[3] 赵长天：《从〈萌芽〉杂志50年历史谈起》。

和我们期待的读者的兴趣有距离。或者说我们的作者和我们的读者有代沟。我们应该多刊登年轻人自己写的文章。”[1]

赵长天的改革逐渐抓到了问题的关键，与其迎合“读者”，不如更有生产性地制造“读者”，通过“年轻人自己写的文章”，循环性地生产出“文本”与“读者”、“想象”与“身份”。在彼此指认、辩证共生的关系中，在青年共同体的网络中激活《萌芽》的能量。1998年赵长天开始了第二次改革：“新概念作文大赛”。大赛出台的背景，在于1997年爆发的“语文教育大讨论”。1997年第11期的《北京文学》以《忧思中国语文教育》为题，刊登王丽《中学语文教育手记》、邹静之《女儿的作业》、薛毅《文学教育的悲哀》三篇文章，揭示语文教育严重弊端，成为轰动一时的热点话题。《中国教育报》《中国青年报》《光明日报》《文艺报》《新民晚报》等媒体纷纷转载，并就语文教育问题刊发大量评论文章。中央电视台、中国教育电视台同时跟进，制作了相关的专题节目。据当事人王丽回忆，文章发表后几个月，当时主管教育的领导人做出批示，有关部门邀请她参加了全国语文中考改革指导会议，启动了世纪末中国语文教育改革。[2]

在这样的改革浪潮中，《萌芽》顺势推出“新概念作文大

[1] 赵长天：《从〈萌芽〉杂志50年历史谈起》。

[2] 王丽：《历史将记上一笔——关于〈北京文学〉与中国语文教育大讨论》，载《北京文学》2000年第10期。

赛”，邀请国内一流的文学家、编辑和人文学者担任评委，定于1999年1月1日起，每年举办一次，分为初赛与复赛，复赛地点设在上海。参赛对象分为三组，A组是应届高中毕业生，B组是除高三以外的初高中学生，C组是除中学生以外30岁以下的青年人。《萌芽》就此发表《“新概念作文大赛”倡议书》，开篇就谈到“自1997年末肇始，整个中国的舆论界对中学语文教育投以了极大的关注”[1]。《倡议书》认为：“中学语文教育的种种问题，概言之，是将充满人性之美和生活趣味的语文变成机械枯燥的应试训练。”[2]在《新思维 新表达 真体验——“新概念作文大赛”征文启事》中，《萌芽》将自己对于理想作文的设想，概括为“两新一真”：

> “新概念”旨在提倡：
>
> “新思维”——创造性、发散型思维，打破旧观念、旧规范的束缚，打破僵化保守，无拘无束
>
> “新表达”——不受题材、体裁限制，使用属于自己的充满个性的语言，反对套话，反对千人一面、众口一词
>
> “真体验”——真实、真切、真诚、真挚地关注、感

[1] 《“新概念作文大赛”倡议书》：参见《首届全国新概念作文大赛获奖作品选（A卷）》，作家出版社，1999，第3页。

[2] 同上。

受、体察生活[1]

“新概念作文大赛”的倡议书与启事显而易见是对于应试教育的批判，但饶有意味的是，倡议书也表达了成为“语文奥赛”的渴望：“应该指出的是中学的许多基础学科，如数学、物理、化学都已经有了全国性的奥林匹克大赛，而唯独作为从小学到大学（包括理工科大学）都要学习的语文学科却没有与之相称的全国性大赛形式。”[2]“新概念作文大赛”能够从无数作文竞赛中脱颖而出，正在于征用了体制的力量，巧妙地联合七所重点大学（北京大学、复旦大学、华东师范大学、南京大学、南开大学、山东大学、厦门大学），承诺“获奖的或入围的应届高中毕业生将进入七所著名高校重点关注范围，视其具体情况予以提前录取或优先考虑”[3]，并在获奖作品选封底印上“获奖者被全国重点大学免试录取名单”，由此搭建了一条保送大学的民间路径。有研究者分析：“现在看来，‘新概念’的成功离不开《萌芽》对传媒资源和教育资源的巧妙整合——创造一个极具诱惑力的承诺：进入名校深造的‘直通车’，即与大赛合作的名校达成协议，承诺优先免

[1] 《新思维 新表达 真体验——“新概念作文大赛”征文启事》：参见《首届全国新概念作文大赛获奖作品选（A卷）》，第8页。

[2] 《“新概念作文大赛”倡议书》，参见《首届全国新概念作文大赛获奖作品选（A卷）》，第5页。

[3] 《新思维 新表达 真体验——“新概念作文大赛”征文启事》，参见《首届全国新概念作文大赛获奖作品选（A卷）》，第9页。

试录取大赛获奖者。据悉，仅1999年第一届、2000年第二届的新概念作文大赛中，就有21名一等奖获得者被各知名高校破格免试录取。”[1]某种程度上，这种既叛逆又体制化的充满矛盾的统一，对于“80后文学”的发展有微妙而深远的影响。

更重要的是，“新概念作文大赛”所规划的“新”与“真”，指向着对于“新人”的询唤——这既是《萌芽》渴望的“作者”，也是《萌芽》渴望的“读者”。这里的“新”与“真”不是泛泛的说教，而是有其特定的内涵。就当时的语文教育改革而言，批判者列出了一批“不合格”的中学课文，比如《纪念白求恩》《谁是最可爱的人》《荔枝蜜》。[2]秉持传统立场的刊物不同意这一点，曾组织专辑予以辩论，尽管那类大批判的语言与逻辑值得商榷，但有一点观察是准确的：“改变教材，归根结蒂是为了改变人心。”[3]对于“新概念作文大赛”，有研究者指出：“在评选过程中，‘人性标准’和‘审美标准’代替了‘政治标准’和‘道德标准’成为引导参赛者写作的标杆。在传播在成人文学界业已成为‘主流’的文学观。”[4]“人性”与“审美”提供了一种新的意识形态，这种意识形态的核心是“个人”，

---

[1] 张振胜：《萌芽中的“新概念作家群”向何处去》，载《中华读书报》2004年10月27日。

[2] 参见孔庆东、摩罗、余杰等：《审视中学语文教育》，汕头大学出版社，1999。

[3] 凡夫：《拯救还是戕害——对〈审视中学语文教育〉的审视》，载《文艺理论与批评》2000年第2期。

[4] 李玮：《从“新概念作文”到“青春文学”——论当代文学生产机制作用下“青春文学”审美形态的生成》，载《山花》2010年第12期。

一个去政治化的、反共同体的个人。正如贺桂梅的分析，“感性、情感、体验等个体主观经验被作为跨越人的分裂式生存的解决方式，个人可以在‘审美’之中成为一个完整的整体，从而试图更为干净地撇清其与国家/社会等社会组织形态之间的关系”[1]，“新概念作为大赛”之后，青年写作中“我”大行其道，个体的内心体验被放大到无以复加的地步。

以“个人”为核心的意识形态，构成了“80后”诞生的基点。考察“80后”这个关键词的谱系，这一命名最早出现在2003年“萌芽小说族”丛书的宣传：《萌芽》与浙江文艺出版社联手再推文坛“80后”。[2]随即，2004年2月2日《时代》周刊亚洲版选择北京21岁女作家春树（《北京娃娃》作者）作为封面人物，在《新激进分子》(*The New Radicals*)的封面报道中，将她和韩寒视为中国另类青年的代表[3]。伴随着海内外大众传媒的介入，“80后”这一命名溢出了文学领域，成为出生于1980至1989年一代青年的标签，构成了理解这一代青年的视

[1] 贺桂梅：《人道主义思潮及其话语变奏》，《人文学的想象力：当代中国思想文化与文学问题》，河南大学出版社，2005，第98页。

[2] 陈坚：《〈萌芽〉与浙江文艺社联手再推“文坛80后”》，载《出版参考》2003年第19期。

[3] 据笔者的学生华东师大中文系2010级本科生王泽丰考证，《时代周刊》的报道从头到尾没有出现“80后”字样，而是以“the *linglei*”指代这批青年。王泽丰认为《时代周刊》对“另类”一词没有采取意译而是直接音译，意味着《时代周刊》强调中国青年的另类与美国青年的反叛不同。王泽丰重译了当年报道中一段有意味的话：“多数情况下，‘另类’像戴着电子项圈的狗，明白自己在受制之前能跑多远。没有人越过无形的栅栏。”

角。几乎被遗忘的事实是，“80后”既起源于“80后文学”，又深受“80后文学”的形构，文学在当下中国并未边缘，只是更为隐秘地发挥着作用。正如李阳的分析："当《萌芽》转化为中学生之间的交流媒介以后，就不仅将中学生话语解放到纸媒介中，同时也把中学生这一社会身份鲜明地生产了出来。中学生话语和身份在符号意义上构成了自足的互相生产的关系——把自己的故事不断地讲给自己。当然，所谓中学生（更流行的说法是‘80后’），与其说是一个具体的社会群体，不如说是一个被建构的文化身份。”[1]由此，“80后文学”既让“80后”一代变得可见，同时也限定了“80后”想象的可能性。

郭敬明所名的“小时代”到来了，《萌芽》有效地迎合了一代新人的历史性登场，迎来了全方位的成功。据赵长天回忆："新概念作文大赛之后，《萌芽》发行量直线上升，2000年达到了10万份。其后，每年以10万份增加，2005年每期平均发行50多万份。”[2]赵长天打造了自己的市场产业链："杂志、大赛、书系、网站、学校已经初步形成了一个萌芽产业链。”[3]在市场上大获成功之后，《萌芽》也收获了国家意识形态的肯定："2005年，《萌芽》杂志获得第三届国家期刊奖，被列为百种重点期刊。同

[1] 李阳:《〈萌芽〉的转型与郭敬明的出现》，载《当代作家评论》2011年第1期。

[2] 参见《〈萌芽〉：韩寒在这里一举成名》，http://www.china.com.cn/book/txt/20065110/26/content_7280479.html。

[3] 赵长天:《从〈萌芽〉杂志50年历史谈起》。

年，萌芽杂志社被评为上海市宣传系统第一届文明单位。”[1]这种左右逢源、皆大欢喜的结果，显示出单纯以“市场”或“国家”为视域分析当代中国都显得偏狭，无论左翼或右翼的理论，都无法充分揭示当代中国的剧变。一切坚固的东西都烟消云散了。

## 二、“小时代”的“孩子”

作为中国最现代的城市之一，上海让四川省自贡市富顺县的高中生郭敬明无限向往，在高三的作文中，他写道，“是谁说过：燃亮整个上海的灯火，就是一艘华丽的邮轮”[2]，“我的根似乎是扎根在上海的，就像人的迷走神经一样，一迷就那么远。这多少有点不可思议”[3]。相比而言，“我的城市多少有些令人啼笑皆非。一句话，它是一个像农村一样的城市，一个像城市一样的农村”。[4]“新概念作文大赛”为郭敬明打开了通往上海之路，他以《剧本》（第三届预赛）、《假如明天没有太阳》（第三届复赛）、《我们最后的校园民谣》（第四届预赛）等作文连续获得第三届、第四届“新概念作文大赛”一等奖。2002年郭敬明考入上海大学影视艺术工程专业，开始长久地生活在上海。

---

[1] 赵长天：《从〈萌芽〉杂志50年历史谈起》。

[2] 郭敬明：《关于〈生活在别处〉的生活》，《左手倒影，右手年华。》，上海译文出版社，2007，第211页。

[3] 同上，第209页。

[4] 同上，第211页。

作为郭敬明文学之路起点的《剧本》，编织了一个关于“社会角色”的寓言，文章设置了三个人物（左岸、右岸、“我”），代表着三种社会角色在现代社会的命运：左岸偏激、冲动，是一个摇滚乐手、诗人；右岸则是规矩温顺的职员，“每天早上坐同一时间的地铁坐同一个座位去上班”;“我”就像河床一样，在左岸与右岸之间，承担着生活的河流。[1]只有在多元的、流动的现代社会，以及在现代社会中“自我”的观念诞生之后，扮演怎样的“社会角色”才构成一个挑战。《剧本》这篇显得幼稚的作文，已然表现出少年郭敬明对于“社会角色”的敏感，他清醒地明了“社会角色”不过是一个文化构造物，就像说台词的戏子，带有表演性。莱昂内尔·特里林精辟地指出这一点:“真诚的观念，自我的观念，认识并展示自我之艰难的观念，开始在戏剧突然昌盛的时代兴起并困扰人类，这绝非偶然。”[2]

在《假如明天没有太阳》中，郭敬明用雕琢、抒情的文字（“安静的夜”“隐隐浮动的霓虹”“墨蓝的天壁”等），塑造了一个“我想快点快点快点，回家”的“孩子”，伤感且莫可名状，所谓“有一种烦恼是莫名其妙的”[3]。在蝉联冠军的第四届“新概

[1] 郭敬明:《剧本》,《首届全国新概念作文大赛获奖作品选（A卷）》，作家出版社，1999，第325页。

[2] ［美］莱昂内尔·特里林:《诚与真》，刘佳林译，江苏教育出版社，2006，第11页。

[3] 郭敬明:《假如明天没有太阳》,《首届全国新概念作文大赛获奖作品选（A卷）》，第416页。

念作文大赛”一等奖中，郭敬明再次重复了这种美学策略，《我们最后的校园民谣》和校园民谣本身一样伤感，在盘点了高晓松、老狼、叶蓓、沈庆等民谣歌手之后，郭敬明选择以民谣式的句子结尾："我们最后的校园民谣，夕阳下我向你眺望，你带着流水的悲伤。"[1]

在这批早期的获奖作文中，郭敬明已经开始展现他的特长：他善于描写一类特别的“自我”，忧伤、唯美的个人主义者，比如这个标志性的段落里“仰望天空的小孩”[2]。

> 我是一个在感到寂寞的时候就会仰望天空的小孩，望着那个大太阳，望着那个大月亮，望到脖子酸痛，望到眼中噙满泪水。这是真的，好孩子不说假话。而我笔下的那些东西，那些看上去像是开放在水中的幻觉一样的东西，它们也是真的。[3]

对于文学持有严肃期待的读者，面对这样的文字往往感

---

[1] 郭敬明:《我们最后的校园民谣》,《首届全国新概念作文大赛获奖作品选(A卷)》, 第177页。

[2] 而且往往是郭敬明所强调的以“45度角”仰望天空，以一个标准到矫情的仰视动作，凸显这一姿势浓重的自我怜惜。这个姿态被部分网友调侃为郭敬明的“标准动作”。有意思的是，韩寒曾在小说《一座城池》(万卷出版公司，2008，第28页)中恶搞这一场景："当‘迎接光辉岁月’唱起的时候，健叔不禁以四十五度角仰望天空，泪流满面。"

[3] 郭敬明:《一个仰望天空的小孩》,《爱与痛的边缘》, 东方出版中心，2008，第3页。

到尴尬。这一矫情到近乎滑稽的姿态——郭敬明还特地指出应以“45度角”来仰望——确立了郭敬明的写作策略、对象与美学风格。理解郭敬明，“孩子”是一个关键词，在他的作品中频繁出现，比如，“一个永远也不肯长大的孩子也许永远值得原谅”[1],“但我是个任性的孩子,从小就是”[2],“而我是个很寂寞的孩子”[3],“像个受了伤的委屈的孩子”[4],“我真的原谅这个哀伤的孩子了”[5]。这是一位高度自恋、急于倾诉的作家,似乎内心郁积着无尽的忧伤:“我是个会在阴天里仰望天空的好孩子，我真的是个好孩了。”[6]

长期以来，郭敬明式的写作，被因此指认为“青春文学”，“80后写作”被视为孩子们的游戏，被视为青春期的文学综合征。坦率地讲，这是一个流于印象主义的批评，郭敬明的作品，远远比所谓“青春文学”要复杂，这里的“复杂”不是纯粹美学意义上的，而是牵扯到“80后写作”与历史语境的隐秘关联。

郭敬明的写作，对应着个人与历史脱钩的历史语境。这不仅仅是基于历史变故或政治规划，更是基于“市场”在1990

[1] 郭敬明:《四维读书之写在前面》,《爱与痛的边缘》，第93页。

[2] 郭敬明:《七天》,《爱与痛的边缘》，第146页。

[3] 郭敬明:《三个人》,《爱与痛的边缘》，第146页。

[4] 郭敬明:《水中的蓝色鸢尾——读安妮宝贝》,《爱与痛的边缘》，第96—97页。

[5] 郭敬明:《永远哀伤的孩子——读〈彼得·潘〉》,《爱与痛的边缘》，第122页。

[6] 郭敬明:《阴天》,《爱与痛的边缘》，第195页。

年代的兴起，无数以“私有”为核心的“我”，构成这一中国特色的市场经济得以建构的前提，这在经济学上被称为“产权明晰”“理性人”等。换句话说，这个不断被放大的“我”，是“市场”最本质的产品。正是在这个意义上，1990年代的传奇，是一代“新人”的自传，郭敬明在“还有一个月我就十八岁了”的时候就敏锐地发现了这一点，“每个人的成长在自己心里都是惊天动地的事儿”[1]。由于与历史脱钩，“惊心动地的事儿”，只能发生在“个人”的内部。

从这一视野出发，80后一代，既是大历史的孤儿，又是市场经济的自然人。郭敬明精明地迎合了这一点，他说：“我的小说是写给年轻人看的。”[2]在他的作品中，“年轻人”被不断暗示为“孩子”，“孩子”的状态很好，成人的世界则令人不安。这里的“孩子”和生理年龄无关，而是指涉着对于历史责任的拒绝。以“忧伤”为核心，郭敬明不断夸大、强化、鼓励——同时限定——“孩子”的内心体验，并且赋予这一切以合法性。郭敬明的写作，作为个人化写作最极端也是最深刻的产物，在个人化写作的尽头，暴露出高度的政治性：试图以所谓“忧伤”填充青春的社会性，定义何为“青春”。这是当之无愧的政治性写作，尽管以似乎与政治全然无关的形式出现。

这种写作背后的文化政治决定了郭敬明的文体：华丽、戏

---

[1] 郭敬明：《后记》，《爱与痛的边缘》，第234页。

[2] 郭敬明：《消失的天堂时光》，《爱与痛的边缘》，第77页。

剧性、高度饱和的情感。这可谓是“内容”与“形式”的辩证法，笔者且引几例：

我也曾走过那一段雷禁般的区域。

像是随时都会被脚下突如其来的爆炸，撕裂成光线里浮游的尘屑。[1]

寂静的尘埃星河，涌动的宇宙极光，爆炸的太阳黑子轻轻地扫过眼睑，瞳孔变得发烫。

胸腔里那颗轻轻跳动的小小红色星球，突然像是几百万年前的地球一样，进入了白茫茫的冰河世纪。[2]

他想，这就是我的爱

她冷静地朝远处走去，渐渐地离开了自己的世界。

他张开嘴大哭。

冷风像是水银一样倒灌进温热的胸腔里，一瞬间攫紧心脏。

这才是悲剧的最强音节——

弥漫在整个空旷天地间的，低沉提琴的巨大悲鸣。[3]

---

[1] 郭敬明：《悲伤逆流成河》，长江文艺出版社，2007，第97页。

[2] 郭敬明：《小时代2.0虚铜时代》，长江文艺出版社，2010，第139页。

[3] 郭敬明：《小时代1.0折纸时代》，长江文艺出版社，2008，第70页。

熟悉郭敬明作品的读者会发现，郭敬明很喜欢用“宇宙”“星球”“世界”“世纪”这类大词，以极大的比喻，写极小的情感，凭借这种巨大的张力，不断强化“我”的重要性，其作品的核心是一个高度自恋的“自我”，无限膨胀，世界不过是围绕“自我”旋转的幻象——这正是郭敬明文体的“魅力”与“秘密”。

这样一类“脱历史”的自我，如何与当代中国的城市生活相遇——郭敬明来到上海后的小说，无论他是否意识到，都围绕这一点展开。在《幻城》所编织的唯美、空洞、自我无限膨胀的奇幻故事大获成功后，郭敬明选择休学专事写作，并于2006年成立“上海柯艾文化传播有限公司（CASTOR）”，成为“80后”作家中第一位以文化公司的方式运作文学生产、发行与推广的文化资本家。在2007年，郭敬明推出第一部描写上海生活的长篇小说《悲伤逆流成河》，这部小说是郭敬明迄今为止唯一带有“底层”味道的作品。故事发生在上海这座国际大都会的暗影里，石库门那些逼仄潮湿的弄堂之中，讲述善良的富家子弟齐铭与弄堂里的单亲少女易遥的残酷青春。过于敏感的爱情与过于曲折的情节，摧毁了青春期的主人公，同时牢牢抓住了同样处于青春期的读者。据郭敬明自述，《悲伤逆流成河》在当年“五一”七天长假中售出一百万册。不过，无论怎样受到欢迎，郭敬明所擅长的伤感故事，在这部作品中变得过于沉重。毕竟，这个故事涉及流行的“上海故事”所需要回避的阶级差异。

更为重要的是，从《爱与痛的边缘》《左手倒影，右手年华。》《1995—2005夏至未至》《悲伤逆流成河》过渡到《小时代1.0折纸时代》《小时代2.0虚铜时代》，一切似乎合乎自然，“孩子”被“市场”所捕获，这个忧伤的“孩子”，成长为消费的主体。在《小时代》系列中，顾里、南湘、唐宛如和林萧（叙述人“我”），上海大学同一宿舍的四个女孩子，过着超现实主义的校园生活，享受着“流星花园”式的爱情，顾源、席城、卫海、简溪这些男友们各方面都类似日本动漫美少年。她们或他们（当年“忧伤”的孩子）的日常生活与情感体验，几乎完全被资本所赋形，小说中充斥着无数的时尚品牌，诚如主人公顾里所表示的：“没有物质的爱情只是虚弱的幌子。”[1]笔者就此逐页整理了一份《小时代》的时尚生活指南：Hermes店里的黑色Birkin包与茶壶、Prada桃红色手包、LV男包、Tod's的男鞋、Vertu的手机、《Vogue》杂志、Chanel发带与NO.5香水、MUJI饭盒、Burberry西装、Nina Ricci连衣裙、奔驰S500、Armani沙发、Anna Sui唇彩、Adamo电脑，等等。甚至于，当顾里与顾源这对青年恋人爆发争吵的时刻，这个文学史上的常见场景，在《小时代》中极具“特色”：

顾里转过头来，冲顾源吼：“你脚上那双D&G的靴子，是

[1] 郭敬明：《小时代1.0折纸时代》，第68页。

我给你买的！”[1]

笔者将《小时代》系列视为郭敬明迄今为止的代表作，这自然不是“好”作品，却是“重要”的作品。夸张地讲，郭敬明写下“小时代”这个书名的时候，他已经写完了整部小说，这是一个极其重要的命名，还没有谁对于一直延伸到当下的“90年代”有如此精准的命名。“90年代”的孩子，正是“小时代”的孩子；而且难得的是，在《小时代》系列中，以往隐匿在“忧伤的孩子”背后的“90年代”，在作品中也悄然出场，这就是《小时代》中特殊的人物——“上海”，国际大都会，世界金融中心，郭敬明笔下的资本之城。《小时代》系列真正的主角是“上海”，这是献给“上海”的金色赞美诗，无论是《小时代》第一部还是第二部，郭敬明都是以对于“上海”的无限夸张的赞美开始：

这是《小时代1.0》的第一页：

翻开最新一期的《人物和时代》，封面的选题是《上海与香港：谁是未来的经济中心》——北京早就被甩出去两百米的距离了，更不要说经济疯狂衰败的台北。

每一天都有无数的人涌入这个飞快旋转的城市——带

[1] 郭敬明：《小时代1.0折纸时代》，第67页。

着他们的宏伟蓝图，或者肥皂泡的白日梦想；每一天，也有无数的人离开这个生硬冷漠的摩天大楼组成的森林——留下他们的眼泪。[1]

这是《小时代2.0》的第一页：

所以陆家嘴依然流光溢彩，物欲纵横。环球金融中心每天耸立在云层里，寂寞地发光发亮，勾魂夺魄。只等着身边那幢“上海中心”可以早日拔地而起，以解除它独孤求败的寂寞。“上海中心”围起来的那圈工地上，打桩的声音日复一日地响彻这个小小的陆家嘴江湾，像是上海生命力异常顽强的心跳声，但听久了，也凭空多出一种苍凉的悲壮感来。[2]

这是一座作为“幻城”的上海，上海内部的多元与异质性——比如工人新村，比如市民的石库门，比如中产阶级今天所面对的“高房价”——被金茂大厦、环球金融中心、恒隆广场所抹平，“上海”变成了“资本”与“时尚”的上海，变成了一个历史完全被架空、可以与纽约、伦敦、东京彼此置换的上海。为《小时代》辩护的学者也承认这一点：“上海虽然有其具体性的呈现，但这里的背景其实是一个全球性的抽象。这里的

[1] 郭敬明：《小时代1.0折纸时代》，第4页。
[2] 郭敬明：《小时代2.0虚铜时代》，第10页。

商品都是在全球移动之中的‘全球商品’，这里的本地的生活其实也是抽掉了本地性的人生。”[1]吊诡的是，这种高度“抽象”的写作，反而落实了“个人与历史脱钩”的具体性，无论承认与否，郭敬明是这个抽象时代真正的“主流”作家，他的作品展现了这个时代的“时代精神”。

故而，郭敬明的作品如此畅销，多年来占据文学类排行榜第一位。[2]这也是郭敬明最自负的地方，他将“销量”视为“对一个作家最大的肯定”。[3]很多学者仅仅由于“销量”而将郭敬明看作琼瑶、金庸一脉下来的商业写作，这是一个似是而非的误会。和以往所谓的通俗作家相比，郭敬明的写作，非常有力地介入到当下“新人”的生产。在文学史的脉络中，郭敬明自己恐怕都没有觉察到，他的写法不无怪诞地弥合了“抒情”与“资本”的冲突，这是“浪漫主义”兴起数百年来一直无法解决的问题。然而，和田园梦想的感伤、革命理想的激情不同，郭

[1] 张颐武：《郭敬明的〈小时代〉：给“小时代”一个形象》，张颐武新浪博客，2010年3月13日，http://blog.sina.com.cn/s/blog_47383F2d0100h2gr.html。

[2] “开卷图书市场研究所2003年、2004年图书市场的调查表明，以‘80后’为主体的青春文学占有整个文学图书市场份额的10%，而现代和当代的作家作品合起来，也仅占有10%。这就是说，在当下的图书市场上，‘爸爸辈’‘爷爷辈’们联手才能与‘80后’打一个平手。”参见吴琪：《畅销书历史：精英落幕》，载《三联生活周刊》2006年第28期。这是七八年前的调查，现在恐怕差距更大。笔者补充一个堪为典型的例子，《小时代2.0虚铜时代》上市七天销售120万册；“纯文学”作家中应该是最有市场号召力的张爱玲，《小团圆》半年销售70万册。

[3] 邱致理：《郭敬明：我没有韩寒说的那么低龄》，载《南都娱乐周刊》2010年第27期。

敬明的作品，是一种卑下的浪漫主义，在资本的黄金竖琴下无限献媚。

致命的问题在于，在摩天高楼面前，《小时代》中普通家庭出身的人物，仅仅是城市景观的旁观者。这是让她激动的城市，但不是她的城市。无论是金茂大厦还是环球金融中心，真正的持有者是国内外一流的财团。“小时代”里的人物与权贵阶层的关系只有两种：家族关系与雇佣关系，前者以顾里为代表，后者以林萧（即叙述人“我”）为代表。

郭敬明不是没有感知到这一点，只有缺乏足够的勇气正视，通过文化公司的运作，他的文学成为资本链条上的一环。在《小时代》中，郭敬明将“资本”的气质掩饰为“男性”气质，最多是一种“怪癖”。比如，《M. E》主编宫铭不允许主编助理林萧使用逗号和句号之外的标点符号，林萧的同事告诉她：“逗号和句号可以表现出我们的冷静和有条不紊，任何时候我们都是被设定成这样的机器人！”[1]对于资本时代的冷漠法则，参与性匮乏的青年一代，充满了无力感，郭敬明也诚实地表达出这一点，“财富两极的迅速分化，活生生把人的灵魂撕成了两半。我们躺在自己小小的被窝里，我们微茫得几乎什么都不是”[2]，“我们活在浩瀚的宇宙里，漫天漂浮的宇宙尘埃和星河光尘，我

[1] 郭敬明:《小时代1.0折纸时代》，第26页。

[2] 同上，第5页。

们是比这些还要渺小的存在”[1]。

合乎逻辑的是,《小时代》的故事都发生在“内景”。从上海大学女生宿舍到毕业后主人公们租住的静安别墅,从顶级写字楼到豪宅里的PARTY,郭敬明的小说是文学版的“室内剧”,大上海流光溢彩的景观,与主人公的生活没有发生真正的关联。和第一部“室内剧”《渴望》在1990年代饶有意味地播出一致,激荡在公共空间的能量变得衰微,一切都被吸纳到个人空间之中。相比于《子夜》《上海屋檐下》等上海故事将政治波澜作为故事的推动力,在《小时代》之中,故事的推动力依赖人物间的对话与人物爱恨关系的调整重构。

郭敬明的经典主人公,就是这种被中国特色的现代性囚居在内室中的主体,始终处于一种不成熟的状态。在《小时代》之中,顾里、林萧、南湘、唐宛如四个同宿舍的女孩子组成了“小共同体”,以抱团取暖的方式,扮演着“大时代”的局外人,“小时代”的剧中人。

然而,小说结尾却是悲剧性的,劫后余生的林萧离开了上海,在漫长的岁月里反复做同一个梦:阳光明亮的大学寝室,她和女伴们穿着睡衣挤在沙发上窃窃私语,“我们俩的头发都又长又黑,长长软软地披散下来,缠绕在一起,分也分不开”[2]。“上海梦”因为一场大火化为灰烬,宛如幻城一梦,郭敬明写完

[1] 郭敬明:《小时代1.0折纸时代》,第108页。

[2] 郭敬明:《小时代3.0刺金时代》,长江文艺出版社,2011,第359页。

《小时代》最后一行，是否会想起自己十四岁时候发表的处女作《孤独》，这首预言般的小诗结束于这一句："我们不知道要去哪里。"

## 三、游弋在"他的国"

韩寒也未必知道要去哪里，但是和郭敬明不同，韩寒的主人公永远"在路上"。"新概念作文大赛"与《三重门》的成功后，韩寒很长一段时间去玩赛车，几年内成为中国汽车锦标赛场地赛、拉力赛双料冠军，目前是中国最出色的赛车手之一。同时，他继续着自己的写作，连续出版《长安乱》（2004）、《一座城池》（2006）、《光荣日》（2007）、《他的国》（2009）、《1988——我想和这个世界谈谈》（2010）等长篇小说；并且以"新浪博客"为平台，从2008年开始发表一系列杂文，戏谑反讽地抨击时弊，几乎篇篇成为社会热议的话题。社会大众所理解的"韩寒"形象，基本上是这一系列时评所勾勒出来的。

体育记者曾经如此评价韩寒的赛车："韩寒理想的赛车，就是在危险到几乎失控的边缘驾驶着自己的线路。"[1]这同样适合于描写韩寒的写作。韩寒写得是一种游弋的"公路小说"，往往和

---

[1] 方肇:《韩寒：最好的年代》，华文出版社，2012，第3页。

道路与远方相关，描绘着不安分的青年游荡者。早在2000年，十八岁的韩寒就表现出对“远方”的向往，他在《永远的远方》一文中表示苏童的短篇小说《一个朋友在路上》是“近年来唯一一篇让我读了两遍的小说”。[1]这篇小说描写叙述人“我”的好友力钧酷爱《在路上》，大学毕业后选择做一只“自由之鸟”在中国各地漫游，“冲破围墙到外面去，去看真实的世界，去找寻你的自我”[2]。这个主题显然击中了韩寒的内心深处，韩寒的小说都是“在路上”的各种变形。

和郭敬明自我囚禁的脆弱与忧伤不同，韩寒的人物，表征着经历巨变的当代中国价值认同的破碎。郭敬明的人物幻想着海上繁华梦，沉醉在一系列国际品牌与商业地标带来的物质迷幻之中；出生于上海的韩寒，反而拒绝了“上海”所规约的这一切，在上海召开世博会前夕，他针锋相对地表示，“城市，让生活更糟糕”（世博会口号：“城市，让生活更美好”），在同题演讲中韩寒直言不讳“我是一个非常非常不喜欢大城市的人”。[3]如果说郭敬明一直竭力掩饰自己来自四川、努力扮演着“上海人”，那么韩寒则一直强调自己就是“乡下人”，“我的小时候在

[1] 韩寒：《永远的远方》，《韩寒五年文集（下）》，万卷出版公司，2008，第227页。

[2] 苏童：《一个朋友在路上》，载《上海文学》1993年第1期。

[3] 韩寒：《城市，让生活更糟糕——嘉定区世博论坛演讲稿》，《青春》，湖南人民出版社，2011，第103页。

农村度过，农村的确是个好地方，至少可以放声高歌”[1]。上海的城市景观对于韩寒也是缺乏魅力的，“如果说城市的建筑是美丽的、值得欣赏的话，我宁愿成天对着一只火柴盒看。钢筋水泥是最没人情味的”[2]。

在《青春》等杂文中，韩寒表示自己关注的是“上海郊区普通人的生活”，他不是从宏大叙述——比如“中国崛起”“浦东模式”——开始，而是从身边的普通朋友出发，一笔一笔算起经济账，面对高昂的房价与物价，这些普通的年轻人未来渺茫。读《青春》，笔者想到的是表面上看和韩寒八竿子打不到一起的赵树理。王晓明曾经这样分析赵树理：“他是一个要替农民算实际的生活账的作家……他也坚信，这个社会主义应该能同时在政治和身体的层面令农民信任，应该能确实地改善他们的生活。他不相信单靠描绘未来图景——无论那多么新、多么美——就能长久地打动农民。必须有实际的数据，才能支持历史的逻辑，光用文字画一条历史进步的逻辑线条，小二黑是不会长久相信的。……1960年代，赵树理笔下再次出现了一批被称为‘中间人物’的形象，他们一径低着脑袋，顽固地算着自己一家一户的小帐。”[3]在《青春》中，韩寒和写《三里湾》的赵树理一样，耐心地计算着本阶级的“账目”：“一个月

[1] 韩寒：《兄弟成长于天蓝年代》，《韩寒五年文集（下）》，第186页。

[2] 韩寒：《来自海边》，《韩寒五年文集（下）》，第185页。

[3] 王晓明等：《笔谈赵树理》，载《文艺理论与研究》2008年第4期。

赚一千五百块”“一个月可以补贴一千五”“他的母亲在给人拧电灯泡，八百块一个月”“但是上海郊区镇上的房子一套至少要五十万”……[1]和赵树理作为农民阶级的文学代理人相似，韩寒是属于中国正在崛起的中产阶层的作家，他对于房价、汽车、电影等具体问题的关注，以及通过博客与微博等网络新媒体与受众的互动与传播，都在不断强化他的中产阶层代言人身份。在一个文学丧失轰动效应的时代，韩寒的文字有如此呼风唤雨的魔力，正在于新兴的历史能量的支持。

韩寒的作品，标志着中国中产阶层的美学倾向与社会处境。面对社会等级不断凝固与分化的现状，中产阶层无法克服“社会板结”所导致的参与性危机。尽管上海所代表的中国各大城市在近年来高速发展，但是中产阶层缺乏有效地分享发展果实、有效地参与自身生活的方式，由此缺乏对于共同体的认同。麻省理工学院黄亚生教授结合具体经济数据分析道：“‘上海模式’可以提高城市高楼大厦的楼高和国内生产总值的统计数据，但对提升居民的实际生活水平却是有限的。此外，上海可能是中国贫富差距最大的城市之一。”[2]黄亚生就此发出严厉地批评：“世界上任何其他地方都不会像上海一样点燃如此多的梦想，也带来如此多的失望。”[3]不过，和以往的批判型知识分子不同，关

[1] 韩寒：《青春》，《青春》，第1—3页。

[2] 黄亚生：《“中国模式”到底有多独特？》，中信出版社，2011，第19页。

[3] 同上，第25页。

于“中国向何处去”，韩寒没有一个确定的远景，他放弃了关于“乌托邦”的任何迷思。

因此，不能仅仅在与“小时代”相对的“大时代”的意义上理解韩寒。抨击时弊的杂文，每天有无数篇在各种报纸杂志尤其网络上发表，时评家非常之多，为什么独独韩寒有这样的影响力？一方面，近乎老生常谈的是，韩寒的杂文写作发表在“博客”上，读者群和网民群体高度重合。数据显示，“截至2009年12月底，中国青少年网民1.95亿，普及率高达54.5%，远高于整体网民28.9%的水平”[1]。面对社会阶层愈发“凝固”的现状，青年群体对于“腐败”等问题有极大的敏感与愤怒，韩寒的博客充当了这一群体的代言人。诚如韩寒在访谈中谈到的：“我觉得是因为大家都需要找一个出口，所以我的关注度可能就高了。”[2]

另一方面，在博客这种新媒体属性之外，笔者觉得更关键的是，韩寒提供了一种新的“形式”来回应作为“内容”的当下中国。很多研究者将这种文体归于“油滑”，认为在美学上格调不高。不必征引巴赫金、艾柯[3]等学者的不同看法，且回到当下中国的语境中来理解——“80后”是在“80年代”历史

---

[1] 参见《中国青少年网民近2亿》，载《联合早报》2010年4月27日。

[2] 参见《韩寒入选〈时代〉影响力榜 自称就是乡下孩子》，载《新京报》2010年5月21日。

[3] 在艾柯伟大的作品《玫瑰之名》中，作者指出，这个世界真正恐惧的是亚里士多德的《诗学》第二卷《论喜剧》。

终结后开始写作的，这一点非常重要。韩寒式的“大时代”写作，是“大时代”终结之后的“大时代”写作，以往回应“大时代”的艺术形式，比如充满悲剧意味的“呐喊”已然被历史所摧毁，我们所面对的不过是伟大的遗骸。韩寒有意或无意地体悟到这一点，“大时代”终结之后的“大时代”写作，是一场文化游击战，不再是“子夜”时分的“呐喊”，而是历史尽头的“故事新编”，在囚笼般的历史内部——这是王小波作品中的核心意象——的戏仿、消解与颠覆。其实又何止韩寒，不限于文学，“90年代”以来的对青年读者有巨大影响的作品，比如周星驰电影[1]、王小波小说、《大史记》系列、《一个馒头引发的血案》、《网瘾战争》等，莫不如此。至少从“90年代”以来，一种抵抗性的新文艺思潮在兴起，影响巨大，却长期缺乏必要的研究或命名。笔者姑且称其为“反讽美学”，和我们所熟知的“五四”以来感时忧国、涕泪飘零的悲剧传统相对应。且容笔者下个大胆的断言，在当下中国，真正革命性的艺术形式，不是悲剧，而是喜剧。[2]

在一个确定性可疑的世界里，以不确定的方式游弋，韩寒的杂文写作，正是一场属于这个时代的文化游击战。这里的

[1] 韩寒博客的背景音乐，用的是被“80后”一代奉为经典的电影《大话西游》的经典主题曲《一生所爱》。

[2] 这点和晚年的鲁迅相似，似乎是解释鲁迅先生转而写作杂文与《故事新编》的一种可能性。经历了“呐喊”的失败，“笑”比“五四”所推崇的斩钉截铁的确定性更为有力。如果“反讽美学”的谱系得到认可，鲁迅先生依然是源头，值得细加追溯。

“游击”，不仅仅是比喻意义上的，更是游击的本义，在没有找到自己“根据地”情况下的游荡、回击。他的每一篇杂文，其精彩之处，都需要与反讽的对象互文理解，这类似鲁迅曾经设想过的“速朽”的写作，不能也不屑留下“完美”的艺术形式供后世赏鉴。而且，在这场文化游击战中，由于父辈甚或祖辈们的文化乌托邦纷纷溃败，无家可归又不放弃抵抗——拒绝被吸纳到“幻城”之中——的“80后”一代，注定是孤独的抵抗，这是真正历史性的“一个人的战争”。

从这个角度重新理解韩寒的作品，以往散乱、破碎的诸多细部，在这一框架中全然不同。以往的看法，是认为韩寒杂文很好，但不会写小说。郭敬明就持这种论调，在2010年底一次访谈中，他谈道：“他[1]应该谈不上写小说吧，他应该更好的是他的一些杂文或者散文的这些思想的言论的这些东西，我觉得那是很棒的，但是真正小说除了这种东西，一两句经典的，我觉得更多的还是叙述技巧、对故事的驾驭能力、塑造了人物，像你说你提到他的小说，你能想起哪个经典的人物吗？”[2]有趣的是，这里郭敬明所秉持的文学观，和主流文学界很相似，同样关注叙述、故事、人物。以这些大学教科书式的标准来要求，韩寒的小说更像是关于同一个主角的一篇篇杂文的连缀，一种

[1] 指韩寒。

[2] 参见《娱乐现场》2010年11月14日对于郭敬明的独家采访，《郭敬明批韩寒不会写小说》，http：//www.qiyi.com/zongyi/20101115/n125086.html。

特殊的“杂文小说”，韩寒塑造的人物也确实没有生活实感，故事场景更是高度寓言化，比如污染后变得巨大的动物（《他的国》）等。然而，不是从预设的标准来衡量韩寒，而是从韩寒自身的文化游击战的写作策略中来理解，韩寒的小说，提供了一种新的小说形式、新的美学风格、新的“大时代写作”。在韩寒这里，所谓“真实”的人物与故事是可疑的——郭敬明恰恰证明了教科书式的标准最终走向了“幻城”，剧烈转型中的当代中国，无法为“故事”与“人物”提供一种确定性。

因此，韩寒的文学世界中，主人公只能到处游荡，不断地和世界的碎片相遇，并且对这一切予以讥讽。在《一座城池》中，小说第一页，“火车慢慢停下，这又是一个全新的地方”，以为自己是“逃犯”的“我”和健叔在陌生的大地上逃亡。在《光荣日》中，一群青年自动放逐到远方，整部小说是一个疯狂的白日梦，“到了毕业分配的时候，这些人主动放弃了分配，跟随大麦来到了孔雀镇。一共七个人。大家坐着火车，摇摇晃晃，穿过一座山，再穿过一座山”[1]。在《他的国》中，小说结尾怪诞而动人，有一种王小波式的诗意：依靠着最后一个变异的大动物萤火虫的照亮，左小龙在大雾中开着摩托离开故乡亭林镇，幻想沿着318国道穿越中国。在韩寒的《1988——我要和这个世界谈谈》中，则更为彻底地将故事场景放置在318国

[1] 韩寒:《光荣日》，万卷出版公司，2009，第15页。

道，“我”从上海到西藏，横贯东西，穿越广袤的中国。诚如小说第一句话，“空气越来越差，我必须上路了”，这条象征性的318国道，是韩寒的朝圣之路。小说中“丁丁哥哥”告诉“我”的一句话意味深长，“你懂的越多，你就越像这个世界的孤儿”，在这场“文化游击战”中，主角注定是一个孤独的个人，一个无家可归的远游者。

这种写作对应着中产阶层在社会结构中的处境，“游弋”的状态，没有超出一百年前毛泽东在《中国社会各阶级的分析》中的论断:“那动摇不定的中产阶级。”[1]这也解释了为什么韩寒的作品是反讽性的，如琳达·哈琴指出的，“反讽成了实际抵抗与反对的某种替代”[2]，反讽开始于“怀疑”，终止于“延宕”，反讽从不引燃任何“革命”。反讽者不满于这个世界，又维持着这个世界，和抱怨相比，反讽者更担心崩溃。克尔凯郭尔指出：“有越大的对立在运行着，也就越需要反讽，以便操纵、控制那些自行其是、竭力冲脱的魂灵。”[3]反讽最终提供的是关于“自由”的安慰:“在《精神现象学》中，黑格尔曾就反讽所具有的知识上的价值进行过深入的阐述……黑格尔显然是说，通过这

---

[1] 毛泽东:《中国社会各阶级的分析》,《毛泽东选集》第1卷，人民出版社，1991，第9页。

[2] ［加拿大］琳达·哈琴:《反讽之锋芒：反讽的理论与政见》，徐晓雯译，河南大学出版社，2010，第27页。

[3] ［丹麦］索伦·克尔凯郭尔:《论反讽概念》，汤晨溪译，中国社会科学出版社，2005，第281页。

种讥讽嘲笑，精神就获得了一定程度的自由——我们把这种自由叫做疏离。如果‘存在’可以被这样对待，它似乎不是完全认真的，那么精神受它的约束就比较少。这样，就可以无所悲伤地接受存在,必要时也可以无所怨恨地与存在打交道。”[1]在参与性危机的状态下，这种反讽所带来的“疏离感”，会推出一种灰暗而快乐的“自由感”。然而，这远远不够，这很容易流向另一种自我囚禁，滑稽而犬儒。

韩寒的问题也在这里。众所周知，梁文道等人赞誉韩寒为“当代鲁迅”，这种说法在多家报刊和网络上很受支持。在笔者看来，尽管韩寒的《熄火猜想》《北京长期单双号限行之后》和鲁迅的《拟豫言——一九二九年出现的琐事》十分神似，尽管韩寒的杂文一度在社会层面的影响力而言接近鲁迅，但鲁迅要比韩寒复杂、深刻得多。韩寒笔下游荡的“个人”，不像鲁迅笔下的“个人”那么决绝，那么黑暗沉重。究其缘由，“游击”着的韩寒，模模糊糊地有自己的价值谱系，他以近似“自由主义”的立场来建构这个“个人”：

> 后来他又发短信问我，那么换句话说，你这个人的观点和言论符合了西方人的价值观，你觉得是么？
>
> 我回消息说，难道不符合中国人的价值观么？

---

[1] ［美］莱昂内尔·特里林:《诚与真》，刘佳林译，第118页。

我相信地球人和外星人也许价值观不一样，但是西方人和东方人，除了生活习惯不一样以外，价值观应该是差不多的，为何一定要争呢。[1]

这段对话节选自韩寒获悉入选《时代周刊》提名后的博文《散文一篇》，对理解韩寒十分重要。这是韩寒一贯的思想立场："我不认为一个东西可以被称作'东化的'或'西化的'……这里只有一个标准——是否适合人类。"[2]这里有一个深刻的悖论，韩寒未必自知：如果说他的杂文精彩地破却"东方"各种价值观的幻觉，暴露了以往似乎自然而然的"常识"背后的政治经济关系，但为何却迷恋"西方"的"常识"，莫非"历史"真的就此终结？和鲁迅"横站"的思想立场相比，韩寒还过于软弱，"价值观应该是差不多的"这种明显非历史化的结论就更不必说了。

在韩寒主编的《独唱团》中，立场上和韩寒相似的作者，这个问题暴露得更为明显。有作者通过比较中国和西方的"国骂"，上纲上线地指出中国的"国骂"古老、不现代，蔑视个人价值：

---

[1] 韩寒:《散文一篇》，韩寒博客，2010年4月7日。

[2] 参见《南都周刊特别报道：公民韩寒》，载《南都周刊》2009年10月30日第364期。

> 比较起来，英文这种直接攻击对手的脏话，我比较容易接受。而中文这样连累对手的母亲和祖宗，只是为了变成对方的长辈，我觉得很“原始部落”，很无视“每个人都是独立自主的个人”的原则。[1]

这种比较荒诞不经，矫情造作，带有一种可笑的傲慢。无须讳言，包括韩寒对于“东方/西方”的理解在内，不过是一种通俗化的“自由主义”论述。韩寒的辩护者在《韩寒是不是当代的鲁迅？》中坚持认为，“常识”当然存在，韩寒就是一个例子，“韩寒的思想是天生的”，“深刻的思想不一定要通过阅读大量书籍获得，而可以天然产生”，“人的本性就是自由主义的”。[2]这是另一座需要破却的“幻城”，人的本性是自由的，但未必是自由主义的。如果不正视这一点，不必考虑其他原因，韩寒的写作恐怕也难以持久，他的博客会更新地越来越慢，直到退出历史舞台。鲁迅孤绝彻底、无所依傍的思想态度，让“速朽”的杂文变得不朽，而韩寒所凭借的通俗化的自由主义思想资源，将迅速耗尽他的想象。毕竟，他的想象，就其根本而言，是“历史的终结”的想象，就此自由主义已经提供了一个完整的故事——因其过于完整反而更像是一个神话。当“在路上”的韩寒停下来的那一刻，韩寒就不再是韩寒，而是另一个郭敬明。

[1] 蔡康永:《脏话到底脏在哪儿》，载《独唱团》2010年第1期。

[2] 参见周筱赟:《韩寒是不是当代的鲁迅？》，载《明报》2009年11月16日。

## 四、“80后写作”的可能性

无论韩寒、郭敬明还是他人，“80后”写作绝非脱离时代，而是和历史关联密切。而且，不需笔者多言，以往对于“青春文学”的所有幻觉，最终不是被这一篇或下一篇文章所打破，“大时代”的中国，终将因过于庞大、剧烈而无法隐藏。

很少写博客的郭敬明，曾发表过一篇富于症候性的博文，他的原意应是展示自己的销量，贴出了2010年第一个月的图书排行榜前三名：《小时代2.0》《失落的密符》《蜗居》。和以往一样，郭敬明每次都排在第一名[1]；第二位则是悬疑推理这类西方最成熟的类型文学，且搁置不论；饶有意味的是第三位：《蜗居》。郭敬明在博文中还特意强调：“不要误会，蜗居写得很棒，我爱六六老师。”[2]

这份排行榜，包含着内部的颠覆性因素。和《小时代》类似，《蜗居》在文学上同样不好，但同样非常重要——《蜗居》不是“80后”写的，但是写给“80后”的，和《小时代》相比，作者给出了另一个“上海故事”。海藻的故事，和顾里的故事，在“上海”同时发生。出卖身体与情感换取房子的海藻，在LV

[1] 在笔者写作本文同时，《新京报》等报刊发布2010年畅销书排行榜，《小时代2.0虚铜时代》再获年度冠军，续写郭敬明的销量神话。

[2] 郭敬明：《献给丹布朗和〈蜗居〉……（同时公布一个记录）》，郭敬明博客，2010年2月5日。

和动漫美少年般的男友间享受青春的顾里，她们都生活在上海。

郭敬明的写作提供了典型的上海想象：有车有房，名校名企，大都会，英俊爱人，充满时尚元素的中产阶层生活。然而，郭敬明的世界中充满着细密的裂隙，《小时代2.0》中，有一段很“突兀”：

> 两个街角的拐弯，顾里搞得头昏脑胀。宫洺此刻仿佛有点儿清醒了过来，他终于会说话了，虽然他只会说那么一句：“千万别吐在车上，这车是我爸的！”——由此可见，这句话绝对来自他理性的最深处的恐惧，也许就算他整个人已经昏迷了，他依然会在昏迷中高喊：“这车是我爸的！”[1]

当然，清醒过来的郭敬明，和清醒过来的宫洺一样，一定会抹平文本深处这些黑暗的罅隙。主人公之一南湘，哪怕母亲吸毒，没钱交学费，在夜店里兼职陪客人喝酒——这倒是一个“底层文学”的题材——她生活方式上依然认同豪门千金顾里，只不过穿的是便宜一些的品牌（小说中提到了H&M等）。在郭敬明笔下，南湘的痛苦，不是来自“底层”，而是和席城、卫海的爱恨纠缠。这里的阶层差异十分淡化，上海这座资本之城，似乎只是让生活更加美好。

---

[1] 郭敬明：《小时代2.0虚铜时代》，第205页。

然而，“这车是我爸的”揭示了《小时代》的角色们享有的一切，来自家庭的继承，她们没有一个人是经典意义上的“劳动者”。在顾里的故事之外，海藻的故事讲明白了这一点，以就业、房价等为切入点，她笔下的“80后”一代，面对的社会生活开始变得像混凝土一样凝固。由此韩寒针锋相对，他一篇博文的题目叫《青春》：

> 你看很少有论坛上有现役的富士康员工向大家讲述关于自己员工跳楼的故事和自己的生活，因为他们都没有这个时间甚至能力。外面的灯红酒绿和他们一点关系都没有，连对爱情的憧憬都没有，这个世界上没有第三者，现实是最大的第三者，也许唯独在跳楼的时候，他们的人生价值才有所体现，那就是被当作一个生命被提起和记起。……在未来的十年里，这些年轻人都是无解的，多么可悲的事情，本该在心中的热血，它涂在地上。[1]

如何“学术”，怎样“文学”，终究避不开血污的现实生活。诚如谢有顺谈到的另一种“80后”：

> 还有另一种生活，一种数量庞大、声音微弱、表情痛

[1] 韩寒:《青春》，韩寒博客，2010年5月28日。

> 楚的生活，等待着作家们去描述、去认领：他们这一代人，除了不断地在恋爱和失恋之外，也还有饥饿、血泪和流落街头的恐惧；他们的生活场，除了校园、酒吧和写字楼之外，也还有工厂、流水线和铁棚屋；他们的青春记忆，除了爱情、电子游戏、小资情调之外，也还有拖欠工资、老板娘的白眼和“一年接近四万根断指”的血腥……[1]

必须承认，无论是郭敬明的忧伤，还是韩寒的游弋，形形色色的青年，都是无所寄托的“个人”。对于郭敬明而言，以女生宿舍所代表的“关系网络”构筑的“小共同体”，无法摆脱现代的“孤独”，这种小共同体最终的体验是“无聊”，一种和历史脱钩的不及物的生活所必然反映在心理上的悬空之感。正如鲍曼的看法：“共享私密往往是首选的、甚至可能是仅存的‘构筑共同体’的方法。这种构筑技术，只能产生像支离破碎、游离不定的情感一样脆弱短命的‘共同体’，它们毫无规律地变换着目标，茫然无计地寻找永远也找不着的安全港湾；在这些共同体中，人们共享着苦恼、焦虑或怨恨，但它们都是‘钉子’共同体，众多孤独的个体短暂地围绕在钉子周围，并把他们孤

[1] 谢有顺：《那些坚固的东西都烟消云散了——新世纪文学、〈鲤〉、“80后”及其话语限度》，载《文艺争鸣》2010年第3期。

独的个体恐惧悬挂在这颗钉子之上。”[1]对于韩寒而言，游弋的个体最后可能走向韩寒所设想的反面。“倘若个体是公民的头号敌人，倘若个体化给公民身份和基于公民身份的政治带来麻烦，那是因为作为单个人的个体所关心的事情和他们的当务之急占据着公共空间，并宣称自己是公共空间唯一合法的占据者，把其他东西都从公共话语中挤出去了。”[2]

今天的我们是在“现实主义”所代表的宏大叙述瓦解之后重思“想象的共同体”。这一次不是从“铁屋子”，而是从“幻城”中让“小时代”的孩子们醒来。被分割的“个人”，由此重建一种关联的可能性。对于“80后”一代而言，以文学的方式重建团结，需要穿越虚无，经过“反讽”的过滤。相比较如一百年前梁启超“新小说”的展望，罗蒂在《偶然、反讽与团结》中所提出的“自由主义乌托邦”，对于当下中国或许更有针对性：

> 本书的目的之一，就是提出一个自由主义乌托邦的可能性：在这个乌托邦中，反讽主义在某种意义上具有普遍性。在我看来，既然后宗教的文化是可能的，那么，后形上学的文化势必也是可能的，而且也是同样可欲的。在我的乌托邦中，大家不会把人类团结当作是必须被承认的事实，亦

---

[1] ［英］齐格蒙·鲍曼：《个体地结合起来》，［德］乌尔里希·贝克、伊丽莎白·贝克-格恩斯海姆著《个体化》，李荣山等译，北京大学出版社，2011，第26页。

[2] 同上。

即必须清除“偏见”或挖掘原本隐藏起来的内在真实，才能认识到的事实。反之，人类团结乃是大家努力达到的目标，而且达到这个目标的方式，不是透过研究探讨，而是透过想像力，把陌生人想像为和我们处境类似、休戚与共的人。团结不是反省所发现到的，而是创造出来的。如果我们对其他不熟悉的人所承受痛苦和侮辱的详细原委，能够提升感应相通的敏感度，那么，我们便可以创造出团结。”[1]

由反讽走向团结，一种新型的个人与共同体的关系，等待着新一代文学的勘查与激活。在最高的期待上，何谓“80后文学”，真意在此。历史终究没有终结，历史将再度敞开。重建共同体的那一刻，就是现实主义归来的那一刻。对于现实主义无论有多少种定义，最关键之处在于，现实主义是共同体的文学。那一刻“反讽美学”的历史使命终将结束，中国将有能力重新讲述“正剧”，讲述光荣与梦想，庄严与崇高。

[1] ［美］理查德·罗蒂:《偶然、反讽与团结》，徐文瑞译，商务印书馆，2003，第7页。着重号为笔者所加。

# 第四章
# “新的美学原则在崛起”

# 第一节　拯救文学的先锋性

## 一、《无名指》的形式冲动

在2005年6月16日晚给吴亮的回帖中，李陀表示这场“纯文学”论争就此结束：“我看这一次，就到这儿住手吧。我开始就已经和你说过，我现在还有一个大一些的写作计划，由于《视界》目前还在停刊状态，没有了编辑事务，我得抓紧时间。”[1]李陀这里提到的写作计划，应该就是长篇小说《无名指》（刊于《收获》2017年夏季长篇小说专号）。《无名指》在《收获》全文发表前，曾经在《今天》2012年春季号发表过五万字的节选，在2012年接受记者采访时，李陀表示《视界》[2]停刊后考虑写小说：“如果做文学批评，我觉得找不到好的小说。也

[1] 李陀：《雪崩何处》，中信出版社，2015，第52页。

[2] 《视界》系一份综合性人文杂志，包括前沿理论、文化研究、文学批评、访谈对话、新书评介等，由李陀与陈燕谷联合主编，2000年由河北教育出版社以书代刊的方式发行，2004年停刊，共出14辑。

许这也是我做文学批评的缺点，我一定要这篇小说感动我，我才会去评价它，如果只是还不错，是无法引起我的激情写批评文章的。在这种情况下，我自己想了想，觉得该到写小说的时候了。”[1]

因为“找不到好的小说”而亲自上阵，对于一位批评家而言无疑充满着风险。但李陀并不是傲慢地认为他比别的作家写得更好，他质疑的是何谓“好”的文学标准本身，也即对于现代主义的不满。李陀认为这种现代主义写作导致了一种个人化的“纯文学”，文学没有能力塑造人物、介入现实。

某种程度上，《无名指》可以被视为一份特殊的文学批评。李陀作为历史性的文学批评家，并不仅仅基于个人杰出的文学批评成就，而是他从1970年代末以来各个时期的文学批评都有效地呈现出彼时的历史性难题，文学批评成为时代主题的结晶。从1979年的《谈电影语言的现代化》一文到1980年代的《也谈“伪现代派”及其批评》，到1990年代的《丁玲不简单——革命时期知识分子在话语生产中的重要角色》，乃至于近年来的《〈波动〉序言——新小资和文化领导权的转移》等，莫不如此。

而贯穿于李陀1990年代中后期到当下的思想主题，就是对于“纯文学”的批评。理解《无名指》，要基于“纯文学”大讨论的写作背景：李陀在《上海文学》2001年第3期发表长篇访

[1] 李陀:《20世纪文学成就不如19世纪》，载《新京报》2012年6月11日第C07版。

谈《漫说"纯文学"》,《上海文学》在当年约请薛毅、张闳、韩少功、王光东、王斑、罗岗等人参与讨论，蔡翔、南帆、张颐武、张慧瑜等也先后在《当代作家评论》《南方文坛》《文艺理论与批评》等杂志回应这一主题。这场讨论标志性的段落，是吴亮在2005年5、6月通过陈村主持的网络文学论坛"小众菜园"提出质疑，李陀在该论坛予以回应，双方主要共九篇帖子的争论已结集出版。通过吴亮与李陀的论战，"纯文学"讨论所内在的"写现实"与"个人化"两种写作的冲突暴露无遗，也彰显出1980年代文学共同体在今天的深刻断裂。

这场讨论所触及的冲突包括文学观、思想立场、世界想象等一系列问题，但笔者觉得最有效的方式，还是从最基本的形式层面进入，具体而细微地展开对话。在《漫说"纯文学"》一文中，李陀谈到了很有意思的一个现象：

> 我注意到，在九十年代的很多小说里，"内心叙事"这种心理描写特别时髦，尤其是第三人称的自由间接引语这种技巧，几乎变成了很多作家，特别是青年作家的主要写作手段。这种写法的一大问题就是速度慢，慢得让人不耐烦，让人头疼，我真奇怪为什么有那么多文学刊物的编辑，能容忍这种往往是冗长、单调又十分随意的写作风格充斥自己刊物的版面？单从技术角度讲，今天文学刊物面貌的单调和整齐划一，和这样一种粗糙而简单的写作技巧的流

行（甚至是统治）有很大关系。[1]

不熟悉叙述学的读者可能不清楚何为“自由间接引语”，胡亚敏教授在我国较早介绍过“自由间接引语”。在发表于1989年的《论自由间接引语》一文中，胡亚敏举了伍尔夫《达罗卫夫人》小说开头的例子：“达罗卫夫人讲她要自己去买花，因为露西十分忙碌，要脱开门户的铰链，朗布梅尔迈耶还要派人来”，在这个段落中，叙述者的视角与人物的视角趋于一致，胡亚敏对自由间接引语下了一个定义：“自由间接引语是一种以第三人称从人物的视角叙述人物的语言、感受、思想的话语模式。”[2]和自由间接引语相比，直接引语即是用引号直接标出人物对话，自由直接引语就是省略掉引号或者引导词、引导句的人物对话与内心独白。

自由间接引语在福楼拜、乔伊斯、伍尔夫等现代主义大师的作品中极为常见。在20世纪80年代末至90年代初这段时间，国内的批评界开始关注并讨论自由间接引语，洪治纲等先锋文学批评家将自由间接引语视为重要的小说叙述技巧。[3]这样的“现代主义”是李陀极力反对的。在《无名指》的创作谈中，李

[1] 李陀、李静：《漫说“纯文学”》，载《上海文学》2001年第3期。

[2] 胡亚敏：《论自由间接引语》，载《外国文学研究》1989年第1期。

[3] 洪治纲：《自由直接引语与自由间接引语——小说叙述技巧漫谈之七》，载《山花》1993年第2期。

陀直接批评今天的写作追随与模仿伍尔夫式的现代主义："那些写作其实还是借着现代主义的余晖在发光，其中最大的一股潮流，是对弗吉尼亚·伍尔夫写作路数和风格的追随和模仿（为什么伍尔夫影响这么大？已经远远超过卡夫卡，这本身就值得研究）。"[1]李陀直陈《无名指》的写作冲突在于和"现代主义"反着来："什么是我写作《无名指》的最持久的动力？其实是一种冲动，就是我想反着来——在写作的最基本的追求上，面对长时期以来流行的小说写作习惯（或者叫范式，叫教条，怎么叫都行），处处都'反着来'。"[2]

这种创作冲突落实在《无名指》的形式中，就是小说叙述依赖直接引语，对话非常之多，比如小说的开篇：

> 歌声刚刚升起，手机响了。
>
> 是谁？
>
> 我不太情愿地拿起手机。
>
> "请问大宝在吗？"
>
> "在——当然在！"
>
> "二宝也在吗？"
>
> "当然也在啊。"

[1] 李陀：《创作谈：我在写作上的一次反向实验》，"活字文化"微信公众号，2017年7月30日。

[2] 同上。

“那我是先和大宝说话，还是和二宝说话？”[1]

这个段落基本上是直接引语，叙述人不以自由间接引语的方式进入人物的内心世界，而是将内心的情绪直接体现在对话中，比如以“当然也在啊”这种揶揄暗示“我”内心的兴奋（“二宝”在小说中暗指男性生理器官）。叙述人“我”心中疑问的“是谁？”，这个段落中唯一的内心活动，也以拟对话的方式呈现。这种今天的写作中较为少见的写法，从头到尾贯穿在这部二十万字的小说之中。《无名指》以这种摒弃自由直接引语的方式，关闭叙述人通向其他人物内心世界的道路。李陀在创作谈中谈道：“二十世纪以来，先有普鲁斯特，后有亨利·詹姆斯，后来又有很多所谓大师的人，或者用具体的写作，或者著文直接鼓吹，全都倡导和推崇写人物心理，小说写作要直接写人的内心世界，写人的意识活动，甚至把心理分析当做小说写作进入当代人的思想世界、理解现实人的唯一途径，从而忽略、贬低、压抑人物对话在小说写作中的意义和功能。”[2]

不依赖心理描写而是依赖对话来塑造人物，《无名指》中的对话都是带有鲜明个性的性格化对话，典型的有叙述人“我”第一次遇到泥鳅、小徐这两位底层民工：

---

[1] 李陀：《无名指》，载《收获》2017年夏季长篇小说卷。

[2] 同上。

矮个子叫了起来："那看到哪辈子啊？"

高个子不耐烦地推了矮个子一下："说你没文化，就是没文化，人家一目十行，你能比，你比得了？"

"赫！一目十行——你还拽起来了！"

"不懂？那是说看书快，你看一行，人家看十行，也许几十行，像你——一块钱十块钱都分不清！认半天！"

"你妈X就认得钱！"

"你妈X又骂人！"

"你妈X先骂的！"

"你先骂的！要不是你妈X先骂人，我他妈X的能骂人吗？"

这"妈X"绕口令听得我笑了起来。[1]

这种个性化的语言将人物符号化，叙述人第二次见到这两个人时，正是想起这段所谓的"妈X"绕口令而认出了他们，"从矮桌旁边站起两个人打招呼，我一看，马上想起那个'妈X'绕口令，是他们俩，泥鳅和小徐"[2]。这个例子清楚地显示，作者在小说中试图在社会结构关系中塑造人物，人物个性化的语言，匹配着人物的底层身份与相应的文化教养。

《无名指》这种反现代主义的写作，在形式层面提出的关键

[1] 李陀：《无名指》。
[2] 同上。

问题是：是自由间接引语这种叙述人从人物视角进入人物内心世界的方式，还是直接引语这种在社会结构关系中将人物对话个性化的方式，更有利于塑造人物？对于这个问题，必须首先悬置各种前在的文学立场，要更为谨慎地辨析与对待。笔者深知《无名指》所在的文学场高度撕裂，故而希望本文的分析不是固化这一种或那一种文学立场，而是做到在不同立场之间构建对话。

自由间接引语的流行，不能仅仅归于作家或者文学编辑的审美风尚，而是有历史性的原因。自由间接引语这种叙述技巧制造出叙述人与人物之间的疏离感，与此同时，叙述者一定程度上放弃了叙述权威，在自由间接引语中从叙述者的视点转到人物的视点。疏离而又个人化，这是我们熟悉的都市人的情感结构，自由间接引语是契合这种情感结构的叙述艺术。

自由间接引语值得我们重视的是，这种叙述技巧不承认高于人物的叙述权威，叙述话语根植于特殊的而非普遍的人物经验之中。诚如研究者对于《包法利夫人》中自由间接引语的分析："《包法利夫人》中的人物植根在个人经验的特殊性中，并把每一个人物悬置在敞开的小说话语逻辑中。"[1]同样，自由间接引语的问题在于，这种写法比较擅长处理中产阶级化的复杂、暧昧的内心世界。这种中产阶层的内心世界如果覆盖了所有阶层，

[1] 吕国庆：《论自由间接引语与乔伊斯的小说构造》，载《外国文学评论》2010年第3期。

无疑有一种隐形的文化霸权。李陀对此看得很清楚，他在《漫谈“纯文学”》中直接点出：“在我看来，无论现代主义的兴衰采取何种形式，它们其实都是中产阶级社会创造的精英文化。”[1]

《无名指》形式上面临的挑战在于，尽管李陀表示其对于现代主义的“反向写作”并不是倒退，但在20世纪50至70年代乃至于80年代文学前期的小说中，这种直接引语的写作是主流的。工农商学兵，说话各有固定的腔调，人物高度类型化。在这种叙述模式中，叙述者是高于人物的，有一种明显的“叙述者/人物”之间的“等级制”。《无名指》试图“把塑造人物重新放在写作的中心”[2]，但吊诡的是，作者又重新恢复了这种叙述的等级。在上面的段落可见，农民工无法摆脱符号化的语言来“说话”。没必要在二元对立的立场上争论哪一种写作塑造的人物更概念化，这里的问题在于，如何理解叙述者的“权威”？谁赋予了叙述者“权威”？在现代社会，一个高于人物的权威叙述者是否可能？

## 二、怎样的“叙述者”可以表现现实？

《无名指》这个以现实主义面目出现的文本，在其表面的“光滑”下，隐含着一系列矛盾。放弃了自由间接引语的作者，

[1] 李陀、李静：《漫说“纯文学”》。

[2] 李陀：《创作谈：我在写作上的一次反向实验》。

无法找到一个高于人物的权威叙述者；但其设想的叙述方式，又要求叙述者有一种“总体性”的视野。在这种冲突中，叙述者“我”，从美国归来的心理医生杨博奇，是一个十分矛盾的叙述人。心理医生这个角色设计，再一次回应了强大的启蒙文学传统中“医”与“文”的辩证置换，这是天然的高于人物（“患者”）的叙述位置，有利于展开对于“病态”的社会现实的诊断。然而“我”在小说中没有完成一次成功的心理疗愈，相反他对于当下的社会现实非常陌生，常常陷在一种惊奇甚或迷茫的心理状态中，杨博奇面对“病人”常见的反应是：“面对这样一个在困境中挣扎的人，我该怎么帮助她？我该采取什么样的策略？做什么样的劝导才会对此刻此人发生作用？”[1]

《无名指》的叙述者在政治、科学与道德诸种维度上都无法占有高于人物的“权威性”。在当代文学传统中，叙述者的权威往往依赖于先于叙述存在的政治前文本；但在《无名指》这里，并没有一套成熟的政治叙述——比如“合作化”之于《创业史》或者“现代化”之于《新星》——来结构小说，叙述者不可能在“政治”的意义上获得“总体性”的视野。同样，作为心理学博士所依据的科学赋予的权威，在小说中也被解构掉了，心理学对于杨博奇早已“祛魅”了：“和社会学一样，那不过是一个学科，而且，和其他学科一样，理论和理论，观点和观点，

[1] 李陀：《无名指》。

流派和流派，互相永远冲突不已，无止无休，究竟谁对人类心理活动的动力和机制的解释是正确或准确的？究竟学者和学者之间的分歧和争执谁真是为了真理，谁是为了学术利益和学术地位？那真是天知道。”[1]在道德的维度上，作者希望这部小说“揭示中国当代知识分子的病态”[2],但叙述人“我”同样是知识分子的一员，在小说中没有表现出高于人物的道德水准，而作者又无法在知识分子的外部——比如从底层的视点出发——找到合适的叙述人，只能由“我”来叙述同类的病态，叙述的可靠性在此摇摇欲坠。

这样的一个并不高于人物的叙述者，能否承担隐含作者的价值意图？在《漫谈“纯文学”》中，作为现代主义的对立面，李陀肯定了《挪威的森林》、美国侦探小说、《红楼梦》的简洁叙事，即不依赖于心理描写，而是凭借对话与行动。如果说现代主义将文学局限在人的“内部”，那么对话与行动是否能够让人物回到外部世界？在《无名指》中，主人公杨博奇在对话，在行动，但是非常被动，他只是不断被“卷入”。在几乎所有的对话中，杨博奇不是在回答，而是在发问，他既不清楚朋友家的金牌扣肉是什么菜，又不了解工人之家中对于剥削的争论。

在行动的层面上，杨博奇面对着资本时代高度分化的空间：民工王大海住在潮湿发霉的地下室、前女友海兰一家住在

[1] 李陀:《无名指》。

[2] 李陀:《创作谈：我在写作上的一次反向实验》。

大杂院、大老板金兆山住在郊区维多利亚风格的独栋洋房……这座城市的空间已经被资本的法则所填满，杨博奇无法真正进入不属于他的阶层身份的空间，只能流浪般地在北京漫游，南长街、景山前街、中关村、世贸天阶、三里屯，“往下去哪里？我给自己定了一个原则：逢街口，一律左转”。[1]杨博奇如果想真正地“行动”而非“漫游”，就要有能力挑战宰制空间分化的资本法则，但杨博奇对此无能为力，他本人最为流连的，也是匹配他的阶级身份的咖啡、酒吧、餐厅这类中产阶层的消费空间。就连他诊所所在的空间，金兆山的部门经理王颐也凭借资本的法则一语道破：“你找了这么一个地方，虽然不繁华，可也不是穷人区，这选择不错，是充分考虑到了边际效应，是明智之举。”[2]杨博奇的心理诊所本身也被阶层化了，他不能总体性地诊断这个社会结构，相反本身就是这个结构的组成部分。

在《无名指》中，并没有真正有效的“对话与行动”，作者所期待的文学的能量无法找到恰当的叙述形式，叙述人不甘的生命冲动陷落于颓废的生活形式。“我”面对着异质性的空间，怀旧性地将空间转化为时间，比如能够安妥“我”的，是迷恋多年的景山红墙。小说中有一处精彩的段落：杨博奇最为自在的空间，是在宛平县城找到了老北京才有的小酒馆，“时光真的

---

[1] 李陀：《无名指》。

[2] 同上。

可以倒流。我一下子回到了二十多年前，一切都太熟悉了”。[1]只有在资本空间坍塌的这一刻，杨博奇不再是被局限在某一个时刻，而是感受到了生命的贯通，他醉酒后躺在卢沟桥的桥面上，仿佛回到了多年之前，“躺上去一点不嫌硬，也是这么热乎乎的，感觉有阳光从石头里慢慢渗出来，又慢慢渗到你身子里，让你浑身的血都是热热的”。[2]这是小说中最为动人的一笔，“我”恍惚中重访历史的裂谷，精神危机获得了历史性的起源。当精神危机可以被历史性地理解的时候，也就意味着精神危机可以以历史的方式获得解决。

而在日常生活中，杨博奇依赖性爱缓解精神危机。项静在《收获》配发的评论中提道：“杨博奇这个人物有点自恋和骄傲，除了浓烈的荷尔蒙展示，小说中的女性角色几乎都是为他而设计的。”[3]笔者在第一次阅读《无名指》时，惊讶于这部小说与《废都》的相似性。尽管李陀与贾平凹的文学立场与精神资源风马牛不相及，在小说语言特色与美学风格上也毫无关系，但两者触及的主题都是病态的知识分子，从《废都》到《无名指》，当下的文学依然处在“90年代”起源时刻那漫长的崩裂之中。无论是贾平凹笔下古旧的知识分子，还是李陀笔下海归的知识分子，他们身上的颓废都源自当代史深处，文学再一次显示出

[1] 李陀：《无名指》。

[2] 同上。

[3] 项静：《知识流浪儿的奇幻旅程》，载《收获》2017年夏季长篇小说卷。

自身不可抗拒的历史性。

在主体性丧失的时代，性爱成为颓败的主体的精神救赎。细读《无名指》，杨博奇与周瓔两次浓墨重彩的性爱，都发生在杨博奇潜意识中感受到压迫的时刻。在坐着金兆山的汽车去郊外豪宅的时候，杨博奇感到："浓密的暗色重新把我包得严严实实，连我的皮肤都感到了一种实实在在的压迫。"[1]在那一刻他回忆起与周瓔的车震，尤其是回忆起他的双手对于周瓔身体的掌控。同样，当杨博奇在周瓔的办公室里性爱时，周瓔的身影叠印在写字楼的玻璃幕墙上，像一个胜利的符号："三扇巨大的落地窗里都上演着这样的画面：一双漂亮的高高举起的长腿，犹如一个白色的大V字。"[2]无论是对于女友周瓔还是暗恋"我"的记者冯筝，在精神层面上杨博奇并不理解与认同这些小资化的女孩子，比如他觉得和冯筝隔着"一道透明的高墙"，但是他需要"青春的肉体"来自我确证。

杨博奇最终陷在一种现代主义的情绪之中，陷入"纯文学"论争时吴亮所主张的"一种特殊的精神迷惘"[3]。我们的心理医生杨博奇，这位叙述者最终成为病人，小说结束于他的一个梦："我"恍惚地目睹着冉冉剥洋葱（洋葱剥到最后一无所有，这是

---

[1] 李陀：《无名指》。

[2] 同上。

[3] 吴亮：《吴亮致李陀：我对文学不抱幻想》，《雪崩何处》，中信出版社，2015，第7页。

先锋文学常用的虚无之喻）、周璎没有爱情的苍白婚礼、金兆山超现实主义的会所，最终“我”走向自我分裂，发现另一个“我”吊在树上，“我”因此仓皇地逃走，趺趺撞撞地穿过民工们住的街巷，背后是那另一个“我”疯子一样的大笑……在这个梦中，“我”最终从符号化的现实中逃逸，叙述人再也无力把握并描述现实。

和文学史上任何一部重要作品相似，文学自身的形式强度，将对抗、改写乃至于颠覆作家原初的设想。从《漫谈“纯文学”》的视野出发，我们期待《无名指》将是一部反现代主义的典范之作，但小说最终展现了文学表现并介入现实的困境。《无名指》以高度现实主义文学的面貌出现，最终成为典型的结构性反讽的文本。[1]

## 三、从现代主义中拯救“先锋文学”

在2001年“纯文学”讨论中，薛毅在《开放我们的文学观念》一文中指出：“‘纯文学’与‘先锋文学’应该是两个相反的

[1] 艾布拉姆斯在《文学术语词典》“反讽”词条下指出：“对于结构性反讽而言，常见的结构性设置是安排一名不可靠的叙述者，这个故事的叙述者也是故事的参与者之一。尽管这个叙述者既不愚蠢，亦不轻信，也无痴傻疯狂，然而在他对自我及他人的动机与行为的观察与叙述中，显示出洞察力的匮乏。从中读者可见出叙述者自身的偏见与兴趣如何扭曲了他的观察。”该词条由笔者翻译，参见黄平：《反讽者说——当代文学的边缘作家与反讽传统》，上海文艺出版社，2017，第323—324页。

概念。前者在现代性领域中寻找一种自律而自由的空间，而后者是要突破这样一个自足却自我封闭的界限，重新寻找一种与社会实践紧密相关的文学方式。前者是以专门化为特征的，而后者则是'介入'的。"[1]李陀在2014年的一次演讲中，借用彼得·比格尔《先锋派理论》一书的分析，将现代主义与先锋文学予以区分："现代主义它的特点是什么呢？就是它不管怎么讲究创新，不管怎么讲究发展，但是它并不触动资本主义的文学的体制和意识形态。但是实际的先锋派和现代主义在这里是完全不同的，它是不但对旧的传统、19世纪的传统或者过去的西方传统做出尖锐的批判，而且认为先锋派的文学和艺术是直指体制。这个区分非常重要。"[2]

回到当代文学的历史脉络中来理解现代主义、先锋文学、纯文学这一系列彼此缠绕的概念，可能会比纯粹的理论辨析看得更为清楚。现代主义这个概念在新时期文学起源阶段出现在文坛时，在其内部就包含着自我矛盾：一方面，现代主义带有明显的"介入"色彩，比如对文学中"非文学"的拒绝，从文学工具论中的解放，对于"自我"的表现。这是吴亮在"纯文学"争论中再三强调过的[3]，也是值得铭记的文学史实。正是由

[1] 薛毅：《开放我们的文学观念》，载《上海文学》2001年第4期。

[2] 李陀：《重新发明文学——我们正处在文学的"无政府主义"时代》，李陀在2014年9月26日深圳"新民说：凝聚时代的力量|晶报名人演讲周"的演讲。

[3] 吴亮：《吴亮致李陀：我对文学不抱幻想》，《雪崩何处》，第4页。

于现代主义——当时被称为“现代派”——的“介入”色彩，1982年开始文坛掀起对于“现代派”的批判。

另一方面，现代主义又在回避着“介入”，1980年代初“现代派”兴起时，始终伴随着关于文学的“手艺论”。将文学视为“手艺”包含两个层面：“技巧”的层面与“技术”的层面，“技巧”的层面以高行健《现代小说技巧初探》为代表，“技术”的层面以徐迟《现代化与现代派》为代表[1]。“技巧”的层面慢慢形成了一种重视“语言”“结构”等形式要素的文学观；“技术”的层面更进一步地将“文学”视为一种自洽的领域，文学的自身规律往往被称为“文学性”。在这种现代主义倾向中，文学被视为一种高度独立的艺术品，与人的内在精神世界的联系越来越弱。

随着1980年代中后期现代派向先锋文学的转移，这组“介入/不介入”的矛盾同样内化在先锋文学的叙述逻辑之中。1980年代的先锋文学依然有其批判性，不过随着1990年代以来历史语境的变化，“不介入”的这一面不断强化，先锋文学渐渐转为纯文学。从新时期起源阶段的现代主义，窄化为当下的纯文学。

我们不能把这种窄化的历史结果本质化，将文学直接判定为“特殊的精神迷惘”，李陀与吴亮在“纯文学”论争时关键的分歧在于——“自我”是源自内在的意识，还是外在的历史建

[1] 进一步的分析参见黄平：《“现代派”讨论与“新时期文学”的分化》，载《扬子江评论》2017年第4期。

构。同时，也不能把这种窄化道德化，文学大势的转移，从来不由作家们的道德选择所决定。最后，我们也不能低估扭转这种窄化的难度，姑且将纯文学与先锋文学视为现代主义内部的两股自相矛盾的力量，今天我们如何从现代主义中拯救"先锋文学"？换句话说，文学的先锋性如何确立？

笔者在上文已经讨论了《无名指》的形式危机，在此笔者想进一步指出，《无名指》的形式上的困境，印证了我们的精神困境。《无名指》摒弃了现代主义的内心叙事，但又找不到更有效的方式进入人物的精神世界，最终只能回到较为传统的文学手段："信"与"梦"。小说中冉冉和冯筝都选择给杨博奇写一封长信，内容不论，这种情节设置就显示出小说"介入"的艰难——在我们这个时代"自我"的界限非常牢固，人与人真正的交流极为艰难，不可能依赖对话这类直接引语而实现。

要想突破这一形式上的困境，首先要突破精神上的困境。先锋文学的先锋性，首先要突破自律的现代主义文学在价值立场上的虚空，重申文学与生活的关系。诚如彼得·比格尔所言："先锋派的抗议，其目的在于将艺术重新结合进生活实践之中。"[1]然而，虚无化的中产阶级生活，无法支撑文学的先锋性。《无名指》展现得最为彻底的，就是"我"身边中产阶层朋友们匮乏生活的意义。比如"我"最好的朋友大学同学华森、苒苒

[1] [德]彼得·比格尔：《先锋派理论》，高建平译，商务印书馆，2002，第88页。

夫妇，华森作为教授和多个女学生有不正当关系，以通俗化的尼采式论调看待生活，“大爆炸，大毁灭，大洪水，那才是创造历史的真正动力”[1]；而一度想自杀的苒苒，在家里布置下佛堂，最后去峨眉出家，在生活之外寻找人生的意义。比“我”、华森和苒苒都要年轻的冯筝，直接表示“人活着为什么一定要有理由？”[2]可见，虚无在这一代人已经正当化。

这也解释了为什么在小说中“我”如此憎恶金兆山的部门经理王颐，饱受虚无困扰的“我”，最厌恶以虚无牟利者，即所谓的精致的利己主义者。王颐是撕下了虚无面纱的中产阶层，彻头彻尾的“经济人”，他改写了北岛的名句作为自己的座右铭：“卑鄙是卑鄙的通行证。”[3]和王颐这样的“经济人”相比，“我”宁愿欣赏不那么“精致”的金兆山这样的大款，金兆山这样政商勾结的人物尽管对社会的危害更大，但他至少是有清晰的历史性的，小说中详细介绍了金兆山的出身、他的母亲和妻子。而王颐这种精致的利己主义者拥有资本全球化时代的标准人格，起源于虚无之中，并且将虚无永恒化了。

先锋文学要立足于哪一种超越虚无而有意义的“生活实践”？《无名指》最终的答案是向底层去。这仿佛回到了1920年代左翼文学兴起前夜的文坛，郑振铎在1921年提出，对抗

[1] 李陀：《无名指》。

[2] 同上。

[3] 同上。

“纯艺术”的文学是“血与泪的文学”[1]。《无名指》再一次复写了20世纪中国文学的这一母题，小说中王大海所代表的底层群体，带着不一样的精神气质：

> 这个体格壮实的矮汉子给我印象太深刻了。他的黑脸上似乎没什么表情，可有一种凛然不可欺的严厉，他说话的语气也平平淡淡，但是平淡里裹着很硬的东西，让人想起坚硬的钢锭。[2]

坚强，自尊，承担自身的命运，这种铁一般的底层工人形象，对于“我”有莫大的吸引力：“有的人，只要你有机会和他见上一面，甚至不用说什么话，就会被他吸引，想认识他，和他聊聊，和他交个朋友。王大海就是这样的人。”[3]但问题在于，“我”与王大海之间，缺乏有效的联结，“我”之所以认识王大海这群民工，是因为“我”在民工们住的地下走廊里租了一个藏书室，这是小说中比较生硬的一个细节，现实生活中并无可能。这暴露出本身就是中产阶级的学院派左翼知识分子的困境。在小说中“我”带有极为浓郁的学院派左翼趣味，比如对索尔仁尼琴很反感，视《1984》的奥威尔为二三流作家，认为

---

[1] 西谛:《杂谭二十三 · 血与泪的文学》，载《文学旬刊》1921年6月13日第6号。
[2] 李陀:《无名指》。
[3] 同上。

流行音乐是“大公司设计好的圈钱连环套”[1]，觉得学校是“大规模有计划培养准白痴的机构”[2]。但这一切都是高度理念化的，“我”对民工们的生活其实非常隔膜，只是通过文本来了解底层，故而当“我”走进地下走廊的时候，“我”的感觉是：“简直像走进了电影《小武》的世界。”[3]小说结尾，同样是底层的KTV保安用棒子袭击了“我”，在“我”倒下的那一刻，看到的是“眼露凶光的一张脸”[4]，这张脸同样也是底层的脸，这是一个反讽性的结局。

本来底层和现实主义文学有内在的一致性，诚如安敏成对于现实主义的分析：“中国人对现实主义的偏爱，部分由于它对中国社会中‘别人’的关注，在历史上这些‘别人’被剥夺了发言的权力。将这个被忽略的群体纳入到严肃文学的视野里，在某种意义上，对于改变中国的社会结构是十分重要的。”[5]这样的文学主张李陀也会同意，现实主义也是最容易想到的替换现代主义的文学方案，近年来的“路遥热”也正在改写纯文学的文学秩序。但值得注意的是，李陀从来不用“现实主义”这个说法，他似乎有意味地与现实主义保持距离。

---

[1] 李陀：《无名指》。

[2] 同上。

[3] 同上。

[4] 同上。

[5] ［美］安敏成：《现实主义的限制——革命时代的中国小说》，姜涛译，江苏人民出版社，2001，第28页。

这里隐含的问题在于，李陀尽管对底层饱有同情，但不愿回到19世纪的人道现实主义，对于左翼的文化立场而言，19世纪的人道现实主义的写法其本质上是资产阶级的文学，人道主义的同情只是一种“修补”。和人道现实主义相比，社会主义现实主义一度是属于20世纪的具有先锋性的艺术，但社会主义现实主义对于“信念”有刚性的要求，社会主义现实主义的“叙述者”，需要“大他者”的赋权。

这正是李陀的犹豫之处，项静指出《无名指》中的人物之间有深刻的隔膜："他们没有一种共同的东西来彼此铭记与关切。"[1]如何找到这种高于人物的信念，这正是这部小说之所以取名为《无名指》的深意所在。在2012年接受记者采访时，李陀提到自己的写作构想，“无名指”指代周瓔的外公，一个无名指断掉的军人。[2]然而在2017年提交给《收获》的稿子中，作者删去了这个故事，小说中只保留了一句话："我才知道她这位姥爷原来是个退休的将军。"[3]这导致了小说核心主题上的空缺，这个老军人消失在文本深处。如果不了解李陀曾经的写作构想，很难理解这部小说为什么叫《无名指》。现在的小说中“无名指”只出现了两次，关于苒苒无名指上婚戒的有无，“无名指”

[1] 项静:《知识流浪儿的奇幻旅程》，载《收获》2017年夏季长篇小说卷。

[2] 陈涛:《李陀：让写作结结实实地和现实发生关系》，载《中国新闻周刊》2012年第25期。

[3] 李陀:《无名指》。

弱化为家庭婚姻为代表的中产阶层纤细的信仰。

是什么原因导致李陀最终没有写这个“退休的将军”的故事？笔者揣测李陀并没有把握如何将这个故事写出具有统摄性的可信度。在《将军，你不能那样做》流行时登上文坛的李陀，首先要说服年轻时的自己，这里有“两个李陀”真诚地分裂。如果说李陀的文学批评有斩钉截铁的激情的话，他的小说则要痛苦、矛盾得多。对于李陀这位历史性的批评家而言，因立场不同而漠视，因立场相同而无节制地赞美，都不是真正的尊重。《无名指》的意义高于艺术上更为成熟的作品，对话与心理，形式与历史，生活与信仰，李陀将当代文学内在的焦虑以小说而非文学批评的方式，有效地向时代敞开。

## 第二节 “新的美学原则在崛起”

### 一、平原

如果为“80后文学”寻找到一个标志性的成熟时刻，笔者以为是双雪涛《平原上的摩西》的出现。长久以来，“80后文学”和其对应的“80后”一代相似，一直被囚禁在“自我”及其形塑的美学之中。如果说这种“自我”的美学在世纪之交曾经有一定的解放性，那么随着时势的推移，这种解放性已经消耗殆尽，渐渐呈现为一种陈腐而自私的美学，并且毫无痛苦地转向市场写作与职业写作，IP热与创意写作热是其两点表征。与之相伴随的是，“80后”一代面临愈发严峻的社会结构性危机，但文学的能量始终无法得以激活。

走出“自我”的“美学”，就文学而言，首要的是依赖文学形式的再发明，观念的变化最深刻的体现在形式的变化。《平原上的摩西》先后从庄德增、蒋不凡、李菲、傅东心、李菲、庄德增、庄树、孙天博、傅东心、李斐、庄树、赵小东、李斐、庄树的第一人称视点展开叙述，一共十四节。合并重复的人物，先后有七个人物出场叙述。蒋不凡、孙天博、赵小东分别是被害的警察、案犯“帮凶”与办案的警察，他们的叙述主要是功能性的推动情节发展，姑且不论。小说主要的叙述围绕庄德增（讲述两次）、傅东心（讲述两次）、庄树（讲述三次）、李斐（讲述四次）展开。

考虑到很多读者对这篇新小说不熟悉，如果我们按照线性时间整合这七个人物的第一人称视点复合叙述，这个时间跨度长达四十年的中篇小说大致可以做如下概括：1968年“文革”武斗时，沈阳市某大学哲学系的傅教授也即傅东心的父亲遭到殴打，被路过的少年李守廉所救，傅教授的同事被红卫兵庄德增殴打致死。1980年卷烟厂供销科科长庄德增通过相亲与27岁的傅东心结婚，婚后有了儿子庄树。李守廉成为拖拉机厂的钳工，妻子难产去世，留下女儿李斐。1988年六岁的李斐认识了五岁的庄树，傅东心开始在家中给李斐讲课。1995年7月，庄德增从卷烟厂离职，带着傅东心以李斐为原型画的烟标入股云南某卷烟厂，有了第一桶金后回到沈阳收购曾经的工厂。1995年冬天来临，下岗工人激增，治安不稳，有人专寻出租车司机抢劫行凶，已死多人。1995年12月24日，警察蒋不凡化装成出租车司机巡查，将无意中上车的李守廉、李斐父女误会为凶手，这个平安夜李斐本想坐车去郊外放一场焰火给庄树看。蒋不凡开枪将李守廉击伤，坐在车里的李斐被追尾的卡车撞成瘫痪，愤怒的李守廉将蒋不凡重伤成植物人，从此带着李斐躲在艳粉街开诊所的朋友家中，朋友的儿子叫孙天博。1998年蒋不凡去世。千禧年前后，已经将卷烟厂私有化的庄德增，打车到红旗广场看老工人游行，红旗广场上的毛主席像即将被替换为太阳鸟雕像，而开车的司机正是李守廉。同一时期的庄树打架斗殴，屡次进看守所，在看守所中见识了一位硬气而富于尊严的年轻辅警，后这位辅警遭到报复遇害，庄树受其感染，选择读警校。2007年9月，庄树成为刑警。当月两名城管被袭击致死，这两名城管在一次执法中造成12岁的女孩被毁容，有关部门对此定性为女孩自行滑倒。警方在一名城管尸体上发现了蒋不凡当年失踪的手枪子弹，庄树受命调查，发现李守廉有重大嫌疑。庄树登报寻找李斐，两个人怀中揣着手枪，在公园的湖面上各划一条游船相见。

如上可见，《平原上的摩西》的故事时间很清晰，在小说中经常精准到某年某月某日，为什么双雪涛不以线性的时间来讲述这个故事，而是选择了多重第一人称视点？如果仅仅限于文学内部来讲，这种写法其来有自，比如著名的福克纳的《我弥留之际》，叙述形式与《平原上的摩西》庶几相似。就当代文学而论，在1990年代中后期的青春写作中，也出现过类似的叙述形式，比如许佳的《我爱阳光》。双雪涛开始写作时所流行的，依然是福克纳、马尔克斯、博尔赫斯等影响了先锋作家的作家，可以想见双雪涛对于福克纳有所借鉴。但一种叙述形式之所以重要，并不是与哪位经典作家相似，而是“不得不”如此叙述，否则不足以穷尽叙述的能量。对于《平原上的摩西》而言，非如此叙述不可的原因，在于小说故事开始启动的历史时刻，任何一个人物都无法把握时代的总体性。

《平原上的摩西》开篇有深意存焉：小说第一节是庄德增叙述1980年秋天与傅东心的第一次见面，但作者安排庄德增从1995年回述，小说第一句话是“1995年，我的关系正式从市卷烟厂脱离，带着一个会计和一个销售员南下云南”[1]。小说时间开始于“下岗”来临的1995年，在这一年里庄德增开始将工厂私有化，李守廉下岗、搬家，李斐被九千元初中择校费所困，直到这一年的平安夜所发生的惨剧。正是作为历史事件的“下岗”，使得庄德增一家与李守廉一家所拥有的共同体生活趋于破碎。

我们所拥有的共同体生活的破碎，导致哲学层面的思维总体性的破碎，思维的总体性深刻依赖于共同体的生活。如果一定要在文学史中定位双雪涛的叙述探索，《平原上的摩西》的叙述技法可以追溯到北岛的《波动》。《波动》安排杨讯、萧凌、林东平、林媛媛、白华依次讲述，从不同人物的第一人称叙述视角出发结构文本。在20世纪50至70年代的小说中，占据绝

---

[1] 双雪涛:《平原上的摩西》，百花文艺出版社，2016，第1页。

对主导地位的是第三人称全知叙述，文本所依附的价值秩序是高度稳定的，小说的语调徐缓沉稳；而在《波动》中，已经没有任何一种价值秩序能够统摄这些显露出巨大阶层差异的青年的生活。这一总体性的瓦解，落实在具体的文本形式上，形塑了《波动》的叙述形式。同样，在《平原上的摩西》中，1995年之后，每个人都只能通过自己的视角，及其视角所联系的社会结构性的位置，来理解眼前的时代，理解他人，并以此讲述自己的故事。故而，理解《平原上的摩西》的形式艺术，不必援引福克纳或其他作家，这是对应于当代中国的历史内容的“形式”，做到了这一点就是我们这个时代的现实主义。

与此同时，《平原上的摩西》不是对我们过于强大的现实主义文学的复刻，小说叙事没有依附于历史事件，像一些“底层文学”小说那样将叙述轻易地组织进历史的“大叙述”。这篇小说特别不凡的地方在于，偶然性与必然性在小说内部无限循环，既不是必然性，也不是偶然性，而是两者的辩证冲突，推动着小说叙事不断向前。小说中不同人物的命运，对应于所属的阶层在“下岗”中的命运，这场悲剧有一种必然性，李守廉一家逃无可逃。但是，具体到小说处理的核心事件，1995年平安夜警方对于李守廉的抓捕，完全是一场误会，李守廉与李斐上了蒋不凡的出租车，不过是一个意外。在一切矛盾交织冲突的地方，是无法把握的命运的偶然，历史的必然性在这一时刻分崩离析。小说借此挣脱出“老现实主义”的窠臼，从每一个人回到所属的阶级，又从阶层还原到每一个人。

在这种偶然性中漂移的典型，就是小说中反复出现的“烟标”。这个烟标首先是傅东心为李斐画的一张素描，诚如李斐的回忆：“画里面是我，光着脚，穿着毛衣坐在炕上，不过不是呆坐着，而是向空中抛着‘嘎拉哈’，三个‘嘎拉哈’在半空散开，好像星星。”[1]《平原上的摩西》这个题目中的“平原”，就来自这幅画，傅东心将这幅画命名为“平原”。之后这张画被印在烟盒上，云南烟厂对这个烟标很满意，这给离职的庄德增带来了第一桶金。庄树在2007年重新侦破1995年平安夜的悬案时，通过蒋不凡裤袋里残留的平原牌香烟，开始逼近案件的真相。最后，是小说结尾处的对峙，李斐出了一道“摩西出埃及”式的难题，告诉庄树只要将面前的湖水分开，她就跟他走。庄树说他可以做到将湖面化为平原，让李斐走到对岸。他随即取出一盒印着这个烟标的平原烟投到湖面上，微风推着画面中1995年的李斐向岸边走去。小说也结束于这一时刻。

作为烟标的“平原”在不同的社会结构性关系中移动，无论被组合进经济系统中还是司法系统中，都带有一定程度的偶然。但无数的偶然性背后，又被历史铁的必然性所限定：无论

[1] 双雪涛：《平原上的摩西》，第38页。

是否有这张烟标帮助庄德增，卷烟厂都将和其他厂子一样被私有化；假设蒋不凡的裤袋里没有留下那个烟头，已经找到孙天博离家出走的母亲的庄树，依然可以获得决定性的线索。劫数难逃，但在这种历史漩涡的漂流中，“平原”渐渐呈露出本质性的意义：“平原”在初始的瞬间铭刻了作为生命本质的爱与美，在历史时间中铭刻了对于被侮辱与被损害的共同体的体认，诚如小说结尾庄树面对烟标的认知：“那是我们的平原”[1]，这双重意义在小说结尾处叠落在“平原”上，1995年的李斐和2007年的李斐长成了同一个人。就像摩西可以在红海中带领族人步行，困扰我们的多重对立在文学的逻辑中瓦解，李斐既是这一个“个人”，也是共同体的象征。庄树对于李斐的“爱”也是对于共同体的“爱”，在作为对象化存在的李斐——“平原”——中，庄树最终看到了自己。

以往的研究者似乎无法理解“平原”，有的研究者认为这是“小说意图不必要的含混”，有的研究者疑虑“是否可能是庸常生活的象征”（这种“向下”的“日常生活”的理解带有明显的纯文学训练痕迹）。[2]笔者不愿强化共同体经验来论证自己的看法，但不得不说“平原”对于出生在“东北平原”上的我们，不是一个晦涩的象征。这里的“东北”不仅仅是地理空间，更

[1] 双雪涛：《平原上的摩西》，第54页。

[2] 王玮旭、孙时雨发言，参见金理等：《永不回头的生铁：关于双雪涛〈平原上的摩西〉的讨论》，“批评公坊”微信公众号，2016年11月2日。

是以地理空间转喻被粉碎的共同体。[1]

基于此，老练的读者会在《平原上的摩西》冷静的叙事下感受到浓烈的抒情性，但双雪涛对于“平原”的哀悼庄重沉静，并不沉溺于伤感，作者不屑于以伤感完成小资式的自我救赎。《平原上的摩西》有一种高贵的气质，作者因其成熟的作品——往往不是作家使得作品成熟，而是作品使得作家成熟——而获得一种面对生活的镇定。这就像小说中傅东心画的另一幅画：庄树警校毕业的时刻，母亲傅东心送来一幅画，画的是童年的庄树与李斐的游戏，正是那一天傅东心为李斐讲解《出埃及记》：“上面一个小男孩站在两块石头中间守门，一个小女孩正抡起脚，把球踢过来。画很简单，铅笔的，画在一张普通的A4纸上，没有落款，也没有日期。”[2]在悬疑的黑色故事下，《平原上的摩西》就像《圣经》中的故事，是素朴的诗。

## 二、摩西

双雪涛自述他的文学偶像是王小波，在《我的师承》（这显然是向王小波《我的师承》遥遥致敬）一文中谈道：“对于文学

---

[1] 就此值得补充的是，近年来，一些作者将“真问题”地方化，地理空间被严丝合缝地落实，将社会结构的问题归结在地方文化之中，由此吊诡地生产出一种排斥性的逻辑。这种思维方式还是在寻根文学漫长的延长线上，受制于“寻根文学”与共同体（地方文学/国家文学、魔幻现实主义/现实主义）的紧张关系。

[2] 双雪涛：《平原上的摩西》，第28页。

的智识，我是王小波的拥趸，他拒绝无聊，面向智慧而行，匹马孤征。”[1]双雪涛不如王小波的地方在于，就小说技法而言，王小波《万寿寺》等小说的复杂精妙要远在《平原上的摩西》之上；然而双雪涛超出王小波的地方在于，如果说王小波的小说高度依赖偶然性，将否定性的诗学发挥到淋漓尽致的话，双雪涛的小说就是穿透了偶然性也穿透了必然性，他有一种确信，对于“摩西”的确信。

也许双雪涛还没有勘破王小波的关键词，比如他念兹在兹的“无聊”与“智慧”背后的奥秘。在王小波的叙述中，“所谓诗意，心灵的饥渴与智慧的探索只是表象，其饥渴的是另一个‘我’，其探索的是另一种叙述，以此摆脱沉重的过去，追寻逃离的自由。……王小波对于历史‘偶然性’的把握，是将历史视为无法理解的、非逻辑的一种永恒的惩罚，偶然性没有导向对于历史的否定，而是导向无法在偶然性的历史中把握个体命运的悲观”[2]。王小波的叙述是围绕虚无的无限游戏，对于王小波而言，他的诗学始终是关乎个体的逃逸。

但是摩西的远行，却是带着族人一同出走。这个差距是如此之大，将撑破双雪涛所以为的与王小波的师承关系。作为小说的核心隐喻，摩西是叙述的价值基点，是代上帝也即恒

[1] 双雪涛：《我的师承》，载《文艺争鸣》2015年第8期。

[2] 黄平：《革命时期的虚无：王小波论》，载《文艺争鸣》2014年第9期。

定的价值立言发声的位置，如上帝对摩西的嘱咐："我必与你同在。"[1]

理解《平原上的摩西》的核心线索是：摩西指的是谁？或者用更直接的方式提问：哪个人物承担着小说确定性的价值？回到原文，摩西的故事出现在1995年7月12日傅东心为李斐讲解《出埃及记》，傅东心是小说中唯一有文化能力阅读《出埃及记》的。那么摩西是傅东心吗？在和双雪涛的对谈中，张悦然比较近似这一立场，也即偏重从傅东心出发解释文本。张悦然认为："其实这个小说，主要角色是女性，美好的东西，都承载在女性的身上。"[2]张悦然就此用"浪漫主义的""空幻的""美好的"来定义《平原上的摩西》的小说内核，她认为："当读者抵达这个故事的核心时，他们将收获的是爱与善，并且有一种暂时与污浊、烦扰的人世隔绝开的感觉，就像小说末尾那两只飘在湖中央的船所隐喻的一样，他们如同置身于一个静谧的央心孤岛。这种万籁俱静的体验会有一种洁净心灵的作用，这大概正是你想要给予读者的。"[3]无疑，如果持有这种唯美化的、浪漫化的立场来理解《平原上的摩西》，那么核心人物只能是傅东心——傅东心是这篇小说中唯一和今天的小资

[1] 《圣经·出埃及记》，《圣经》和合本，第55页。

[2] 张悦然、双雪涛：《时间走廊里的鞋子》，载《收获》2015年3月2日微信专稿。

[3] 同上。

美学接近的，双雪涛表示人生经验里没有遇到过傅东心这样的人，张悦然则回应说："我倒是立刻会在我的记忆里找到这样的原型。"[1]

笔者的看法是，《平原上的摩西》如果有人物写得比较苍白，那正是傅东心。傅东心这个人物因其在小说结构中带有鲜明的功能性而显得概念化，她的功能之一就是将"形而上"的维度重新赋予作为工人的李守廉一家。在20世纪50至70年代"学哲学 用哲学"[2]之类的文化运动土崩瓦解后，工人无法在形而上的维度开口发言。双雪涛在和张悦然的对谈中已经说得很明白："因为她的身上，有我父亲的影子，我父亲当了一辈子工人，但是极爱阅读。"[3]正是今天的工人无法"学哲学 用哲学"，不得不依赖傅东心代言。但傅东心始终无法以阶级视角来理解自身的命运，她只能停留在以"抽象的恶"来把握当代史从"文革"到"改革"的延续，她既无法理解庄德增这曾经的红卫兵、今天的资本家，也无法理解李守廉这始终如一的工人，在历史辩证法的各个位置上，傅东心都无法成为历史主体。所以她只能在故事之外，和今天的小资美学相似，以空洞的概念来

[1] 张悦然、双雪涛：《时间走廊里的鞋子》。

[2] 参见周展安：《哲学的解放与"解放"的哲学——重探20世纪50—70年代的"学哲学 用哲学"运动及其内部逻辑》，载《开放时代》2017年第1期。

[3] 张悦然、双雪涛：《时间走廊里的鞋子》。

把握剧烈的历史运动。[1]

如果傅东心无法承担摩西的角色，下一个可能的人物是谁？金理对此偏重于庄树这个人物："我认为摩西的意象在小说中其实较贴切，摩西在领受神指派的任务之前，有过犹豫和推脱，摩西打动我的地方，不是带领以色列人出埃及过红海时见证种种神迹，而是在开悟、领受自身使命过程中的曲折，就好像庄树所面临的选择的重负。"[2]金理在此倾向于以内在性来把握人物，关注人物内心世界的曲折挣扎："选择的背后其实有着惊涛骇浪，但也正是这种选择的严肃性，往往产生一种崇高感。"[3]在此，金理准确地指出了庄树这个人物重要的"心灵史"，而理解庄树的内心冲突与成长，是小说的一个关键点所在。

但笔者看法略有不同的是，庄树尽管在小说中最自觉地表达出寻找"意义"，但他不足以承担摩西的角色。庄树觉悟了意义，但他不是意义的给出者。庄树觉悟到承担意义的时刻，在于高中斗殴时被抓进派出所后与值班民警的一次对话。这个似

[1] 傅东心那种高度抽象化的理解，却依托于高度具象化的细节：在"文革"武斗中，红卫兵暴徒将铁钉插入了作为知识分子的父亲的脑袋。仅仅就笔者有限的视野而言，这个通俗化的暴力情节不仅出现在张悦然的《茧》中，也出现在余华的《兄弟》中，更早的还出现在1980年代的通俗小说《出山第一案》中。不同类型的作家对于"文革"的想象如此趋同，由此可见一斑。

[2] 金理等：《永不回头的生铁：关于双雪涛〈平原上的摩西〉的讨论》，"批评公坊"微信公众号，2016年11月2日。

[3] 同上。

乎游离出小说主线的故事特别重要，在对话中庄树挣脱出困扰他的无聊感，见识了触目惊心的生活与社会边缘的尊严。这个没有编制的民警后来遭到报复，被捅死在自家的楼下，他的死亡震动了庄树，庄树由此想报考警校，“想干点对别人有意义，对自己也有意义的事儿”[1]。庄树虽然是庄德增的儿子，但是庄德增只能给予他物质生活，无法构建认同，“我爸常说我叛逆，也常说我和他们俩一点都不像”[2]。庄树对于“父亲”的认同，落在这个年轻的辅警身上，这个警察就像是一个穿着警服的李守廉。被损害者那不可被剥夺的尊严，这个情结不断在双雪涛的小说中浮现，这一次召唤的是庄树。

最后，承担摩西角色的是李斐吗？摩西的故事始终伴随着李斐，在瘫痪后隐藏在诊所的岁月里，她托孙天博去图书馆借的书，第一本就是《摩西五经》（作者特地不用《圣经》而用更为集中的《摩西五经》来凸显“摩西”的重要性）。小说结尾处李斐面对庄树时，她回忆起傅东心教给她的摩西出埃及的故事。在小说中摩西这个故事就出现过这三次，每一次都和李斐有关。但是，就像作为老师的傅东心无法承担摩西的角色一样，李斐也无法承担。傅东心讲给李斐的只是纸上的经文，李斐真正的老师，在东北平原上真正践行摩西出埃及的故事的，是她的父亲李守廉。

---

[1] 双雪涛：《平原上的摩西》，第27页。

[2] 同上，第26页。

在所有人物的中心，我们都和李守廉相遇。笔者认为，只有李守廉真正承担了摩西的角色，他锚定着这篇小说的价值基点。李守廉始终在沉默地承担着不间断的崩溃，工厂的崩溃，共同体的崩溃，时间的崩溃，作为隐喻他一直在费力地修理着家里的老挂钟。小说中他始终在保卫那些沦落到社会底层的下岗工人，从接到下岗通知的当天起，就一而再地反抗欺辱。这种反抗就像青年摩西，《圣经》如此记载："后来摩西长大，他出走到他弟兄那里，看他们的重担，见一个埃及人打希伯来人的一个弟兄。他左右观看，见没有人，就把埃及人打死了，藏在沙土里。"[1]

尤为重要的是，在小说中李守廉不仅仅是反抗具体的不义，而且自觉地反抗不公正的叙述。小说中一个意味深长的细节，就是红旗广场上的毛主席像要被换成太阳鸟雕塑，老工人们群起保卫。已经将烟草厂私有化的庄德增，神差鬼使地坐上了李守廉的出租车，两个人随着抗议的人群缓缓前行。庄德增基于念旧，将毛主席像理解为"好像我故乡的一棵大树"；李守廉的感觉更为复杂，他认为静坐的老人"懦弱"，在庄德增下车的时候，他告诉庄德增毛主席像的底座，一共雕刻了三十六位保卫毛主席的战士。

这个太阳鸟雕塑源自沈阳新乐遗址出土的"木雕鸟"，暗合着满洲起源的图腾。女真人认为仙女佛库伦吃下了神鸟衔来的

---

[1] 《圣经 · 出埃及记》，《圣经》和合本，第54页。

朱果，生下了始祖库布里雍顺。[1]广场上的雕塑由毛主席像换成太阳鸟，意味着不再以“阶级”而是以“民族”理解历史，而李守廉对此耿耿于怀。在小说的结尾，李守廉安排李斐去见庄树时，首先告诉李斐“广场那个太阳鸟拆了”。

然而，我们也不能简单地将李守廉左翼化，李守廉和毛主席像的关系，并不能类比于摩西与上帝的关系。小说中有两种对于“文革”的想象：老工人对于毛主席像的保卫，傅东心回忆中的红卫兵的暴行。这两种矛盾的想象没有对话，只是并列在小说中。《平原上的摩西》还无法整合这种分裂，这也完全可以理解。整合当代中国“前三十年”与“后三十年”这种分裂的小说，将是划时代的巨著，那样的作品尚未出现，在今天的我们所能想象到的范围之外。

李守廉感觉到了共同体的存在，但他的反抗终究是个体化的，像一个好莱坞式的城市义警。他更多的是基于内心的道义，而看不到历史性的习得，比如说工人阶级文化的影响。某种程度上李守廉的反抗未完成，我们的摩西停留在原地，承担，没有移动。在小说的主要人物中，只有李守廉从来没有以第一人称叙述者的方式开口说话。[2]也许沉默比讲述意味着

[1] 祝勇：《辽宁大历史》，东方出版社，2013，第36页。

[2] 有研究者注意到这一点，比如金理指出：“《平原上的摩西》这篇中，有一个小说人物是我特别喜欢的，而他恰恰没有作为第一人称叙事者出现，就是李斐的父亲。”金理等：《永不回头的生铁：关于双雪涛〈平原上的摩西〉的讨论》，“批评公坊”微信公众号，2016年11月2日。

承担更多，但恐怕也是作者还没有找到有效的方式让李守廉发声。有社会学家认为在由计划经济向市场经济转型的过程中，工人们不可能反抗全球化和市场自由主义的抽象理想，而只能辨识直接面对的对立者。[1]这在小说中就落实在李守廉一而再地反抗城管。李守廉作为“摩西”，停留在青年摩西之后，遇到“上帝”之前。当然某种程度上也可以说，李守廉既是“摩西”，也是与“摩西”同在的“上帝”。“摩西”的角色，意味着承担着共同体的责任；“上帝”的角色，意味着锚定着共同体的意义。在小说中“意义”始终被限定在共同体生活内部，在人性的、道德的维度之内，而不是在形而上层面。以往的左翼文论强调“革命理论”，过于看重“上帝”的角色，而今天的我们应更为公允地看待“解放”与“人性”的关系。在《平原上的摩西》中，尽管李守廉无力拯救他的共同体，但他人性中的正直与尊严，使得小说有一种内在的明亮。他反抗着不义，对其所忠诚的共同体而言，活在每一个人的生命里。

在当代小说中，李守廉重新擦亮了“父亲”这个角色，在李守廉面前，庄树与李斐更像是一对兄妹。笔者第一次阅读这篇小说时，最为感动的就是小说隐含的“父”与“子”的和解。不必追溯到遥远的“五四”时代对于“父亲”的批

[1] 李静君观点，转引自吴清军：《市场转型时期国企工人的群体认同与阶级意识》，载《社会学研究》2008年第6期。

判，就以更为切近的20世纪八九十年代之交而言，“弑父”的主题在当代文化中无处不在。以李守廉念兹在兹的毛主席像为例，1990年代初标志着“第六代”崛起的一批电影中，几乎都带着一种空洞的伤感向这位“父亲”告别。在当代文学中这种“弑父”也比比皆是，上一辈的作家中阎连科的《受活》堪为代表，列宁遗体在商业狂欢中被出售，被展览，“革命之父”再一次死去。“80后”作家的作品中，则充满着对于父亲的怀疑与沮丧，父亲联系着软弱不堪的秘密。在那种商业化的青春小说中，比如郭敬明的《小时代》，“父亲”则往往是一个空缺，在小说中从不出现，仅仅负责源源不断地提供资本支撑。

面对着种种断裂，在以讲述“自我经验”为重心的时代，双雪涛逆向而行。双雪涛的小说文体有钢铁与冰雪的气息，但在骨子里，他是一位温情的小说家，他的所有小说都是写给平原上的父亲与姊妹兄弟。《大师》《无赖》《我的朋友安德烈》等莫不如此。这些小说篇幅更为短小，结构相对简单，也因此更为抒情。[1]在这些作品中，《平原上的摩西》是代表性的典范，作家不仅直面着广阔的被侮辱与被损害的人群，并且在人群中最终找到了“父亲”。“父亲”净化了这类小说中软

[1] 有的评论将献给父亲的《大师》与《棋王》对比，这是没有读懂《大师》的旨趣所在。双雪涛对此在《关于创作谈的创作谈》（《西湖》2014年第8期）有过微妙的讥讽：“《大师》和《棋王》有很大的关系，具体关系是，时间上，《棋王》在前面，《大师》在后面。”

弱的悲悯，以不屈不挠的承担，肩住闸门，赋予“子一代”以力量。

且让我们重返铁西区，站在艳粉街，在死寂的工厂的坟墓里，感受着被九千元择校费所驱赶的下岗家庭的痛苦，重温作为小说核心的摩西的故事:“只要你心里的念是真的，只要你心里的念是诚的，高山大海都会给你让路，那些驱赶你的人，那些容不下你的人，都会受到惩罚。”[1]当代文学迎来一个让人热泪盈眶的时刻：下岗职工进入暮年的今天，他们的后代理解并拥抱着父亲，开始讲述父亲一代的故事。一切并没有结束，似乎已经被轻易揭去的历史一页，突然间变得沉重。以往笼罩着我们这一代人文学的，是那些纤弱的虚无与可笑的自恋，矫情的回忆与造作的修辞。当背叛了父亲的我们成为父亲，我们准备留给子女的，就是这些小鸟歌唱一样的作品吗?《平原上的摩西》的出现，让我们得以重温文学伟大的品格。

## 三、“新的美学原则在崛起”

双雪涛的出现并非偶然，在近几年的“东北题材”乃至“下岗题材”文艺作品中，一种新的美学正在悄然出现。《平原

[1] 双雪涛:《平原上的摩西》，第18页。

上的摩西》中李斐想放而未得的焰火，在《白日焰火》(刁亦男编剧、导演，2014年3月公映，柏林电影节金熊奖）这部电影的结尾处升起。《白日焰火》同样聚焦于东北，同样运用从1990年代末期跨越到新世纪的“案中案”的架构，以“黑色电影”的视觉风格，表现着灰暗低沉、迷离不安的东北，一个内在瓦解的、丧失稳定性的世界。诚如美国电影批评家泼莱思与彼得森对于“黑色电影”的看法:“在这个环境中，没有一个人物具有坚定的、使他能充满自信地行动的道义基础。所有想要寻找安全和稳定的企图，都被反传统的电影摄影术和场面调度所打破。正确和错误成为相对的，服从于同样的、由灯光照明和摄影机运动所造成的畸变和混乱。”[1]

由于总体性的破碎，生活重新成为令人不安的谜，这是《白日焰火》乃至于《平原上的摩西》运用刑侦案件之类故事外壳的关键所在。诚如刁亦男的夫子自道:“它（电影）更关注生活，因为生活本身是一个巨大的悬念、悬疑，里面有生活的秘密。”[2]在美学风格上，刁亦男与双雪涛都在描绘一个黑色调的东北，只是刁亦男的世界更为颓废，充斥着成年人苦闷的欲望。

可能文学在文艺类别中已经是最迟钝的了，大多数作家沉

[1] ［美］J. A. 泼莱思、L. S. 彼德森:《“黑色电影”的某些视觉主题》，载《当代电影》1987年第3期。

[2] 刁亦男、李迅、游飞、陈宇、叶子:《白日焰火》，载《当代电影》2014年第5期。

浸在虚幻的美学教条之中，把自身青春岁月的问题意识与美学趣味无限延展，丧失对于当下剧烈变动的生活的回应。在电影界，不惟《白日焰火》、《钢的琴》(张猛编剧、导演，2011年7月公映，上海国际电影节最佳影片奖)、《八月》(张大磊编剧、导演，2017年3月公映，台湾电影金马奖最佳剧情片)等电影都在回到破败的工业区，重新理解“下岗”对于生活的冲击以及下岗工人的尊严。最近几年屡获国内外大奖的、标志着国产电影艺术上的突破的，也正是这批电影。这几部电影形式技法各异，比如《白色焰火》的黑色电影风格、《钢的琴》的黑色幽默、《八月》的“子一代”视角等，但贯穿其中的有一致性的美学追求，这种美学立场也是《平原上的摩西》的美学立场：从本土历史经验出发，回到现实的生活之中，思考尊严、命运以及我们与生活的关系，以充满创造性的形式，将生活凝聚为艺术。

长久以来，关于东北的主流美学被赵本山集团的小品、二人转、电视剧所限定。研究者刘岩精彩地指出赵本山的表演在“东北”与“农民”、地域身份与阶级身份之间建立了一种同质性的象征交换，契合着宰制“东北想象”的文化霸权中一个深刻的悖谬：“‘东北’是‘老工业基地’，东北人却是‘都市外乡人’。但这种组合的悖谬在当今的主流书写逻辑中是完全无法被感知的，因为市场原教旨主义话语中的计划经济习性恰是对经典马克思主义话语中的小农习性的隐喻式的复写：仿佛工人如同农民依附土地一样依附于国家。”[1]对此刘岩提出了一个笔者认为十分关键的问题：“在其中，工人对分配正义和体制保障的诉求不被承认为是现代公民意识，而被指认为是一种前现代的保守和依附惰性。”[2]某种程度上，赵本山这种以“农民形象”置换“工人形象”的叙述策略，是“下岗”这种结构性危机所派生出来的“安全”的美学，在这种置换以及相伴随的自我嘲弄与自我贬损中，“下岗”的深刻根源在文化层面上去政治化了，被本质化地铭刻进地方性与地方文化之中，一些歧视性的文化标签比如“忽悠”从此如影随形。这种作为文化霸权结构的“喜剧”，压抑着尊严政治的可能。

在笔者写作的同时，东北在1990年代的“下岗”大潮后，于2014年左右再一次陷入危机之中，经济增速位列各省市最低，有些县市财政濒于破产。2015年初《经济学人》的报道中率先揭开这一切，将其称为“Bad days are back”（糟糕的日子重来），由此开始，近年来关于东北断崖式下跌的报道铺天盖地。遗憾的是，大多数报道的思维框架，还是将东北“地方化”，将东北的衰败归结为一种地方式的“国民性”。昔日重来，对于新一代的艺术家而言，应该破茧而出，创造一种新的文艺。

---

[1] 刘岩：《历史·记忆·生产——东北老工业基地文化研究》，中国言实出版社，2016，第20页。

[2] 同上。

这种文艺从“地方”开始，但要始终对抗地方性，严重一点讲，也可以说对抗1980年代中期“寻根文学”以来将地方“地方化”的趋势，而是重新从“地方”回到“国家”，从“特征”回到“结构”，从“怪诞的人”回到“普通的人”。这种美学上的破局，可能首先会从双雪涛这样东北作家开始。

回到本文开始的段落，双雪涛这样前途无限的青年作家，同样要警惕对于“80后作家”而言市场写作与职业写作这双重陷阱。或者为了市场上的快钱向电影票房倾斜，或者开始大谈小说的节奏、细节、韵律、心理、动作、场景，发言开始带着获奖词的口吻，像一个美国青年作家讲话，这些精致的投机和令人疲倦的表演，都会毁灭一个有抱负的青年作家。幸好双雪涛对于“写作的根基”有所自觉：“小说家有点像匠人，其实完全不是，天壤之别，跟书法、绘画也有着本质区别。没有所谓技术关，只有好还是不好。”[1]现在流行的“小时代”的文学观，似乎忘记了这个世界上曾经有过托尔斯泰、巴尔扎克、雨果、狄更斯这样的作家，对好作家的理解近似于对受过良好训练——或者说驯服——的作家的理解。而双雪涛写作的根基，是他的愤怒，他的写作有一种和名利场格格不入的东西。但愿双雪涛像摩西一样，永远铭记一个群体被驱赶的痛苦，从“父亲”走向吾土吾民。

---

[1] 走走、双雪涛：《“写小说的人，不能放过那个稍瞬即逝的光芒”》，载《野草》2015年第3期。

双雪涛出生于1983年，在2015年的《收获》上发表《平原上的摩西》时，双雪涛32岁。时年32岁的北岛登上文坛时，孙绍振先生在《诗刊》1981年第3期发表著名的《新的美学原则在崛起》予以呼应。三十多年过去了，作为另一种致敬，请允许笔者在今天反写孙绍振先生1981年的这段话，献给在1980年代出生的我的同代人：

他们不屑于做舶来的文学的号筒，也不屑于表现自我感情世界之内的丰功伟绩。他们甚至于回避去写那些我们习惯了的技巧和语言、弥漫的虚无和空虚生活的场景。他们和我们1980年代的先锋文学传统和1990年代的纯文学传统有所不同，不是直接去赞美文学大师，而是表现生活带给心灵的震动。[1]

---

[1] 原文：他们不屑于做时代精神的号筒，也不屑于表现自我感情世界以外的丰功伟绩。他们甚至于回避去写那些我们习惯了的人物和经历、英勇的斗争和忘我的劳动的场景。他们和我们50年代的颂歌传统和60年代的战歌传统有所不同，不是直接去赞美生活，而是追求生活溶解在心灵中的秘密。参见孙绍振：《新的美学原则在崛起》，载《诗刊》1981年第3期。洪子诚在答李云雷的访谈中说："但里面也确实有着我的一个基本看法，即并不将1950年代要崛起的'美学原则'，和1980年代崛起的'美学原则'，看作对立、正相反对的东西。"洪子诚：《材料与注释》，北京大学出版社，2016，第290页。洪子诚先生的这个提醒笔者觉得十分重要，今天不应该再用一个"美学原则"替换另一个"美学原则"，任何一种"美学原则"都不是永恒的，而是将"美学"理解为社会结构变化的对应物，随着社会的变动，"美学"也要随之变动。

文
景

Horizon

社科新知 文艺新潮

自我的踪迹
黄 平 著

出 品 人：姚映然
责任编辑：沈 敏
营销编辑：杨 朗 陈 茜
装帧设计：肖晋兴
版式设计：安克晨

出　　品：北京世纪文景文化传播有限责任公司
（北京朝阳区东土城路8号林达大厦A座4A 100013）
出版发行：上海人民出版社
印　　刷：山东临沂新华印刷物流集团有限责任公司
制　　版：南京展望文化发展有限公司

开 本：850 mm × 1168 mm 1/32
印 张：11.75 字 数：223,000 插 页：2
2018年8月第1版 2018年8月第1次印刷
定 价：49.00元
ISBN：978-7-208-15312-7 / I · 1755

图书在版编目（CIP）数据
自我的踪迹 / 黄平著．—上海：上海人民出版社，2018
（述而批评丛书）
ISBN 978-7-208-15312-7

Ⅰ．①自… Ⅱ．①黄… Ⅲ．①中国文学-现代文学-文学评论-文集 ②中国文学-当代文学-文学评论-文集 ③中国文学-现代文学史-文学史研究-文集 ④中国文学-当代文学-文学史研究-文集 Ⅳ．① I206.6-53 ② I209.6-53

中国版本图书馆 CIP 数据核字（2018）第 152716 号

本书如有印装错误，请致电本社更换 010-52187586